2016 제7회

젊은작가상 수상작품집

2016 제7회

젊은작가상 수상작품집

김금희 · 너무 한낮의 연애

문학동네

| 차례 |

김금희

너무 한낮의 연애

작가노트 사랑하죠, 오늘도

해설 양경언 소설의 말

김금희

1979년 부산 출생. 2009년 한국일보 신춘문예에 단편소설 「너의 도큐먼트」가 당선되어 등단. 소설집 『센티멘털도 하루 이틀』 『너무 한낮의 연애』 『오직 한 사람의 차지』, 장편소설 『경애의 마음』, 중편소설 『나의 사랑, 매기』, 짧은 소설 『나는 그것에 대해 아주 오랫동안 생각해』가 있다. 2015년, 2017년 젊은작가상, 신동엽문학상, 현대문학상, 우현예술상, 2020년 김승옥문학상 대상 등을 수상했다.

| 대상 수상작 |

너무 한낮의 연애

1

인사이동을 통보받았을 때 필용이 가장 먼저 떠올린 건 십육 년 전 종로의 맥도날드였다. 미국 유학을 준비한다며 어학원에 다니던 시절이었다. 필용은 언제부터 맥도날드에 가지 않았더라, 하는 생각에 맥락 없이 빠져들어갔다. 문책을 받아 영업팀장에서 시설관리팀 직원으로 밀려나는 순간에 왜 맥도날드 생각이 났는가. 그 공장제 프랜차이즈 정크 푸드가.

필용은 사무실을 나와 주차장에 쪼그려 앉아 담배를 피웠다. 한 삼 년 조용히 지내다보면 어떻게 되겠지. 하지만 그렇게 생각하려 해도 마음은 진정되지 않았다. 명함! 그래, 명함 생각부터 났다. 새 학기가 되면 아들 학교의 학부모회에 가서 명함을 돌리며 알은척도 좀 하고 아들 기도 살려주는 게 필용의 연례행사였는데 아무리 대기업이라도 시설관리 담당이라는 애매한 표현의 명함을 돌릴 수는 없었다. 우선 여분의 명함부터 찍어놓아야 할까. 하지만 인사이동이 다 알려진 판국에 갑자기 회사에 명함을 찍어달라고 하면 문제가 될 텐데, 명함집에 갖다주면 똑같이 만들어주려나? 그런데 그렇게 하면 문서위조 아닌가. 가짜 명함 아닌가. 가짜는 뭐가 가짜야. 필용은 세 개비째 담배를 피워 물었다. 점심시간이 되었는데 아무하고도 먹고 싶지 않았다. 그렇다고 회사 근처에서 혼자 먹거나 굶는 모습은 보여주고 싶지 않았다. 여기 근무하는 직원들은 무려 오백팔십칠 명이니까 그런 모습을 보여주지 않으려면 이동해야 했다. 가야 했다, 어디론가.

그래서 필용은 종로로 나갔다. 종로에 나가려고 나간 것이 아니라 걷다보니 종로까지 간 것이었다. 필용은 걸으며 울었다. 퀸의 노래를 들으며 울었다. 〈내 평생의 사랑〉을 들으며 울었고 〈보헤미안 랩소디〉를 들으며 울었고 〈구해줘〉를 들으면서는 따라 부르다 사레가 들려 크허헉거릴 정도로 울었다. 세이브, 세이브, 세이브 미, 구해줘, 구해줘, 필용은 지나가는 누구라도 붙들며 하소연하고 싶을 만큼 간절해졌다. 노래를 들으며 걷다보니 어느덧 종로였고 맥도날드였다. 필용은 들어가지 않고 건물을 한 바퀴 돌았다. 맥도날드는 변한 것이 없었다. 벌써 십육 년인데 어떻게 그럴 수 있는지 모르겠지만 의자와 테이블마저 똑같았다. 필용은 매장으로 들어가 피시버거를 주문했다.

"피시버거는 없는데요."

"없어요?"

"메뉴에 없습니다."

"아니, 왜 없는데?"

"네?"

아르바이트생은 이 사람 장난하나 하는 떨떠름한 얼굴로 되물었다.

"대표 메뉴였는데 왜 없냐고?"

"몰라요. 전 들은 적도 없는데."

"아예 없어졌어?"

"없어요. 그런 메뉴는 없다니까요."

"뭐 다른 걸로 바뀐 게 아니라 없어? 아주?"

돌아가는 길에 필용은 맥도날드에 더이상 피시버거가 없다는 사실에 대해 생각했다. 다른 것으로 대체되지 않고 아예 사라져버린 그 메뉴란 것에 대해. 만약 피시버거가 사라지지 않고 뭔가 비슷한 것으로 바뀌었다면 불쾌했을 것 같았다. 그런데 아주 결연하게 사라졌단 말이지. 이제 맛볼 수조차 없게 아주 그냥 끝. 다신 맛 못 봐, 끝, 끝이야, 아주 없어, 이렇게. A가 유사한 A′나 B가 된 것이 아니라 A가 A인 채로 사라져버렸다는 건 햄버거 같은 정크 푸드의 역사에서도 아주 비장한 신이었다. 그리고 그런 비장한 신은 이상한 카타르시스를 불러일으켰다. 여전히 필용은 퀸의 〈구해줘〉를 불렀지만 울지는 않았다. 직장에 남으리라 생각했다. 어떤 시련을 이겨내고서라도 여기 있으리라. 풍파가 지나가기를 기다리리라. 좌천은 사실상 권고사직이었지만 필용은 버티기로 했다. 못 나간다. 필용은 다짐했다. 하지만 어쩐지 마음이 춥고 쓰린 건 어쩔 수 없었다. 필용도 사람이니까.

그날부터 필용은 맥도날드에서 종종 점심을 먹었다. 사무실에서 한 이십 분은 가야 하는 거리니까 가깝지 않은데도 그래야 할 일들이 생겼다. 가슴을 부여잡고 퀸의 노래를 들으면서 시내로 걸어나가야 할 사건들이 일어났다. 필용이 영업팀장으로 있을 때 어쩔 수 없이 발휘해야 했던 융통성들—주로 돈과 관련한 것—이 징계 사유로 적혀 감봉 처분과 함께 통보된 것, 시설관리팀 직원으로 정말 발령이 난 것, 거기에는 슬프게도 해가 들지 않는 것.

관리동이 있는 지하로 책상을 옮긴 날에도 필용은 맥도날드에서 점심을 먹었다. 이사를 하느라 엉망이 된 손을 닦고 옷매무새를 가다듬느라 평소보다 시간이 더 지나 있었으므로 햄버거를 먹을 시간은 단 십 분밖에 없었다. 팀장 시절에는 언제 점심을 먹고 언제 들어가든 별 상관이 없었지만 지금은 달랐다. 물론 아직까지 직원들은 팀장님, 팀장님, 하고 부르기도 했지만 그래도 그에게 맡겨진 일들은 엘리베이터 점검 날짜를 확인하고 용역 회사에 전화를 걸어 무단결근한 경비원의 계약을 해지하고 회사 건물에 있는 백칠십팔 개의 수도관과 사천 개의 전기회로의 안녕을 챙기는 것이었다. 이제 그런 일들을 하며 근무시간을 보내야 하는 필용의 얼굴은 해쓱했다. 살이 내려 얼굴에 깊숙한 골이 파였고 면도를 안 한 탓에 병약하고 음울한 기운까지 깃들어 있었다. 핍박받는 사람의 얼굴이었고 정말 누군가 구해줄 사람이 필요한 얼굴이었다.

맥도날드에서는 신제품을 내놓고 대대적으로 광고하고 있었다. 1955버거였다. 1955년은 필용의 어머니가 태어난 해였다. 그 1950년대는 엘비스 프레슬리와 메릴린 먼로와 청바지의 시대였다. 스푸트니크 1호와 반핵과 누벨바그의 시대였다. 그런데 필용의 어머니는 그 시대를 장티푸스의 시절로 기억했다. 시골에서 성장한 어머니는 제대로 된 치료를 받지 못해 머리카락이 다 빠지고 얼굴이 노랗게 된 채로 일 년을 문밖에 나가지 못했다고 했다. 기운 없이 헤실헤실 죽어가는 필용의 어머니를 보다 못한 외조모와 외조부가 둘러업곤 십 리는 걸어가야 있는 나병 환자촌을 찾아가 도움을 청했다. 나병 환자촌에는 외국에서 온 수녀들이 환자를 돌보고 있었는데 거기서 얻은 약들, 별다른 것도 아니고 아마 페니실린에 불과했을 그 알약들이 다 죽어가던 필용의 어머니를 살렸다. 파란 눈의 천사, 백의의 천사들이 깡마르고 머리카락 한 올 없이, 마른 고목처럼 죽어가고 있는 어린 어머니에게 백색의 알약들을 내려주는 장면은 필용에게 어떤 부끄러움을 주곤 했다. 그 부끄러움은 필용을 아주 작게 만들곤 했고 그렇게 작아지는 상황은 마음을 불편하게 했다. 필용이 겪지 않은, 필용이 태어나기도 전의 일들이지만 그 이야기는 실제이고 사실이므로 다른 어떤 것, 엘비스 프레슬리의 나팔바지나 메릴린 먼로의 금발 같은 것으로 대체되지가 않았다.

필용은 창가 자리에 앉아, 회사와 떨어져 혼자 종로에 앉아 있는 시간에 대해 생각했다. 이미 넘겨버린 점심시간에 대해. 십 년 넘게 늘 회사에 있었던 평일 한시 이십오분에 대해. 이 나이대 남자가 한낮에 여기 와 있다는 건 뭔가 비정상이라는 얘기였다. 백수이거나 명예퇴직자이거나 취업준비생이거나 하는, 무슨 말을 붙여도 비극적인 뉘앙스가 사라지지 않는 상황이라는 얘기였다. 물론 필용은 백수도 명퇴자도 취준생도 아니었다. 시설관리팀 직원일 뿐이었다. 일주일 전에는 아니었는데 지금은 그렇다는 것뿐이었다.

그때 필용은 맞은편 건물에 걸린 현수막을 보게 되었다. 세로로 쓴 글씨로 "나무는 'ㅋㅋㅋ' 하고 웃지 않는다"라고 적혀 있었다. 관객 참여형의 부조리 연극, 상트페테르부르크 유스 시어터 페스티벌 참여작. 필용은 놀랐다. 얼마나 놀랐냐면 입안으로 집어넣은 감자튀김들을 씹지도 않고 삼켜버릴 정도였다. 그렇게 삼킨 감자들을 더 깊숙이 밀어넣기 위해 콜라를 마시려다가 그걸 또 까먹고 바보처럼 입을 벌리고 있을 정도였다. 필용은 자기가 인생 최대의 위기를 맞았을 때 왜 종로의 맥도날드가 떠올랐는지 깨달았다. 자신이 뭣 때문에 여기 와서 점심을 먹고 있는지 완전히 이해했다. 너무 완전해서 마치 하나의 구(球) 같은 이해였다. 요리조리 뜯어봐봤자 절대 다른 모양이 되지 않는, 너무 완전해서 그걸 몰랐던 좀 전이 먼 과거처럼 아득하게 느껴지는 이해였다. 필용이 하필이면 지금 이 시간에 여기 있는 것은 바로 양희와 재회하기 위해서였다.

2

양희라고 부르면 어디에선가 풀냄새가, 아주 늦은 밤에 자유로를 달려서 도착했던 문산의 어느 리(里)가, 여름이 끝나가면서 유순해진 밤의 공기가, 어두워서 보이지 않지만 밭에서 무언가가 무성하게 자라고 있었던 것이, 자라는데 그 자라 있는 것이 어떤 무게감으로 느껴지던 것이 떠올랐다. 눈에는 보이지 않지만 분명 거기에 있는 무성한 호박이며 오이며 상추며 깻잎 같은 푸성귀 들이 활동하는 물체의 운동감으로 다가온 것이. 그런 야외의 분위기는 그날 밤 필용을 환희로 들뜨게 만들었다. 양희에게 연락도 하지 않고 양희를 찾아간 길이었다. 농가도 몇 없는 어두운 논두렁에서 미끄러지면서도 필용은 급하고 급하게 양희의 집을 찾아가고 있었다. 어둠의 저편에서 느껴지는 무언가의 생장이 일면 외설스럽기도 하다고 느끼면서.

양희는 필용의 과 후배였다. 이름과 얼굴만 겨우 알던 사이인데 종로의 어학원에서 같은 강의를 듣게 되었다. 양희를 만나기 전 필용의 일상은 단조로웠다. 구립도서관에서 공부를 하다가 어학원 강의를 들었고 맥도날드에서 점심을 먹었다. 그리고 다시 도서관에 갔다가 연신내의 집으로 돌아갔다. 양희를 만나고 나서는 강의를 듣고 맥도날드에서 점심을 먹은 다음, 맥도날드에서 두세 시간쯤 양희와 대화했다. 대화하지 않는 날에는 목적 없이 함께 몇 시간씩 걷기도 했다. 밤늦게까지 함께 있는 날은 없었다. 그런 일과들은 늦어도 대여섯시에 끝났고 그쯤 되면 지루하고 시들해졌다. 그러면 둘은 인사도 제대로 하지 않고 각자 집으로 돌아가곤 했다.

필용과 양희는 성격이 전혀 달랐다. 필용이 앞으로 펼쳐질 인생, 그 과정에서 반드시 이겨내야 할 어려움, 그리고 그것을 극복하고 나서야 갖게 될 성취와 인정에 대해 상상하며 지냈다면 양희에게는 그런 것이 없었다. 양희에게는 현재라는 것만 있었다. 하지만 그 현재는 지금 생생하게, 운동감 있게 펼쳐지는 상태가 아니라 안개처럼 부옇게, 분명 있지만 확실하지는 않게 풀풀 흩어지는 것에 가까웠다. 뭔가 생활 자체가 그랬다.

강의가 끝나고 맥도날드로 와서 필용이 오늘은 어떤 걸로 먹을까 물으면 양희는 그날그날 주머니에 있는 돈을 필용 손에 쥐여주면서 가능한 걸로요, 하고는 이층으로 사라졌다. 양희의 목소리는 허스키하고 저음이라서 하는 말마다 공허가 은은히 떠 있는 느낌을 주었다. 프랜차이즈 햄버거 가게에서는 아주 듣기 힘든 것이었다. 필용은 처음 그렇게 자기 손에 쥐여진 천원, 이천원을 생경하게, 알 수 없는 감정의 흔들림까지 느끼며 바라보곤 했다. 그때까지 필용이 만났던 여자애들 중 그렇게 부끄러워하지도 뭔가를 숨기려 들지도 않는 사람은 없었다. 양희는 어느 모로 보나 필용의 이상형과 거리가 멀었지만 양희의 손이 주머니에서 구깃구깃한 지폐를 꺼내 필용의 손으로 옮겨오던 그 순간이 필용에게 의미심장했던 것은 분명했다. 웬만해선 남에게 자판기 커피도 사주지 않는 필용이 자기 돈을 보태 세트 메뉴 두 개를 가져가곤 했으니까. 그런다고 양희가 딱히 고마워하지도 않았으니 참으로 대가 없는 선의였다.

양희와의 대화는 즐거웠다. 왜 즐겁냐면 양희는 필용의 수다를 모두 감당해주었기 때문이었다. 필용은 평소에도 자기 자신에 대해 좀 허황된 거짓말을 하는 편이었고 그때는 젊었을 때라 더했는데 들킬까 안 들킬까 걱정할 필요도 없이 마음껏 자기 얘기를 할 수 있었다. 양희에게서는 질문이 없었기 때문이었다. 양희는 필용의 말을 잔잔한 호수처럼 가만히 듣고 있었고 시선도 늘 부담스럽지 않게 필용을 비껴 있었다.

"나무는 '크크크' 하고 웃지 않는다"는 바로 그런 양희가 쓰고 있던 대본의 제목이었다. 세월이 흐르면서 '_'가 탈락되어버렸지만 현수막의 그 문장은 십육 년 전의 것과 완전히 같았다. 양희는 연극반이었고 대학노트 세 권을 철해서 가지고 다니며 대본을 썼다. 자기는 배우가 될 수 있는 사람은 아니고 배우들의 몸을 움직이는 글을 쓰려 한다고 했다. 쓰는 행위는 필용과 양희가 만났던 구 개월 동안 꾸준히, 양희치고는 아주 열의 있게 지속됐다. 필용이 보여달라고 하면 아무 말 없이 노트를 건넸는데, 거기에는 꼭 양희처럼 희미하고 몽롱한 인물들이 나와서 대화를 주고받았다. 남녀 두 명만 나오는데도 주인공들은 왜인지 남자1과 여자1로 불렸다. 한 사람이 사건이라고 할 만한 어떤 일들, 섬으로 휴가를 간다든가, 개를 잃어버린다든가, 술을 마신다든가 하는 일들에 대해 말하면 한 사람은 그냥 응응, 아니 아니, 그럼 그럼 같은 반응만 했다. 정말 더럽게도 재미없는 대본이었다.

소극장에서 양희가 썼을 것이 분명한 연극을 발견하고 필용은 더더욱 자주 종로로 나갔다. 음악은 듣지 않았다. 음악을 듣지 않아도 마음의 열도는 유지됐고 그것이 신명을 불렀다. 시설관리팀의 유일한 본사 직원인 김주임이 저녁 회식은 못하더라도 점심이라도 함께 먹자고 했지만 필용은 거절했다. 영업팀에 있을 때는 하루가 멀다 하고 회식과 숱한 만남들을 계획하던 필용이었지만 이제 그러지 않았다. 필용은 자연스럽지 않은가 생각했다. 이제 필용이 상대해야 할 것들은 시설이 아닌가? 시설들에게는 말이 없고 시설들에게는 응시가 없다. 시설들에게는 관계가 없고 시설들에게는 터치가 없다. 필용의 얼굴에서는 서서히 무언가가 지워지기 시작했다. 무엇보다 양 입가를 팽팽하게 견인하고 있던 긴장이 사라졌다. 그 긴장은 언제라도 무슨 존칭, 무슨 웃음, 무슨 헛기침, 무슨 지시, 무슨 권유, 무슨 답변 등을 하기 위한 것이었는데 당분간은 필요 없었다. 십 년 넘게 얼굴을 차지하고 있던 긴장이 사라지자 필용의 얼굴은 말개지는 게 어딘가 젊어진 듯한 인상을 주었다.

양희의 연극은 직장인들의 문화생활을 위해 열두시 십분부터 열두시 오십분까지 사십 분 동안 진행되는 미니극이었다. 칠천원짜리 표를 사면 샌드위치와 생수를 제공한다고 했다. 며칠 동안 필용은 되도록 빨리 걸어 종로까지 갔지만 아무리 서둘러도 시간은 열두시 십분을 넘어 있었다. 나흘째 허탕 치던 날, 필용은 시간이 넘었지만 입장할 수 없겠느냐고 매표소 아가씨에게 부탁했다. 그다지 남을 친절하게 대하는 일에는 관심이 없어 보이는 아가씨였는데 역시 단칼에 안 된다고 했다.

"괜찮아요. 좀 못 봐도 괜찮은데."

"흐름이 끊어져서 안 돼요."

"괜찮거든, 중간 좀 못 봐도 나는 괜찮아."

"아니, 안 돼요. 아저씨가 문제가 아니라 관객 흐름이 끊겨요. 관객 참여형 연극, 에? 문 열어서 빛 들어가면 홀딱 깨면서 아주 꽝,

그냥 망하는 거라고요."

그렇게 거절당한 필용은 마침내 어느 목요일, 회사에서 열한시 오십육분쯤 택시를 타고 종로로 나갔다. 열두시 이분쯤 극장에 도착해 표를 샀다. 제시간에 왔다는 데 들뜬 필용이 오늘은 안 늦었죠? 괜찮죠? 하고 말을 붙였는데 아가씨는 C열입니다, 하고 무뚝뚝하게 대답하고는 샌드위치와 생수를 내밀었다.

극장 안으로 들어가니 필용을 빼고는 겨우 세 명의 관객이 앉아 있었다. 시간이 되자 무대에 핀 조명이 들어오고 스크린에는 회색 톤의 배경이 깔렸다. 그리고 전신 타이츠를 입은 배우가 들어왔다. 눈만 빼고는 모두 검은 쫄쫄이복에 가려져 있었다. 연극은 뭐 어떤 것이든 상관없었다. 필용은 커튼콜을 기다리고 있었으니까. 그때는 작가와 배우, 스태프들이 다 나와 인사를 하니까 양희의 얼굴을 볼 수 있었다. 배우는 핀 조명을 받으며 서 있다가 갑자기 무대에서 내려왔다. 그리고 샌드위치를 먹고 있던 은행원 복장의 여자 관객을 무대 위로 올렸다. 관객은 당황해서 어떡해, 어떡해, 하면서도 끌려 올라갔다. 같이 왔던 친구가 아, 대박, 하면서 키키키키 웃었다. 배우는 조심스럽달까, 정중하달까, 다정하달까, 아무튼 몸이 어떻게 그렇게 나긋나긋할 수 있을까 싶게, 모시는 동작을 하며 관객을 안내했다. 의자 두 개가 놓이고 배우는 여자를 앉혔다. 자기는 맞은편에 앉았다.

"저, 저, 어떻게 하면 돼요?"

관객이 어리둥절해하며 계속 웃었다. 어떻게 하면 되는가. 필용이 하고픈 말이었다. 어색해서 온몸이 오그라들 것 같았다. 배우는 관객을 바라보고 있을 뿐 아무 말도 하지 않았다. 시간이 흐르자 관객도 웃음을 그치고 배우와 눈을 마주치기 시작했다. 극장 안에는 아무 소리도 들리지 않았다. 설마 연극이 여기서 끝은 아니겠지, 필용은 인내심을 가지고 지켜보았다. 무려 대학노트 세 권 분량의 대사가 있었는데 여기서 끝일 리가 없지, 속사포처럼 쏘아붙여도 사십 분 동안 쉼 없이 몰아칠 양인데. 그런데 가만있자…… 연극이 양희가 쓴 게 맞을까. 필용은 처음으로 그런 의구심이 들었다. 포스터에 쓰여 있는 '수변'이라는 닉네임이 양희 것이 아닐 수도 있다는 생각이 들었다. 그러면 "나무는 'ㅋㅋㅋ' 하고 웃지 않는다"라는 연극 제목은 어떻게 된 것일까. 이 문장을 알고 있는 다른 사람이 대본을 썼을까? 아니면 연극하는 사람이라면 누구나 알 만한 유명 작가의 문장이었을 수도 있다. 그래, 그 생각을 왜 못했을까.

연극은 그것이 끝이었다. 마주보다가 불이 켜졌고 구석에 앉아 있던 남자 관객 하나가 일어나 짤깍짤깍짤깍 박수를 쳤다. 필용은 긴장한 채로 커튼콜을 기다렸다. 이윽고 불이 꺼졌다 다시 켜지며 배우와 매표소 아가씨, 이렇게 달랑 둘이서 무대 인사를 했다. 별로 한 것도 없는 것 같은데 땀을 닦으며 타이츠의 머리 부분을 벗고 있는 배우는 분명 양희였다.

3

양희와 필용의 허무하고 특별할 것 없던 관계가 다른 색채를 띠

게 된 건 양희의 느닷없는 사랑 고백 때문이었다. 그날도 필용이 자기 이야기에 도취해 한창 떠들어대고 있었는데 조용히 듣고 있던 양희가 선배, 나 선배 사랑하는데, 했다. 양희는 그 말을 감정의 고저 없이, 천원, 이천원을 쥐여주며 햄버거 주문을 부탁하던 톤으로 했다. 필용은 당황해서 어어, 하고는 웃어버렸다.

"사랑하면 어떻게 되는 건데?"

"어떻게요?"

양희가 뭐 그런 걸 묻느냐는 듯이 되물었다.

"그러니까 앞으로 우리가 어떻게 해야 하느냐는 거지."

"그런 걸 뭣하러 생각해요."

양희는 방금 자기가 얼마나 중요한 말을 했는지 모르는 사람처럼 나른해하더니 노트를 펼쳐서 뭔가를 적었다. 필용은 바보가 된 기분이었다. 고백한 사람은 양희인데 그 몇 분 사이에 그 사랑에 목매는 사람은 자기가 된 것 같았다. 나는 아닌데, 필용은 생각했다. 비록 백수 비슷한 유학 준비생 처지이지만 양희와의 연애가 그렇게 간절하지는 않았다. 양희는 언제나 펑퍼짐한 건빵 바지 차림이었고 남자들도 잘 입지 않을 것 같은 국방색 야상을 걸치고 다녔다. 신발도 언제나 운동화, 가끔만 갈색 로퍼로 바꿔 신었다. 머리는 언제나 숏커트였고 화장도 거의 하지 않은 맨얼굴이었다. 필용도 건장한 이십대이니까 언제나 여자에 대해 생각했고 여자가 중요했지만 그래도 양희는 아니었다. 여자친구라고 생각하면 결격사유가 많았다. 평소에 장점이라고 생각한 양희의 위대한 듣기 능력, 필용으로 하여금 없는 얘기도 떠들게 만드는 훌륭한 청자로서의 자세도 문제였다. 필용이 알기로 모든 관계는 받아치는 맛이 있어야 하고 그것이 관계의 활력을 만들어낸다. 저렇게 말없이, 모든 것에 초연한 채 수용만 하는 여자친구는 구체관절인형과 뭐가 다른가. 필용은 그 짧은 순간에 양희와 하게 될지도 모를 섹스에 대해서까지 상상하다가 고개를 흔들었다. 온몸이 축축 처지는 기분이었다. 그래도 이상하게 웃음은 났다.

"아니…… 네가 날 사랑한댔잖아. 킬킬킬킬…… 그 고백을 들은 거잖아, 지금. 그러면 이제 어떻게 하면 좋으냐고. 앞으로 우리 어떻게 되는 거냐고."

"모르죠, 그건. 알 수도 없고. 알 필요도 없고."

"알 필요가 없다고?"

"지금 사랑하는 것 같아서 그렇게 말했는데, 내일은 또 어떨지 모르니까요."

필용은 황당했다. 얘가 지금 누굴 놀리나 하는 생각이 들었다.

"사랑한다며?"

"네, 사랑하죠."

"그런데 내일은 어떨지 몰라?"

"네."

"사랑하는 건 맞잖아. 그렇잖아."

"네, 그래요."

"내일은?"

"모르겠어요."

필용은 가방을 챙겨 자리에서 일어났다. 화가 났다. 모욕당한 기분이었다. 떠드는 걸 다 받아주는 것 같더니만 사실은 우습게 본 모양이라는 생각이 들었다. 그런 건 아예 면전에서 왜 이렇게 '구라'가 심하냐고 따지고 망신 주는 경우보다 더 나빴다. 필용도 알았다. 영어 점수가 안 나와 미국의 대학에는 원서도 써보지 못했다는 걸. 자기 일이니까, 자기가 뭐 정신 나간 사람도 아니니까 누구보다 잘 알았다. 그래도 과 후배에게 체면이란 게 있으니까 좀 덧붙여서 얘기했을 뿐인데 그게 이렇게 희롱당할 만큼 나쁜 짓이었나? 그것도 모르고 피 같은 돈, 어머니가 한강변 노점에서 만두와 국수를 팔아 쥐여준 용돈을 보태 점심까지 사먹였다니. 필용은 울화가 치밀었다. 꼬챙이처럼 마른 저 몸속에는 그동안 필용이 먹인 탄수화물과 트랜스지방과 미미한 철분이 혈관을 타고 돌고 있을 텐데. 머리카락과 반쯤 감긴 눈과 꺼칠한 피부와 부러질 듯한 손목과 있는 듯 없는 듯 판판한 가슴 곳곳에 필용이 몇 달간 보인 선의가 속속들이 들어차 있을 텐데.

필용이 맥도날드를 나가는데도 양희는 잡지 않았다. 집에 가느냐고 묻지도 않았다. 어쩌면 물었는데 필용이 듣지 못한 것일 수도 있었다. 필용은 〈나는 당신을 사랑하기 위해서 태어났어요〉 〈내 평생의 사랑〉 〈사랑할 누군가〉 같은 노래들을 MP3 플레이어로 들었다. 퀸의 사랑 노래들이 1999년의 종로 거리에 울려퍼졌다. 웬 단체가 IMF 환란 극복을 위한 모금을 하고 있었다. 탑골공원에서는 노인들이 지루하게 낮을 견뎠다. 노래와 풍경 사이의 간극은 멀었고 그렇게 멀고멀어지면서 필용은 슬퍼졌다. 사랑한다면서 내일은 모르겠다니, 무언가가 필용의 따귀를 갈기고 지나간 것 같았다. 그것이 양희인 건 분명했고 그러니까 깊이 생각할 필요가 없었지만 마음은 다잡아지지 않았다.

다음날 양희는 아무 내색 없이 어학원에 나왔다. 강의가 끝나고는 맥도날드까지 따라와 평소처럼 이천원쯤을 꺼내 선배 가능한 걸로요, 하면서 이층으로 올라갔다. 앞줄에 있던 사람들이 주문을 마치는 동안 필용은 입안이 바싹바싹 마르도록 고민했다. 어떻게 해야 하나, 이대로 돈을 가지고 나가버릴까. 아주 골탕을 먹여버려? 여섯 살이나 위인 성인 남자를 놀리면 어떻게 되는지 똑똑히 가르쳐줘? 하지만 그건 정말 좀팽이 같은 짓이라서 할 수 없었다. 그리고 그렇게 필용이 나가면 양희는 굶을 것이다. 아무 일 없다는 듯이 굶을 것이다. 귀찮게 혀를 안 움직여도 되고 안 씹어도 되니 옳다구나 하고 여기 앉아 그 지루해서 누구라도 좀 읽으면 혼절하고 말 대본이나 쓰면서 낮시간을 보낼 것이다. 어제보다 더 마르고 쇠약해지는 줄은 모르고 그냥 무기력하게, 배는 고프고 창자는 쓰리구나 하면서 있을 것이다. 그래서 필용은 용서했다. 자기 안에 소용돌이치는 원망과 분노, 모욕감 같은 것을 이겨내고 선의를 베풀어 평소처럼 버거 세트를 주문했다.

둘 사이에는 전날보다 더 대화가 없었다. 필용이 말을 아꼈기 때문이었다. 그전까지는 양희를 제외한 모든 세상이 흥밋거리이고 이야깃거리였는데 오늘 이렇게 되니 모든 세상에서 오직 양희만이 관심사가 되었다. 양희는 어제 자기가 무슨 말을 했는지 모른다는 얼굴로 포장지를 접어내리면서 햄버거를 먹고 있었다. 비가 오네요, 하면서. 오늘 필용은 평소의 십분의 일도 이야기하지 않고 있는데 그런 변화에 대해서는 느끼지 못한 채 날씨 타령이라니.

"오늘은 어때?"

필용은 한 시간쯤 지나 그렇게 묻고 말았다. 묻지 말아야 한다고 생각했지만 이미 그렇게 말하고 있었다.

"오늘은 아는 선배가 극을 올려요."

"아니, 그것 말고."

"별일 없는데."

"아니, 그러니까 네가 어제 말한 그것 말이야. 오늘도 지속되고 있느냐고?"

그렇게 말하고 나서 필용은 자신이 긴장하는 걸 느꼈다. 왜 긴장하나? 필용은 그런 자신이 어처구니없었다.

"그렇죠, 오늘도."

양희는 어제처럼 무심하게 대답했는데 그 말을 듣자 필용은 실제로 탁자가 흔들릴 만큼 몸을 떨었다.

"오늘도 어떻다고?"

"사랑하죠, 오늘도."

필용은 태연을 연기하면서도 어떤 기쁨, 대체 어디서 오는지 알 수 없는 기쁨을 느꼈다. 불가해한 기쁨이었다.

4

필용은 한동안 종로에 가지 않으려 노력했다. 언제까지 사무실 사람들과 안 섞이며 지낼 수는 없으니까 정상적인 샐러리맨들처럼 동료들과 점심을 먹었다. 순두부찌개를 먹었다. 비빔밥을, 내장탕과 다슬기해장국을, 비냉과 물냉 반반을. 업무에도 익숙해졌다. 체념과 어떤 자조가 들어 있기는 했지만 일을 대하는 필용의 태도는 자연스러워졌다. 이 빌딩 몇 층의 배전반이 말썽인지도 알았고 생각보다 엘리베이터가 빈번하게 고장난다는 것도 알았다. 엘리베이터마다 고유한 번호가 있고 그 번호는 마치 사람의 주민등록번호처럼 중앙의 센터에서 관리된다는 것도 알았다. 시설은 여전히 시설이고 좌천은 어떻든 좌천이었지만 시간은 또 시간이라서 필용은 적응했다. 야근이랄 게 없으니까 저녁 시간에 회계학원에 등록해볼까, 하는 생각을 했다. 비록 지하에 내려와 있지만 지상으로의 복귀를 위해 재충전의 시간을 보내고 싶었다.

하지만, 하지만, 그렇다가도 속이 뒤집어지는 순간이 있었다. 영업팀장 하면서 만났던 거래처 사람들이 그럴 필요가 없는데도, 내켜하지 않는데도 기어코 지하로 내려와서 필용을 보고 가는 것, 자신의 까마득한 후배였던 직원이 영업팀장으로 발령난 것, 모두 제자리에 있고 필용만 빠져나와 있는 그 사무실에 조명 시설 따위를 손보기 위해 올라가야 하는 것. 거기서 누군가가 경쾌하고 상큼하게 갑티슈 한 장이라도 톡 뽑게 되면 필용은 무너졌다. 어쩔 수 없이 종로로 나가야 했다. 열한시 오십육분에 회사 출입문을 나가서 택시를 잡아타게 됐다. 택시! 택시! 마치 자정을 앞둔 신데렐라처럼 필용은 허겁지겁 택시에 올라 양희에게로 갔다.

매표소 아가씨는 이제 필용이 샌드위치 따위엔 입도 대지 않는다는 것을 알아서 생수 한 병만 내밀었다. 필용은 어둠 속에 앉아서 어디서 재미를 느껴야 할지 도무지 알 수 없는 이상야릇한 연극을 지켜봤다. 배가 고프면 생수를 들이켰다. 속이 쓰리거나 신물이 나는 고통마저 환희 속에서 받아들였다. 양희는 무대에서 한마디도 하지 않았지만 필용의 귀에는 들리는 것 같았다. 사랑하죠, 그 공기 중에 은은히 흩어지던 허스키한 목소리…… 양희가 사랑하죠, 하고 말하면 별안간 맥도날드의 공기가 전혀 다른 온도를 띠면서 필용을 얼렸다, 달궜다, 얼렸다, 하곤 했다. 오직 눈만 내놓고 다른 신체 부위는 없는 것처럼, 무대의 희미한 불빛과 한몸인 것처럼, 의자인 것처럼, 바닥인 것처럼 있는 저 여자가 날 사랑했던 여자야! 객석에는 기껏해야 서너 명밖에 없는데도 필용은 벌떡 일어나 그렇게 외치고 싶은 충동을 느꼈다.

연극을 열댓 번 보고 나서야 필용은 이 극이 아주 쓰레기는 아닌 것 같다고 생각하기 시작했다. 웬 남자 관객이 무대에 올라가서 흐느끼는 장면을 보고 그랬다. 그 남자 관객은 양복 차림에 서류 가방을 들었는데 체격이 씨름선수만했다. 의자가 작아서 엉덩이를 의자 끝에 살짝 걸쳐서 앉아야 할 정도였다. 남자 관객은 맞은편의 양희와 마주보고 있다가 입술을 꽉 깨물더니 울음을 터뜨렸다. 얼굴이 시뻘겋게 달아올라서는 고개를 숙이고 하지 말라는 듯 한 손을 앞으로 내민 채 다른 손으로 눈물을 훔쳤다. 단추가 터질 듯이 부푼 배가 같이 흐느꼈다. 그것은 정말 배가 울고 있는 것이었다. 속에서 무언가가 동하면서 격렬하게 슬픈 것이었다. 보고 있자니 필용의 입가도 비쭉거리기 시작했다. 무슨 이유에선가 매일 같은 자리에 앉아 박수를 치는 또다른 남자 관객이 박수를 치기 시작했다. 브라보! 하면서 휘파람을 불었다.

불이 켜지고 소극장 계단을 올라 지상으로 나왔을 때 필용은 아까 울었던 남자 관객이 누구와 통화하는 것을 보았다. 남자는 아직 어떤 감흥에 휩싸여 있는 목소리로 무대 위에서의 경험을 전하다가 웃긴, 누가 웃어, 하고 화를 냈다.

"아무도 안 웃었어, 너나 웃지 누가 웃어?"

힐링이 콘셉트라고 필용은 이해했다. 교회당에서 목사님 설교를 듣거나 불당에서 백팔배 하는 것이나 마찬가지구나. 하지만 설교나 백팔배는 무언가를, 뭔가 행위를 해야 얻을 수 있는 위안이고 힐링인데 어떻게 저 무대에서는 아무것도 없이 그런 게 되나. 늘 우는 사람이 있는 것은 아니었지만 부끄러워하거나 황당해하던 사람들도 시간이 흐르면 양희와 눈을 맞췄다. 그리고 정도의 차이는 있지만 어떤 벅차오름을 느끼며 무대에서 내려왔다. 필용은 양희의 얼굴을 훔쳐보는 것도 훔쳐보는 것이지만 무대에 서서 한번 그 감정을 느껴보고도 싶었다. 하지만 그렇게 되면 어떻게 되는 건가. 십육년 전, 연애는 아니더라도 연애 비슷한 무언가가 있었던 사람과 재회해서 서로가 서로를 인식하게 되면 어떻게 되는 건가. 앞으로 어쩌냐는 말이지, 아내에게는 큰 불만이 없는데 아들은 소중한데. 그러니까 안 되었다. 필용이 양희를 볼 수는 있어도 양희가 필용을 봐서는 안 되었다. 시선은 일방이어야 하지 교환되면 안 되었다. 교환되면 무언가가 남으니까 남은 자리에는 뭔가가 생기니까, 자라니까, 있는 것은 있는 것대로 무게감을 지니고 실제가 되니까.

하지만,

시간이 흐를수록 필용은 양희와 마주하고 싶다는 욕망을 이겨내기 힘들었다. 이것이 사랑인지 그리움인지 어떤 괴팍함인지 알 수 없지만 그 욕망에 투항해 점점 무대 가까이에 앉기 시작했다. 양희의 시선을 끌 수 있을 만큼 충분하게 생수병을 부스럭거리거나 으헤헉, 히잉, 하는 헛기침 소리를 내기도 했다. 휴대전화를 끄지 않아서 벨이 울린 적도 있었는데 늘 박수를 치는 남자 관객이 힐난하듯 한소리했기 때문에 그 방법은 이어가지 못했다. 그러면서도 필용은 자신이 그러고 있다는 생각은 안 했다. 생수는 싸구려라 페트병이 종잇장처럼 얇아서 그런 것이고, 헛기침은 이 지하의 소극장이 건조하고 먼지가 많아서 그런 것이다. 휴대전화는 어쩌다 우연히 진동으로 해놓지 않아 그런 것인데, 전화가 올 줄은 몰랐다. 물론 그 광고 전화는 매일 같은 시각에 걸려오기는 하지만. 그런 것, 뭔가 양희의 관심을 절실히 원하지만 책임지고 싶지는 않은 것, 그러면서도 끊임없이 확인하고 때론 표현하고 싶은 것, 양희와의 관계에서 우위에 서고 싶은 건 십육 년 전이나 지금이나 다르지 않았다. 문제는 그런 자기 발에 자기가 걸려 늘 예상과는 다른 결과가 펼쳐진다는 점이었다.

5

양희가 사랑 고백을 하고 나서 필용의 생활은 엉망이 되었다. 필용은 유학이고 토플이고 뭐고 오직 양희의 사랑을 확인하기 위해 종로에 나오는 사람처럼 맥도날드에서의 만남에 집중했다. 정작 양희는 그렇게 말하고 나서 특별히 태도가 달라지지 않았다. 여전히 대본을 썼고 옷차림이나 머리 모양도 그대로였고 흩어지는 공허를 통해 아우라를 유지하는 것도 마찬가지였다. 변수라면 그날그날 점심에 먹는 메뉴 정도였다. 그건 필용이 정했으니까. 필용은 거의 매일, 자신을 사랑하느냐고 양희에게 물었다. 물론 그 말만 하지는 않고 여전히 자기 자랑과 불황의 시대에 대한 진단과 처방을 늘어놓았지만 전처럼 그런 이야기가 목적은 아니었다. 하지만 그런 낮의 시간을 지나면, 맥도날드에서 나오면, 양희와 헤어지면, 양희의 외모나 한심스러움, 생기 없음, 무기력함, 가난에 대한 은근한 경멸이 껌의 뒷맛처럼 느껴지곤 했다. 그런데도 다음날 정오가 되면 사랑에 대해 묻지 않을 수 없었다.

장마가 시작되었을 무렵 이런 괴상한 애정 전선에도 문제가 생기기 시작했다. 다른 날과 다름없이 햄버거를 먹으며 앉아 있는데 양희가 깜박 잊을 뻔했다는 투로, 아, 선배 나 안 해요, 사랑, 한 것이었다.

"안 해?"

"네."

"왜?"

"없어졌어요."

필용은 믿을 수 없었다. 바로 어제만 해도 사랑하느냐고 물으면 표정 없는 얼굴이기는 했지만 고개를 끄덕였는데 말이 되는가?

"없어? 아예?"

"없어요."

"없는 게 아니라 전만큼은 아니게 시들한 거지. 야, 그게 어떻게 그렇게 단박에 사라지냐?"

필용은 무심하게 냅킨을 쥐었지만 손은 약하게 떨고 있었다. 마음 한편에 불길함이 일고 있었다. 무언가가 오고 있었다. 그래, 쓰나미, 쓰나미, 실연의 쓰나미!

"아닌데, 없는데."

"바보야, 네가 없다고 착각하는 거지. 그런 감정은 원래 불이 탁 꺼지듯, 불이 탁 켜지듯 그렇게 일순간에 없음이 되지가 않아. 오죽하면 사랑을 쓰려거든 연필로 쓰라는 유행가가 다 있겠냐. 지우기가 그렇게 어렵다잖냐. 없어지는 게 아니고 그런 건 그렇게 되는 게 아니고 찌개가 끓다가 끓다가 나중에는 다 졸아서 아예 냄비 바닥을 시커멓게 태우는 양상이 될 때까지 계속되는 거야."

양희가 동의하지 않아서 필용은 긴장했다. 얘가 어려서 뭘 모르네, 누구를 좋아하는 마음이 어디 그렇게 돼? 하룻밤에? 천하의 카사노바도 그렇지는 않겠다. 걔들도 한 두어 번은 더 할 거야, 하고 싶을 거야. 그런데 우리는 한 달 넘게 아니, 한 달이 뭐야, 어학원에서 처음 만났던 때까지 셈하면 거의 구 개월을 야, 구 개월이면 뱃속의 점만하던 세포가 갓난애가 되어 세상에 나올 시간이야. 그렇게 오랫동안 나를 사랑했으면서 어느 날 갑자기 없다니? 혹시 자기 사랑을 받아주지 않아서 화가 난 걸까, 필용은 생각했다. 자존심이 상했을 수도 있어. 그렇게 하루에 한 번씩 사랑한다고 말했는데 내가 겨우 한 것은 햄버거나 사주면서 떠보듯 사랑하니, 안 하니, 물어본 것밖에 없으니.

"야, 너 은근 매력 있어."

필용이 인심 쓰듯, 달래듯 양희에게 말을 붙였다.

"난 너처럼 꾸밈없고 소박한 애가 괜찮더라고."

양희에게서는 반응이 없었다. 양희가 아무 말이 없자 필용의 상찬이 도를 넘어가기 시작했다. 그때까지 필용이 은근히 경멸해왔던 양희의 거의 모든 점들이 유니크한 것, 매력적인 것, 평가받을 만한 것으로 거론되었다. 양희의 재미없는 대본마저도. 하지만 양희의 없음은 달라지지 않았고 필용은 그 없음에 목 매달린 개처럼 헐떡거리면서 양희의 머리부터 발끝까지의 모든 것들에 사탕발림을 하다가 돌변해 물어뜯기 시작했다.

"야 너, 최소한이라도 꾸미고 다녀. 널 위해 하는 얘기야. 아이고, 같이 다니면 내 얼굴이 화끈거려서. 젊은 시절 다시 안 와. 좀 있으면 값 떨어져. 그리고 연극도 좋고 가당찮은 대본도 좋은데 밥벌이는 하고 살아. 애가 어떻게 된 게 이천원으로 하루를 삐대? 야! 나도 어려워! 나도 힘들어! 야이 씨, 너 그동안 나한테 받아먹은 거 다 내놔. 일괄 계산하라고 이 계집애야."

양희의 얼굴이 새하얗게 질려가면 질려갈수록 필용의 말의 수위는 점점 더 높아졌다. 어떤 한계까지 올라 찰랑찰랑거리면서 파탄의 전조를 만들어내는데도 계속됐다. 필용은 퍼부어댔다. 아주 세상이 끝난 것처럼 퍼부어댔다. 양희가 맥도날드에서 나간 뒤로도 필용은 자기 말에 취해 마구 떠들다가 무슨 짓을 저질렀는지 뒤늦게 깨닫고는 양희를 붙들기 위해 거리로 뛰쳐나갔다. 하지만 양희는 보이지 않았다.

양희는 어학원에 안 나왔다. 하루이틀은 몸이 안 좋은가 바쁜가 했다가 필용은 창백해졌다. 떠난 것이다. 사라진 것이다. 필용은 시름시름 앓았다. 개도 안 걸린다는 여름 감기에 걸려서 집밖으로 나가지 못하고 퀸의 〈너무 큰 사랑은 널 죽일지 몰라〉 같은 노래를 들으며 고열에 시달렸다. 어머니는 장사를 나가다 말고 돌아와 약이라도 타다 주랴? 했다. 필용은 됐다고 했다. 안 먹겠다고 했다. 그날 밤 열이 삼십팔 도 넘게 치솟았다. 필용은 오한에 오들오들 떨면서도 병원은 안 가리라 생각했다. 어머니가 장사에서 돌아와, 아직도 시큼한 단무지 냄새와 밀가루 냄새가 빠지지 않은 손으로 필용의 이마를 짚으며 어쩌냐, 병원 안 가냐, 하고 안타까워했다.

"어머니."

필용은 누가 풀무질을 하듯 정신이 들었다 나갔다 하는 것을 느끼며 간신히 물었다.

"그래, 아가, 그래, 왜?"

"어머니는 어떻게 나았어요? 이렇게 아프다가 어떻게 구원이 됐어요?"

"나 말이냐?"

어머니는 필용의 베개를 돋워주며 자부심 있는 목소리로 하느님이 구하셨지, 했다. 그러니까 너처럼 잘난 아들을 안 낳았냐.

며칠 뒤 열이 내리자 필용은 친구에게 차를 빌렸다. 곧 오겠다던 친구는 약속 시간이 훨씬 지난 밤 아홉시가 되어서야 오래된 르망을 끌고 나타났다. 낮부터 내린 비는 다행히 그쳤지만 도시 전체가 축축하게 젖어 있었다. 그 젖은 도시의 모습이 필용의 마음과 닮아 있었다.

갈까 말까 필용은 한번 더 진중하게 생각했다. 과 후배에게 들은 바로는 양희는 문산의 본가로 갔다고 했다. 거기서 양희네 가족이 오리인가 거위 농장을 하는데 장마로 피해를 봐서 내려갔다는 것이다. 어쨌거나 필용은 가급류에 밀린 셈이었다. 그래도 가야 했다. 안 갈 수는 없었다. 그렇다면 문산까지 가서 양희를 만난다는 것은 무얼 의미하는가. 그건 시작을 의미하는 것이었다. 연애와 사랑, 연민, 속박, 약속, 의무, 섹스의 시작이었다. 있던 게 없어지는 게 아니라 없던 게 생겨나는 것이었다. 필용은 난생처음 무모함에 대해서 생각했고 이윽고 시동을 걸었다. 가는 동안은 당연히 퀸이었다. 내 평생의 사랑, 당신은 나에게 상처를 주었지, 당신은 내 마음을 산산이 부수고 떠났지, 하는 가사에 귀기울이며 가속 페달을 밟았다. 내 사랑을 되돌려줘, 나에게서 빼앗아가지 말아주오. 노래를 따라 부르며 필용은 생각했다. 해보겠다고 생각했다. 문산에 가서 말하겠다. 양희야, 너의 허스키를 사랑해, 너의 스키니한 몸을 사랑해, 너의 가벼운 주머니와 식욕 없음을 사랑해, 너의 무기력을 사랑해, 너의 허무를 사랑해, 너의 내일 없음을 사랑해.

문산 쪽도 비는 그쳐 있었다. 개구리들이 왈왈 시끄럽게 울고 풀냄새, 물냄새, 진창 냄새가 뒤엉켜 뭔가 원시적인 느낌을 주었다. 필용은 문산의 모든 것이 양희와 닮아 있다고 생각했다. 양희의 야상에서 나던 냄새는 어쩌면 지하 자취방이나 극장의 퀴퀴한 냄새가 아니라 문산에서 묻어온 양희의 고유한 체취는 아니었을까. 그러자 양희의 무기력하고 소극적인 태도도 어쩌면 잘못 독해되어왔던 건 아닐까 하는 생각이 들었다. 이런 곳에서, 이렇게 모든 것들이 득의만만하게 생장하고 있는 곳에서 그런 허무가 왔다니, 무기력이 왔다니, 믿을 수 없을 것 같았다.

좀 헤매다가 동네 사람의 안내로 양희의 집을 찾았을 때 필용은 무언가에 얻어맞은 것처럼 어안이 벙벙했다. 양희의 집은—그런 걸 집이라고 할 수 있다면—집이라기보다는 굴에 가까웠다. 합판으로 지어놓았는데 부엌과 방의 경계가 벽돌 네 장 높이로 올린 구들이 다였다. 그나마 부엌은 타일 한 장 없이 흙투성이였다. 하수구가 제대로 나 있지 않은지 밥풀이며 퉁퉁 불은 라면 가닥이며 하는 것이 수챗구멍에서 비탈을 따라 개울로 흘러들었다. 오리는 있었다. 농장이 아니라 개울 한쪽에 철조망을 치고 오리 몇 마리를 가둬 기르고 있었다. 오리가 꽥꽥 울었다. 죄 새끼들만 있는지 소리가 작고 힘없었다.

양희는 가족들과 텔레비전을 보고 있다가 필용을 맞았다. 방안에는 양희의 부모가 다 있었는데, 아버지는 키가 꽤 컸지만 병약해 보였고 겉모습만 봐서는 일흔은 되어 보였다. 어머니는 땅딸한 몸에 둥글둥글한 얼굴이었다. 검은 머리를 올려 쪽을 짓고 있었다. 필용을 데려다준 동네 사람은 가지 않고 이웃집 처자를 찾아 늦은 밤 나타난 청년을 구경하며 칭찬을 늘어놓았다.

"양희가 공부도 잘했지, 도에서 장학금이 내려올 정도로 잘했지. 양희 부친께서는 비록 이렇게 사시지마는 아주 선비셔. 청빈하셔. 돈이 생기면 죄 불우이웃 돕기 성금으로 내고 수재 의연금으로 내고 하셔. 양희 장학금도 더 어려운 사람들을 돕는 데 쾌척하시고 아주 그냥 선비셔. 비록 몸은 이러셔도 소싯적부터 애국지사셔."

과연 벽에는 상찬이 적힌 울긋불긋한 감사패들이 걸려 있었다. 하지만 양희보다 더 어려운 사람이라니, 이 동네에서도 가장 누추하고 낡은, 집 같지도 않은 집에 살고 있는 것 같은데. 복숭아 통조림이 얼음물에 띄워져 들어왔다. 양희의 부모는 필용에게 왜 왔냐, 어디서 왔냐, 누구냐, 어떤 사이냐, 묻지 않았다. 정작 찾아온 건 자기이면서 필용도 아무 말 하지 않았다. 그들은 그렇게 텔레비전의 개그 프로그램을 함께 보았다. 필용과 있을 때는 단 한 번을 웃지 않더니 양희는 잘 웃었다. 트레이닝복을 입고 나와 서로의 이마를 때려대는 개그맨들이 뭐가 웃긴지 웃었다.

"양희야, 양희야, 니 통장에 얼마나 있냐?"

양희의 아버지가 돌아앉으며 물었다.

"삼십팔만원쯤 있어요."

양희가 텔레비전에서 시선을 떼지 않은 채 대답했다.

"돈이 어떻게 그렇게 많냐?"

"그냥 어떻게 있어요."

"오리 그물 고치려면 얼마나 들까?"

"십만원은 안 들겠어요?"

양희의 어머니가 대답했다.

"그러면 양희야, 남은 걸로 쓸데가 생겼다."

"네네, 그래요, 아버지."

"그걸 다 찾아다……"

"네네, 아버지 뜻대로 하세요."

양희는 아버지가 말할 때마다 고개를 끄덕여가며 동의했다. 아무런 감정 없이 평온한 얼굴이었다. 삼십팔만원! 삼십팔만원이면 얼마나 큰돈인가? 필용은 얼굴을 찌푸렸다. 아니, 어떻게 그걸 다 달라고 할 수 있는가. 당신 딸이 어떻게 사는지도 모르면서, 저 나이에, 이제 스물한 살의 나이에 추레하고 낡은 옷만 입으면서 서울을, 종로를, 그 꽃처럼 화려한 거리를 얼마나 힘없이 걷고 있는지 모르면서. 무언가를 축적할 시간 없이 자꾸만 무언가를 앗아가는, 그렇게 반복된 불행에 익숙해진 사람의 무기력하고 열없는, 견디는, 얼굴을 하고 있는지 모르면서, 삼십팔만원이라니! 필용은 소리치고 싶었지만 실제로 그렇게 하지는 못했다. 필용은 그저 시선을 비꼈다.

돌아갈 때는 양희가 동네 어귀까지 데려다주었다. 이렇게 단둘이 있기 위해 문산까지 왔지만 필용은 할말이 없었다. 양희가 문득 생각난 듯이 그런데 선배는 왜 왔지? 했는데도 그냥 근처를 지나다가, 하면서 얼버무렸다.

"부끄러워서?"

양희가 필용에게 물었다. 여태껏 한 적 없는 질문이라는 것이 여기 있었다. 필용과 양희는 마주보았다. 밤이라 얼굴은 거의 지워졌어도 거기에는 양희의 눈이 있었다.

"미안하다. 심한 말 해서."

필용이 사과했다.

"선배, 사과 같은 거 하지 말고 그냥 이런 나무 같은 거나 봐요."

양희가 돌아서서 동네 어귀의 나무를 가리켰다. 거대한 느티나무였다. 수피가 벗겨지고 벗겨져 저렇게 한없이 벗겨져도 더 벗겨질 수피가 있다는 게 새삼스러운 느티나무였다.

"언제 봐도 나무 앞에서는 부끄럽질 않으니까, 비웃질 않으니까 나무나 보라고요."

필용은 양희 뒤에 서서 양희에게로 손을 뻗어보았다. 닿지는 않았다. 앞으로 한 걸음만 더 옮기면 손이 닿을 수도 있었지만 필용은 그러지 않았다. 자신의 얼굴이 간절함으로, 연민과 구애의 감정이 뒤엉킨 고통으로 일그러져 있다는 걸, 자기 자신만은 볼 수 없었기 때문이었다. 이윽고 필용은 말없이 르망에 올라탔다. 문산까지 오는 동안 필용이 전율했던 사랑은 사라지고 없었다. 아주 뻥 뚫린 것처럼 없어지고 말았다. 필용은 울었다. 울면서 무엇으로 대체되지도 좀 다르게 변형되지도 않고 무언가가 아주 사라져버릴 수 있음을 완전히 이해했다. 적어도 그 순간에는 그렇다고 생각했다.

6

인사팀장에게 불려간 필용은 자신의 회사 출입기록이 적힌 서류를 받아들었다. 열두시와 한시를 기준으로 몇 분 이르고 몇 분 늦게 출입시간이 기록되어 있었다. 모두 필용이 양희에게 달려갔던 시간들이었다. 열두시에서 사 분 모자란 열한시 오십육분, 한시에서 몇 분이 더 지나 있는 한시 사분과 오분. 필용은 그 시간들을 모두 암산으로 더해보았다. 아무리 해도 하루 동안의 시간도 안 될 것 같았다. 기껏해야 반나절? 하지만 무거웠다. 인사팀장이 언급하는 그 시간의 무게는 너무 무거워서 필용의 머리를 조아리게 했다. 근태 불량은 인사 평가의 핵심 항목이어서 필용은 최하점을 받았다.

"조심해요, 조심해. 가랑비에도 안 젖게 조심하라고요. 깃털 하나도 어깨에 떨어지지 않게 조심하라고요. 맘 못 잡는 그 맘도 이해하고 여기서 버티겠다는 그 맘도 이해하지만 어떻든 회사에서 요주의하고 있다는 걸 명심하라고요."

필용은 퍼뜩 정신을 차렸다. 그래, 누구를 탓하겠는가. 감상에 빠져 시간을 보낸 건 바로 자신이었다. 이제는 팔다 팔다 팔 게 없으니까 추억까지 팔아서 어쩌려고. 부끄러웠다. 올라가야 하지 않는가, 원래의 자리로. 그러자면 어둑한 소극장, 의자와 회사원들, 마주친 얼굴과 그 지루한 시간, 짤깍짤깍짤깍 하는 박수 소리, 그리고 양희를 잊어야 한다.

필용은 자신을 달가워하지는 않지만 그래도 아예 내치지는 않는 회사의 안녕을 위해 열심히 일했다. 그렇게 여름과 가을을 보내는 동안 필용의 몸에서는 종로로 달려가던 시절의 돌출적 에너지와 저항의 충동이 다 빠져나갔다. 긴장은 이제 몸 전체에서 사라져 필용은 말랑말랑해졌다, 치즈처럼. 가볍게, 있는 듯 없는 듯하게, 어떻게 보면 나사가 빠진 듯하지만 안정적으로 회사를 다녔다.

그러다 겨울로 접어들 무렵 필용은 감기에 걸렸다. 출근해서 버터보던 필용은 이제 약을 쓰지 않고는 감기가 낫지 않는 나이임을 실감하며 병원에 가기로 했다. 한시까지 돌아올 생각으로, 이번에는 당연히 전자결재로 행적을 밝히고 점심시간보다 이르게 회사를 나섰다. 볕은 따뜻하게 내리쬐고 있었지만 추웠다. 추운 날씨였다. 필용은 열이 있다고 생각하면서 걸었고 어머니 생각을 하며 걸었다. 그러자 어깨가 시려왔다. 소면을 삶다가 문득 어머니가 손목을 잡으며 시리구나, 애구 시려, 했던 게 생각나면서 더 더 시려왔다. 그런 어머니는 필용이 마흔이 되기 전에 세상을 떠났다. 어쩌면 이미 그때부터 누구에게도 구원에 대해 물을 수가 없게 되었는지도 몰랐다. 어느덧 필용은 병원이 아니라 종로를 향해 걷기 시작했다.

필용은 이렇게 걷고 있는 건 자기 의지가 아니라고 생각했다. 가고 싶어서 가는 것이 아니라 그냥 어쩌다보니 가게 된 것이다. 두 발이 원을 그리면서 서울을 돌다 돌다 세 계절이 지난 뒤에 다시 여기로 되돌아오게 된 것이다. 이윽고 필용은 극장 앞에 섰다. 열두시가 한참 넘어 표를 살 수도 없는 시간이었다. 하지만 그래서 더 괜찮지 않을까. 극장 문을 한번 열어봐도 되지 않을까. 필용은 아무런 기대도 희망도 없이 다만 어떤 거절, 밀쳐짐이 필요한 사람처럼 힘없이 극장 문을 열었다. 매표소 아가씨는 파란 목도리를 하고 포스터들을 말며 서 있었다. 필용은 닫혀 있는 공연장 문을 보며 오늘은 누가 무대에 올라가 그 시간을 견디고 있을까 생각했다. 처음에는 견디다가 나중에는 받아들이다가 응시하게 되는 그 시간을. 돌아서 나가려는데 아가씨가 들어가요, 했다.

"열두시 반이 넘었는데."

"관객이 하나도 없으니까 들어가요. 공연도 연말까지밖에 안 해요. 이제 보지도 못해요."

필용은 고민했다. 관객이 한 명도 없다면 그 자리에는 필용이 서야 할 것이었다. 필용은 이마의 식은땀을 닦았다. 이대로 나가버리면 무대 위 의자에 앉지 않아도 되지만 그렇게 거기에 앉지 않으면 또 어떻게 되는 것일까.

매표소 아가씨의 말과는 달리 객석에는 늘 박수를 치던 남자 관객이 앉아 있었다. 남자는 관객이 아닌가? 생각하며 필용은 머플러로 얼굴을 감쌌다. 시작을 알리는 차임벨이 울리고 양희가, 이렇게 추운데도 여전히 전신 타이츠만 입은 양희가 등장했다. 보고 있는 필용이 더 추웠다. 양희가 객석으로 내려와 손을 내밀었고 필용은 그 손을 내려다보았다. 선배 가능한 걸로요, 하면서 주머니에서 허공을 거쳐 자신에게로 옮겨오던 그 손을. 필용은 머플러를 풀어서 얼굴을 보여주고 싶은 충동을 느꼈지만 용기가 나지 않았다.

양희는 다른 사람에게 하듯 필용을 의자에 앉혔다. 그러고는 마주보는 시간이었다. 오래전 맥도날드에서 양희는 언제나 시선을 비스듬히 비껴서 필용과 함께 있는 시간을 견뎠지만 이제는 말이 없으니까, 둘 사이에 아무 상관이 없으니까 서로를 견딜 필요도 없을 것이었다. 견뎠다니, 필용은 그 사실이 슬프고 부끄러워서 얼마간 눈을 맞추다가 이내 고개를 떨구고 말았다. 잠시 후 남자 관객이 일어나 텅텅텅 하고 박수를 쳤다. 자리로 돌아와 필용은 가방을 챙겼고 양희와 매표소 아가씨가 무대 인사를 했다. 그리고 끝이었다. 필용은 씁쓸했지만 요즈음 거의 모든 일에 그러하듯 체념하고 받아들였다. 당연하다고 생각했다. 자신도 점심시간을 이용해 극장에 앉아 샌드위치를 씹으며 위안과 힐링을 바라는 직장인들과 다를 게 없는 것이다. 양희가 다르지 않게 대했고 다르지 않은 사람이 되었다.

짐을 챙겨서 나가려는데 무대 인사를 끝낸 양희가 들어가지 않고 서 있는 것이 보였다. 필용이 의아해하며 걸음을 멈췄다. 양희는 그냥 서 있었다, 무대 위에서 필용을 내려다보며. 남자 관객이 또다시 자리에서 일어나 브라보, 하고 휘파람을 불었는데도 양희는 대기실로 돌아가지 않았다. 그러다 두 팔을 들어 어깨 너비가 넘게 벌렸다. 그 어느 밤의 느티나무처럼. 그리고 바람을 타듯 팔을 조금씩 조금씩 흔들었다.

회사로 걸어가면서 필용은 울었다. MP3 플레이어도 퀸도 없는 종로 거리에서 필용은 이제 모든 것이 끝이라고 생각했다. 어떻게 해서든, 뭐 달리 어떻게 해볼 것 없이, 더이상 어디에서도 양희를 볼 수 없을 것이다. 하지만 내일은 어떨지 몰라도 지금은, 오늘은, 그것이 참을 수 없는 고통이라서 필용은 뒤돌아 극장 쪽으로 뛰어갔다. 우당탕 하고 계단을 내려가니 매표소 아가씨가 비질을 하다가 뭐 놓고 갔어요, 하고 물었다. 필용이 말을 못하고 있는데, 박수를 치던 남자 관객이 양동이를 들고 화장실에서 나오는 것이 보였다. 남자는 필용과 눈이 마주치자 씨익 웃었다. 조연출, 그거 여기로, 하고 아가씨가 대걸레 쪽을 가리켰다.

"자, 갑니다, 시작해요."

남자가 대걸레에 물을 착착 적셨고 필용은 눈물범벅이 된 얼굴을 손수건으로 닦았다. 필용은 다시 거리로 나왔다. 얼마쯤 걷다가 또 극장 쪽으로 향했지만 다시 몸을 돌려 종로에서 멀어졌다. 돌아가고 싶은 마음을 간신히 누르며 계속 멀어졌다. 양희야, 양희야, 이제 피시버거는 안 판단다. 양희야, 양희야, 너 되게 멋있어졌다. 양희야, 양희야, 너, 꿈을 이뤘구나, 하는 말들을 떠올리다가 지웠다. 안녕이라는 말도 사랑했니 하는 말도, 구해줘라는 말도 지웠다. 그리고 그렇게 지우고 나니 양희의 대본처럼 아무것도 남지 않게 되었다. 하지만 아주 없는 것은 아니었다. 시간이 지나도 어떤 것은 아주 없음이 되는 게 아니라 있지 않음의 상태로 잠겨 있을 뿐이라는 생각이 남았다. 하지만 그건 실제일까. 필용은 가로수 밑에 서서 코를 팽 하고 풀었다. 다른 선택을 했다면 뭔가가 바뀌었을까. 바뀌면 얼마나 바뀔 수 있었을까. 가로수는 잎을 다 떨구고 서서 겨울을 견디고 있었다. 필용은 오래 울고 난 사람의 아득한 얼굴로 주위를 둘러보았다. 그런 질문들을 하기에 여기는 너무 한낮이 아닌가, 생각하면서. 정오가 넘은 지금은 환하고 환해서 감당할 수조차 없이 환한 한낮이었다.

* 작중 연극의 제목은 양경언(@redsea32)의 인스타그램에서 얻은 것이다.
* 연극의 형식은 마리나 아브라모비치의 2010년 뉴욕 현대미술관 퍼포먼스 〈예술가가 여기 있다The Artist Is Present〉에서 착안했다.

| 작가노트 |

사랑하죠, 오늘도

몇 년간 세상은 점점 나빠지지만 내게는 역설적으로 좋은 사람들이 많아진다. 나는 그들을 대부분 짝사랑하지만 가끔은 참지 못하고 애정을 고백하기도 하는데 그때 상대방이 그것을 그냥 인사치레로 여기거나 덕담쯤으로 받아넘길 때는 어쩔 수 없이 서운하다. 혹시나 그러한 애정에 다른 목적이 있으리라 생각하지 않을까 근거 없이 걱정하기도 하는데 그러면 너무 매정하지 않은가, 하는 생각이 든다. 사랑은 우리에게 남은 최후의 보루, 최후의 온기인데 그런 것에까지 세상일이란 게 다 그런 것이라는 식의 냉소를 퍼부으면 곤란하다. 그런 냉소를 뒤집어쓰다보면 마음속까지 우리는 얼어버릴 것이기 때문이다. 우리가 얼어버리면 한낮에도 우리는 아주 추운 마음으로 걸어다닐 수밖에 없는데, 나는 그런 한낮을 원하지 않는다.

내가 원하는 한낮이란, 지금처럼,

별것 아닌 것으로 친구와 싸우는 아가씨가 있는 곳, 도로를 무단 횡단해 노인들이 자기 갈 길을 그냥 가는 곳, 전혀 어울리지 않는 옷을 입히고는 정말 잘 어울린다고 말하는 점원이 있는 곳, 추운 골목에 서서 휴대전화에 대고 야, 관둬, 야 다 관둬, 하는 애인이 있는 곳.

오늘 한낮에 탄 버스에서는 한 남자가 허둥대며 자리에서 일어나 뛰다시피 해서 벨을—그것은 이미 눌러져 있는데도—눌렀고 불안하고 황망한 얼굴로 그 짧은 순간에도 초조하게 주위를 살폈다. 남자가 손잡이를 너무 꽉 잡고 카드 단말기 앞에 서 있는 바람에 내릴 때 카드를 한 번 더 찍지도 못했다. 남자는 정말이지 손잡이에 매달려 갑자기 닥친 불행에 휩쓸려나가지 않으려고 안간힘을 쓰는 것 같았다. 그런 사람을 밀치고 카드를 찍는 것이란 그를 어딘가로 떠밀어 보내는 일 같았고.

남자는 어딘가에 두고 온 물건 따위가 생각났을까. 아니면 이번 정류장에 꼭 내려야 만날 수 있는 어떤 얼굴이 생각났나. 그런 거였으면 좋겠지만 실제로 우리 일상에서 일어나는 일들이란 그런 상상들과는 비교가 되지 않는 아주 날카롭고 차가운 것들, 이기기 힘든 것들, 지출해야 하거나 버텨야 하는 것들이다. 그래도 우리는 아직 얼어버리지 않았으니까 여전히 이런 한낮을 맞을 수 있다.

용서해주는 것, 서툴렀던 어제의 나와 그 사람에게 더이상 책임을 묻지 않는 것. 우리는 그런 어제 때문에 많은 것을 잃고 고통을 겪고 심지어 누군가는 여기에 없는 사람들이 되었지만 그건 우리의 체온이 어쩔 수 없이 조금 내려간, 하지만 완전히 얼지는 않았던 시절의 이야기다. 우리는 다시 돌아왔고 여전한 부끄러움을 느끼지만 힘들다면 잠시 시선을 비껴서 서로를 견뎌주는 것만으로도 많은 것을 되돌릴 수가 있다. 근데 그러면 어떻게 되는 거지? 우리가 서로를 견디며 왜냐고 묻는 대신 대화를 텅 비운 채 최선을 다해 아주 멀어지지만은 않는다면?

그런 말들이 차고 넘치는 하루하루가 아니었다면 이런 이야기를 쓰지는 않았을 것이다. 세상은 형편없이 나빠지는데 좋은 사람들, 자꾸 보고 싶은 얼굴들이 많아지는 것은 기쁘면서도 부끄러워지는 일이다. 그런 사람들을 사랑했다가 괜히 마음으로 거리를 두었다가 여전한 호의를 숨기지 못해 돌아가는 것은 나의 한계이기도 하지만 적어도 지금은 사랑하죠, 오늘도, 라고 말할 수 있다. 그리고 오늘은 채 끝나지도 않았지, 라고.

소설의 맏[1]

양경언

「너무 한낮의 연애」에 나오는 인물들은 김금희가 쓰기 이전부터 그 자리에 있었던 것만 같다. 소설 속 인물이 가공된 세계에서 건너온 '남'이 아니라 내 주변에 있는 누군가, 나와 닮은 누군가, 그러니까 꼭 '아는 사람'처럼 느껴질 만큼 그이에 대한 얘기가 능청스럽게 울려퍼진다는 말이다. 이는 미학적 변용을 가할수록 현실에서 멀어지는 세계가 나타나리라는 기대와 정확히 반대로 걷는 방식을 이 작품이 택했다는 의미도 될 것이다. 바로 그러한 이유로, 이 소설을 '필용'과 '양희'가 십육 년에 걸쳐 만나고 헤어진 이야기라는 축약으

1) 원래 '맏'은 '가까운 곳'이란 의미를 더하기 위해 단어 말미에 붙이는 '접미사'에 해당한다. 이 글에서는 '곁'보다는 친밀하고, '밑'보다는 동등하게 수평을 형성할 수 있는 자리가 소설을 통해 설정되고 있는 상황을 설명하기 위해, '맏'을 접미사가 아닌 명사로 활용했다.

로 이해하기에는 어딘가 미진한 구석이 있다. 간편하고 깔끔한 정의를 내리고자 하는 해석의 욕망이 소설에 다가가는 순간, 소설의 한가운데에서 뿜어져나오는 삶의 구체적인 궤적들이 두텁게 형성되면서 거기에 맞설 뿐만 아니라, 해석의 손아귀로는 끝내 움켜잡지 못할 삶의 "불가해한"(25쪽) 감정, "일순간에 없음이 되지가 않"(31쪽)는 순간들이 비죽, 때때로는 줄줄 새어나오기 때문이다. 요컨대 이 소설에 관해서라면 독자인 우리는 제일 먼저 필용과 양희, 이 두 사람에 관한 이야기를 마치 우리 곁에 있는 사람 얘기를 꺼내듯이 세세하게 꺼내놓을 필요가 있다.

우리가 처음 만난 당시의 필용은, 자신의 삶이 원치 않는 방향으로 움직이고 있다는 생각이 들 때마다 자주 '어떻게 하면 되는가' '그럼 어떻게 되는가'를 되뇌며 '세상으로부터 버려졌다'는 느낌 밖으로 좀처럼 나가지 못하는 사람이었다. 그에게 '너무한 일'이란 자신의 존재를 다른 것으로 대체해도 상관없다고 여기는 회사의 일방적인 태도나, "모두 제자리에"(26쪽) 있는데 자기 자신만 홀로 빠져나온 것만 같은 세상, 그런데도 잘만 돌아가는 세상이 안기는 고립감 같은 것이었을 테다. 뻔한 팝송을 들으며 거리를 걷거나, 꿈 많던 시절에 끼니를 해결했던 패스트푸드점에서 점심을 홀로 때우는 방식으로 겨우 '너무한 일'들을 "견디는" 필용의 상황은, 그가 옳다고 판단하는 일상의 패턴이 너무나 확고하므로 더욱 고돼 보인다(물론 필용의 상황을 안쓰럽게 여기다가도 아이 학교에 돌릴 명함 생각을 하며 체면치레에 골몰하는 이자의 꼴이나, 패스트푸드점 아르바이트생에게 반말을 '찍찍 해대는' 말본새를 목격하게 되면 '에그, 그래도 저건 아니지'라며 혀를 끌끌 차게 되기도 한다. 이처럼 필용의 말과 행동에 일희일비하도록 독자의 반응을 이끄는 방식은 앞서 언급했던 꼭 '아는 사람'의 얘기처럼 들리게끔 구는 이 소설의 화법으로 가능한 일이겠다). 아니나 다를까. 우리의 필용은 그런 순간을 마주할 때마다 '운다'. 혹은, 울 것만 같은 심정으로 그저, '있다'.

필용이 눈물을 터뜨리기 직전의 심정으로 삶을 견디는 순간을 맞이했다는 점, "누군가 구해줄 사람이 필요한 얼굴"(12쪽)로 삶이라는 전선 위에 놓여 있었다는 점. 이 점이 중요하다. 왜냐하면, 필용이 여전히 통상적인 일정에 쫓겨 아무런 성찰도 없이 주어지는 나날에 몸을 욱여넣고 살고 있었다면, 흐르는 시간을 중단시키고 기존의 삶에 의혹을 던질 수 있는 순간—연극과의 조우—을 형성하지 못했을 터이기 때문이다(필용은 양희가 과거에 썼던 문장과 같은 제목의 연극을 발견하고 "하필이면 지금 이 시간에 여기 있는 것은 바로 양희와 재회하기 위해서"(14쪽)라는 반응을 보인다. 이는 '너무한 일'을 '너무하다'고 바라볼 수 있는 예민한 상태가 필용에게 주어지지 않았다면 필용의 삶에서 '양희와의 재회 가능성'이 고려되는 일이란 애초부터 없었다는 얘기가 된다). 구원이 필요한 순간이 없었다면 필용은 양희와 과거에 있었던 일을 모르는 체하며 살았을지도 모른다. 나의 현재를 형성하고 있는 겹겹의 지층을 돌아보는 환기의 순간은 곧 내가 서 있는 지대에 가해진 균열을 실감하는 때에 일어나는 것이기 때문이다. 예술은 그 순간의 '나'를 다치지 않게 안아올리는 방식으로 삶을 전환하는 경험을 선사하는데, 필용의 경우는 양희의 연극이 그와 같은 역할을 담당한다.

필용이 우는 순간에 대해 더 말해보자. 소설에서 필용은 세 번 정도 우는데 이는 모두 '어떤 일'이 일어난 직후에 벌어진다. 첫 눈물은 회사로부터 인사이동 통보를 받고 난 직후 종로 거리에서 흘린 것. 필용은 이때 기왕의 삶의 패턴에서 벗어나지 않기 위해 안간힘을 쓰던 시기를 살고 있었으므로 '자신이 알(고 있다고 오해했)던 세계'를 등져야 하는 사람의 열패감으로 빚어진, 위축된 자의 눈물을 흘린다(그는 "사레가 들려 크허헉거릴"(10쪽) 정도로 운다). 반면에 두번째, 세번째 눈물은 오히려 '자신이 알(고 있다고 단정해왔)던 세계'와의 직접적인 대면을 통해 타인뿐만 아니라 자기 자신을 향한 응시마저 휘발시키고 이윽고 자기 앞의 세계, 자기가 속한 세계를 '있는 그대로' 받아들이게 된 이의 쓸쓸한 깨달음으로 빚어진, ('그 순간'을 통과하기 바로 직전과 전혀 다른 상태로) 변화된 자의 것이다(그는 "울었다"가 아닌 다른 어떤 표현은 낭비라는 생각이 들 정도로 운다).

소설에서는 지그재그의 시간 순서로 겹쳐 전달되었지만, 순서상 필용의 우는 순간을 재촉한 '어떤 일'이란, 십육 년 전의 문산 느티나무 곁에서 있었던 일이 먼저, 양희가 연출 겸 극본, 배우까지 맡은 연극 〈나무는 'ㅋㅋㅋ' 하고 웃지 않는다〉에서의 재회가 그다음이다. 십육 년 전, 무형의 기대를 품고 문산까지 양희를 찾아갔던 필용은 느티나무 곁에서 자신이 몰랐던 사실, 그러니까 양희에게서 찾으려 했던 건 자기 자신의 회복일 뿐이었지 양희의 있는 그대로의 모습, 있는 그대로의 자리가 아니었음을 깨닫고 울었다. 이와 같은 사건은 한번 더 반복된다. 그로부터 십육 년 뒤, 양희의 연극 무대 위에서 아무 말 없이 눈만 쳐다보는 경험을 통해 필용은 완전히 사라지는 방식을 취해야만 그 무엇으로도 대체될 수 없음을 증명하는 어떤 순간과 감정, 관계가 삶에는 있기 마련임을 깨닫는다. 더불어 이같은 깨달음은 그 어떤 것이 사라진 이후에나 찾아오므로 우리는 항상 이미 '너무' 늦은 사람의 마음으로 살 수밖에 없다는 사실까지, 필용은 이해하게 된다. 현재 우리가 마음을 봉합하고 어찌어찌 '살아가는' 이유란 사라졌다고만 알고 있던 순간과 감정, 관계가 "아주 없음"이 아니라 "있지 않음"(43쪽)의 상태가 되어, '지금-여기'에서 멀찍이 물러난 채로 '여기'를 향해 '지금'을 다독일 수 있는 힘을 내내 타전하고 있기 때문이라는 사실 역시도.

한편, 언뜻 필용의 성장 서사로 단순히 읽힐 수 있을 이야기 구조에 긴장을 부여하면서 소설이 전하는 울림의 폭을 키우는 몫은, 필용의 건너편에서 묵묵하면서도 꾸밈없는 행동과 말을 전하는 양희에게 주어진 것 같다. 십육 년 전, 양희는 느티나무를 가리키며 "선배, 사과 같은 거 하지 말고 그냥 이런 나무 같은 거나 봐요."(38쪽)라고 말하면서 누군가를 비웃지도, 누군가 앞에서 부끄러워하지도 않는 삶의 방식에 대해 생각게 했었다. 그러더니 시간이 흐른 뒤 연극 무대 위에서는 그 방식을 실제로 살아내고 있는 양희 자신의 모습을 필용에게 몸소 선보이기까지 했던 것이다. 양희는 꼬여 있지 않은 채로 담백하게 삶에 충실할 수 있는 방식이 가능할 수도 있음을 그 자신이 쓴 연극 무대를 통해 증명해 보인다. 극장을 나와 울면서 회사로 걸어가는 필용과는 다르게, 마치 오래전 그날의 느티나무처럼 팔을 저으며 인사를 건네는 양희식의 표현법은 그래서 더욱 미덥게 빛난다.

이 소설이 양희와 같은 인물을 품어낼 수 있었던 배경은, 소설 전반에서 서사의 구체화에 이바지하고 있는 서술의 리듬 덕분일 것이다. 소설의 목소리는 홀로 종로를 걸으며 울던 필용의 말에서 혹은, 무심한 듯 의연하게 습작 노트를 만지던 양희의 맡에서, 때로는 생명력이 넘치던 여름밤 느티나무의 맡이나 잎을 다 떨군 겨울 가로수의 맡에서 어김없이 들린다. '맡'이라는 표현을 썼거니와 소설에서 이야기를 전달하는 서술자는 시간(한밤/한낮, 여름/겨울, 십육 년 전/후)과 장소(맥도날드/양희의 집, 가로수 밑/느티나무 곁, 회사/극장)의 분할에 구애받지 않고 특유의 가락으로 목소리를 이어가고, 그와 같이 키워진 힘은 마치 오르간의 페달처럼 필용과 양희가 함께 겪게 된 일의 실마리를 제공한다. 이를테면 눈앞에 당장 보이진 않으므로 있었단 사실조차 아득한 '과거의 어떤 순간들(십육 년 전 종로와 문산에서 있었던 일들이 이에 해당할 것이다)'이 우연한 계기로 지금과 만나는 접점을 형성할 수 있도록, 이 소설의 목소리는 각각의 순간과 그를 채우던 사람들의 말과 울림이 사라지지 않고 남아서 세계를 내내 떠다닐 수 있도록 돕는다. 이를 두고, 우리 삶을 이루는 리듬의 성질이 거기에 담겨 있기 때문이라고 말해도 될까. 이 리듬은 깜깜한 어둠 속에서도 푸성귀들이 푸르게 돋아날 수 있도록 혹은, 우리가 아무리 부정한다 해도 돌아보면 있는 것들이 "득의만만하게 생장"(35쪽)할 수 있도록 삶의 근육을 만든다. 그 때문에 이들은 단순히 '견딤'의 차원이 아닌 '살아감' 그 자체로 생(生)을 대할 줄 알게 된다. 소설의 장면마다 간간이 부연처럼 등장하는 어머니의 말(아프다가 어떻게 구원됐느냐는 필용의 질문에 어머니는 생뚱맞게 "하느님이 구하셨지, (……) 그러니까 너처럼 잘난 아들을 안 낳았냐"(33쪽)고 한다)이나 양희네 이웃의 말(멀리까지 온 필용에게 이웃은 가난한 양희 부친을 일컬어 "아주 선비셔. 청빈하셔"(36쪽)라며 치켜세운다)까지도 예사로 넘길 수 없는 이유가 여기에 있다. 자기연민도, 자기냉소도 없이, 그저 '살아간다는 것', 그것을 비웃지 않는 태도. 김금희의 이번 소설 속 목소리가 작품 면면에 부여하는 리듬은 그와 같은 삶을 대하는 태도를 구현하기 위해 바쳐진다. 양희의 행동과 말과 삶을 대하는 방식이 하나도 늦되지 않고 도리어 성숙하게 비치는 까닭 또한 여기에 있을 것이다. 서술의 리듬을 따르다보면, 어느새 우리는 우리를 불현듯 안아올리는 산뜻함의 순간은 멀리 있는 게 아니라 자주 심란하다고 느끼는 우리 삶의 맡에 있음을 알게 된다. 그 덕분에 우리는 우리를 해치는 일들을 향해 품었던 모든 적의를 내려놓게 된다.

이 글의 처음에서 '남 같지 않은' 인물들에 대해 언급했던가. 이 소설을 읽고 난 후의 독자들 맡엔 소설에 대한 명징한 이해를 도모하기도 전부터 다가오는 구체적인 얼굴들이 있을 것이다. 김금희가 쓰는 인물들 중 어떤 인물은 시간의 속도가 자주 더디다. '더딘 속도'의 인물이라고 표현했다 해서 그이가 과거로부터 한 발짝도 못 움직이는, 십육 년 전 필용이 양희를 재현하기 위해 사용했던 표현 그대로 "무기력하고 열없는"(37쪽)이라는 의미는 아니다. 오해를 줄이기 위해 필용의 관점에서 말하자면, 모든 이가 따라야만 한다고 종용되는 표준적인 일상의 패턴을 기준으로 삼을 때, 더디게 가는 이가 있기 마련이고 소설가는 예리하게도 그이를 놓치지 않고 포착한다는 말이다. 그러한 인물은 처음부터 목표가 정해져 있는 직선 같은 삶에 관심을 두지 않고, 그 대신에 눈앞에 놓인 사건의 덩어리를 상대하고 조각해가는 일에 심혈을 기울인다. 그이의 얼굴엔 그래서 젊음도 늙음도 없다(타이츠를 뒤집어쓴 양희의 얼굴을 상상해보라). 다만 '생'이 있는데 그 생은 (필용이 전부라 여겨왔던 일상적인 패턴의) 시간을 비켜간 채로 마련된 자리에 있다. 재미있는 점은 그것을 발견하는 시선의 주체는 다분히 인간적인 역량의 사람이라는 점인데, 바로 그러한 이유로, 김금희는 보통의 존재들이 언제라도 보통의 반대편 존재들과 만날 채비가 되어 있음을 알린다. 우리는 언제고 우리가 알고 있는 삶 이상의 삶, 혹은 그다음의 삶, 덜하거나 더한 삶, 그러니까 삶의 '외부'와 만나게 되어 있다. 그것은 우리 삶에서 늘 일어났고 일어날 일이지만 가만히 되짚지 않으면 함부로 잊히거나 지워지고 말 순간들에 해당하기도 한다. 그 우연성이 열리고 닫히며 공기가 흐르도록 두는 일, 따라서 삶의 외부라 생각하는 공간이 실은 여기의 삶과 연결되어 있음을 알리고, 이윽고 서로 더불어 살게 되는 일. 그걸 씩씩하게 받아적고, 다정하게 전하는 일. 김금희는 그것을 한다. 하여, 기어코 우리에게 소설의 힘을 믿도록 만든다.

양경언

1985년 제주 출생. 2011년 『현대문학』 신인상에 평론 「참된 치욕의 서사 혹은 거짓된 영광의 시—김민정론」이 당선되어 등단.

기준영

누가 내 문을 두드리는가

작가노트 다이얼로그

해설 윤재민 적외선상의 어디쯤

기준영

1972년 출생. 한국예술종합학교 영상원 영화과 전문사 졸업. 2009년 문학동네신인상에 단편소설 「제니」가 당선되어 등단. 소설집 『연애소설』 『이상한 정열』 『사치와 고요』, 장편소설 『와일드 펀치』 『우리가 통과한 밤』이 있다. 2014년 젊은작가상, 창비장편소설상을 수상했다.

| 수상작 |

누가 내 문을 두드리는가

H는 활달한 스물다섯의 여대생으로 모든 남자를 향해 눈웃음을 짓는 것처럼 보였지만, 그에게만은 거의 웃어주지 않았다. 그는 H의 무표정이 그녀의 싱그러움보다 더 신경 쓰이지는 않았지만, 무언가 만회해볼 게 있는 사람처럼 그녀에게 친절하게 굴었다. 그는 그 나이대의 여자들이 향유하고 싶어하는 것들에 대해 조금은 알고 있다고 생각했다. 브로드웨이 뮤지컬의 VIP석, 한정판 잡화 상품들, 경매로 구입한 와인과 그 유래, 낭만적인 장거리 여행담에 보태는 소회 정도로도 따뜻한 눈길과 상냥한 말, 혹은 그 이상의 관심을 받아봤던 경험이 있기 때문이다. 그는 오십대 초반의 남자로, 애송이 시절에 겪은 모든 시행착오를 바탕으로 자신이 손해볼 만한 일이나 관계에서 미적거리지 않고 발을 빼는 노하우들을 갖고 있었다. 부동산 투기로 한밑천 잡은 그의 아버지는 졸부 소리를 들

으며 천박한 취향으로 남들의 부러움과 손가락질을 동시에 샀지만, 그는 아니었다. 그는 아버지에 비하면 신중하고 신사적이었으며, 중도를 지키는 편이었다. 또 부드러운 화술을 구사할 줄 알았고, 성형외과의 친구에게서 정기적으로 시술받아온 피부 리프팅 패키지 프로그램의 효과로 사십대 초반 정도의 얼굴로 보였다. 사십대 후반인 H의 엄마와 그가 함께 서 있는 모습을 본다면 누구라도 망설임 없이 H의 엄마를 누나뻘로 짚어낼 만했다. H의 엄마는 시무룩해 보이는 인상인데다 말투와 행동이 모두 굼떠서 실제 나이보다 다섯 살 정도는 더 많아 보였다. 그는 H, H의 엄마, 자신이 한데 어우러져 있는 광경에 얽혀들 만한 크고 작은 가능성들을 한 번도 떠올려본 적이 없었지만, H의 환심을 사려고 마음에도 없는 소리를 꺼내고 말았다.

"H, 난 이제 이루고 싶은 게 없어. 나도 세상도 적당한 데서 멈춰 타협을 본 느낌이야. 내가 좋은 사람이고 세상도 문제가 없고 낮과 밤은 잘 맞물려 돌아가고 발밑은 평온하다는 식으로 말이야. 물론 그런 기분을 유지하는 데 내가 꾸준히 지불하고 있는 것들이 있을 테지만, 난 거기에 불만이 없는 사람이지. 그래서 요즘 더 당황스럽구나. 난 너를 만나면 즐겁고, 헤어지고 돌아서면 금세 울적해지거든. 내 평생 가져보지 못한 게 있다면 너와 네 엄마 같은 사람들과 아침 식탁에 둘러앉아 오늘의 날씨 같은 것을 이야기하는 일이지. H, 너는 정말 눈동자가 밤처럼 새까맣구나."

이때 아침 식탁은 만족스러운 밤의 리듬 다음에 찾아오는 것이라는 생각이 그에게는 있었다. 그러자 H는 얼굴을 붉히며 대답했다.

"제 눈은 아빠를 닮았어요. 제가 아빠 사는 시골집으로 찾아갔던 이야기는 전에도 잠깐 드린 적 있어요. 기억나세요? 아빠는 엄마랑 저랑은 오래 떨어져 살았는데, 사는 일은 같이 있을 때도 떨어져 있을 때도 그렇게 좋지는 않았어요. 제가 거기까지 찾아가는 데는 나름 용기가 필요했지만, 결과적으로 보자면 그렇게 좋은 생각은 아니었던 것 같아요. 닫힌 문 밖에서 아빠의 새 부인을 본 게 다였거든요. 그 여자는 홑겹으로 된 꽃무늬 치마를 입고 있었는데, 햇볕이 쨍한데도 바람이 많이 불던 날이라 그게 펄럭였던 게 기억이 나요. 그 여자는 아주 담담한 목소리로 아빠의 입장을 전해주었어요. 지독했던 시절이라서 기억하고 싶지도 않고, 그래서 애틋한 감정도 이제는 지워졌다, 다 잊었다 하데요. 그러니 제가 어떡해요. 뒤돌아설 수밖에요. 걸어나오는데 갑자기 목안이 뜨거워지면서 이대로 집으로 가는 길을 잊게 되면 어떡하지 하고 조바심이 나기 시작했어요. 그렇게 긴장을 하고 걸었던 탓인지 기차역에 도착하니까 잠이 엄청 쏟아지더라고요. 집에 다다랐을 때는 저녁 무렵이었어요. 방에 들어가 불을 켜고 거울 속의 제 얼굴을 들여다보는데, 기분이 점점 이상해지는 거예요. 아빠가 단념한 시간이 고스란히 제 앞에 떠올라 있는 것처럼 느껴졌거든요. 전 그 생각이 좀 무서웠어요. 그러니까 제 말은, 제 눈동자가 밤처럼 새까만 것은 제 잘못이 아니란 거예요. 제 이런 점을, 양선생님은 이해하세요?"

그는 이럴 때의 H가 잘 이해되지 않았다. 아니 왜 내가 젊은 여자의 아름다움에 찬사를 보내고 나서, 그 아름다움이 일종의 혼란스런 죄의식인 것처럼 말하는 데 이해한다는 응답을 주어야 한단 말인가? 하지만 그는, 그러니까 H에게 선생님으로 불린 그는, 그 순간 꼬고 앉았던 다리를 풀면서 살짝 중심을 잃고 흔들렸고, 고개를 주억거리는 것으로 시간을 벌었다. 아무것에나 일단은 동조를 해주자.

"응응. 어쩌면, 이해할 것 같아."

그는 그러고서 손목시계를 내려다보았다.

"양선생님이 생각하시기에……"

H가 그를 바라보며 말했다. H도 말을 했고, 밤같이 까만 H의 눈동자도 말을 했다. 두 말은 같은 말이 아닌 것 같았다. 저 아이는 자기가 욕망하는 것에 대해서 모르고 있거나 전혀 솔직하지 않구나. 그렇지 않다면 주말에 나하고 이렇게 시간을 보내고 있을 이유가 없어. 이런 식으로 시간을 낭비하는 게 좋아서는 아닐 테고, 아마도 내게 호감은 있지만 그 감정을 두렵게 생각한다거나, 그냥저냥 재보는 습관이 든 모양인가봐. 제 또래 남자애들한테 써먹어본 적 있는 방법들을 나한테 써보고 있는 건지도 모르지. 젊음을 무기로 날 놀리는 것 같아. 정말 이렇게 놀림당하고 있기에 나는 적당한 사람이 아니란 걸 네가 빨리 알아차렸으면 좋겠는데, 왜 가까이 있지도 않은 아빠와 항상 네 곁에 껌처럼 붙어다니는 엄마에 대해서 이토록 사설이 길어져야 한단 말이냐.

"엄마가 정말 선생님께 많이 고마워하세요. 엄마는 평생 누구한테 호의로 그런 선물을 받아본 적이 없으시거든요. 그러니까 그게…… 제가 엊그제 엄마 침대를 샀거든요. 선생님이 지난번에 주신 상품권으로요. 제 것으로는 이 치마를 샀고요. 이게 진짜 까맣잖아요. 이것 때문에라도 오늘 제가 많이 무겁고 어두워 보일 텐데 선생님은 알은체를 안 하시네요. 전 그게 좀 서운하기도 하고 다행스럽고 좋기도 해요. 선생님이 저를 보자마자 저한테 주셨던 걸 염두에 두고 시시콜콜 확인하려 드셨다면 불편했을 것 같기도 하거든요. 전 그런 남자들하고는 잘 안 맞아서요."

그는 난감해져서 잠시 눈을 감고 다른 생각에 잠긴 척했다. 방금 들은 이야기는 감사의 표현인가 에두른 질책인가. 내가 준 상품권에 대해서 엄마와 이야기를 나눴다면 그 엄마는 무어라고 하면서 자기 침대를 사들이는 데 딸의 동조를 끌어낸 건가. 나를 선생이라고 제멋대로 부르면서도, 남자 운운하는 것은 무슨 이유에서인가. 내게 다른 계산이 있지 않았으면 한다는 바람을 완곡한 표현으로 짚고 넘어가려는 의도인가, 아니면 호의를 베풀고 무심한 태도를 보인 게 일면 남자답게 보였다는 이야기인 건가. 그의 눈동자는 짧은 동안 여러 갈래의 질문들 속을 헤매느라 닫힌 눈꺼풀 속에서 빠르게 움직였다.

"선생님?"

그는 H가 부르는 소리에 슬쩍 실눈을 떴다가 도로 감고는 테이블 모서리를 손끝으로 톡톡 두드렸다가 그 손을 들어올려 입가에 대고서 헛기침을 했다. 그는 공기의 맑고 탁한 정도와 습도, 온도에 다 민감한 편이어서, 이같은 행동을 하자마자 습관대로 자신의 기관지와 폐, 그리고 주변 환경의 문제로 신경을 돌릴 수 있었다. 이곳은 환기에 문제가 있는 것 같아. 숨쉬기 답답한데. 테이블 간의 간격이 너무 좁은 것도 문제고, 의자와 테이블의 높낮이가 서로 맞지 않아. 오래 앉아 있기는 불편하지만, 어쨌든 조명은 적당히 밝고, 인테리어는 참아줄 만하긴 하네. 신경 쓰이는 점은 카피곡이 반복되어 나오는데다 거기 익숙해질 때쯤에는 가까운 테이블에서 흘러나오는 다른 소음들에 저절로 귀를 기울이게도 된다는 건데…… 이런 대화를 오래 이어가기에 적당하지 않은 곳이지만, H가 저렇게나 몰두해서 말을 하고 있으니까 중간에 끊기도 뭐하네. 그는 양 손바닥으로 얼굴을 두어 번 문지르고서야 눈을 떴다. 그리고 H의 왼쪽 귀 부근으로 시선을 비껴두었다. H는 평소 오른쪽으로 고개를 기울이면서 그때마다 얼굴을 스치며 앞으로 흘러내려오는 긴 머리칼을 왼쪽 귀와 목 뒤쪽으로 쓸어넘기는 버릇이 있었는데, 그의 시선을 의식했는지 평소보다 천천히 그 동작을 반복해 보였다.

"그래서인가, 오늘 좀 긴장되네요."

H는 그렇게 조용히 읊조리더니 아랫입술을 살짝 깨물고는 시선을 아래로 떨어뜨렸다. 그는 H의 낙담하는 듯한 모양에 순간 마음이 졸아드는 듯했다. 심장박동이 빨라지기 시작했고, 자기를 흔드는 그 감정에 주의를 주기라도 하듯이 고개를 가로저었다. 그는 H의 말 중에 무엇인가를 놓쳤다는 사실을 감추기 위해서 애매하게, 동시에 태연하게 대꾸했다.

"꼭 그래서만은 아니겠지."

그러자 H가 눈을 반짝 뜨며 그를 쳐다보았다.

"그럴까요?"

그 바람에 그는 한번 더 넘겨짚어 물어야 했다.

"그렇지 않아?"

그는 지난 두 달 사이에 H를 꽤 지적인 여자라고 오해했다가 그보다는 속수무책이라거나 천진난만하다는 식으로 그 오해를 재해석하며 새로운 오해의 국면으로 접어들고 있었다. 말하자면 그에게는 H라는 하나의 새로운 여가생활이 생겨났다. 그것이 그의 나머지 생활에 미치는 활력과 긴장감이 있었는데, 그 감정의 파도가 변화무쌍하고 낯설었던 만큼 두고두고 음미할 만한 여지가 있었다. 그는 이 미지의 영역을 원래 자기 토양이었던 것처럼 여기며 발밑을 고르고 흙과 바람 냄새를 맡아가며 산책로를 냈다. 꽃과 씨앗을 심고, 물길도 내고, 이름을 붙이고 팻말도 달았다가, 그 모든 것을 싹 다 갈아엎고 불모지로 만들어버리며 H가 거기서 애원하는 모습을 상상해보기도 했다. 선생님, 여기 너무 춥지 않아요? 선생님 집은 여기서 멀어요? 욕조는 어때요? 하얗고 큰가요? 매끄럽고 깊어요? 따뜻한 물이 쏟아지고, 거품이 일고, 누우면 저절로 시름이 잊히고, 좋은 향기만 온몸에 퍼지고 그런가요? 이런, 이제 비가 오네. 난 오늘 너무 얇게 입었는데!

"저기 좀 봐보세요. 티나지 않게요. 오늘 저분들하고 저하고 나란히 앉으면 누가 수녀이고 아닌지 모르겠어요."

그는 H가 바라보고 있는 쪽으로 고개를 돌려 그의 뒤편 테이블에 자리잡고 있는 두 명의 수녀를 건너다보았다. 저들이 지금 예수의 생애에 대해서 이야기하고 있을까. 아니, 아니. 수녀라고 해서 십자가의 길이나 묵주기도에 대해서, 교인들의 속죄에 대해서만 매시간 성찰하는 것은 아니겠지. 그럼 우리 이야기도 했을까. 저기 앉아 있는 젊은 여자와 중년 남자는 서로 고백할 것이 있어 보이네요. 요즘 아이들은 문제가 있고, 문제를 잘 알아보는 남자들도 있지만, 그들이 평화를 찾아야 할 곳은 다른 데 있다는 걸 얼른 알아차린다면 좋겠어요. 그럼 세상살이의 은혜로움과 지혜로움에 대해 새로 눈이 떠질 거라고 생각하는데 저들에게 그럴 의지가 있는지 모르겠네요. 그는 수녀들이 그런 말들을 나누고 있던 것은 아닐까 상상의 나래를 펴보다가 이내 그 잡념을 한 덩이로 뭉뚱그려서는 창밖 어딘가로 던져버렸다. 뭐 어떠려고. 아무려면 뭐 어때. 내 오른쪽 테이블에는 젊은 남녀가 앉아 있지만, 그들은 삼십여 분 전에도, 지금도 어떤 내과의에 대해서만 이야기하고 있는가본데 뭐. 내과의가 둘을 연결시켜주었다는 데서 저 관계의 맥과 혈이 헛되이 맴돌고 있어. 저 둘이 함께 병원으로 가지 않고 왜 계속 여기 앉아 있는 건지 궁금하네. 다들 나보다 먼저 일어나지 않은 게 놀라울 따름이야. 저 테이블, 저 테이블, 또 저 테이블.

그때 그의 뒤쪽에서 퍽 하고 뭔가 터지는 소리가 나더니 외마디 비명소리가 들려왔다.

"악!"

사람들이 고개를 빼고 일어서며 웅성거렸다.

"괜찮으세요? 이봐요, 여기요!"

H가 소리치며 일어났기에 그도 엉거주춤 일어섰다가 도로 앉았다. 수녀들이 앉아 있던 테이블 위쪽에 매달려 있던 전구 하나가 터져서 그 파편이 나이가 좀더 많아 보이는 수녀의 손등으로 튀었나 보았다. 수녀의 손등에서 피가 흘렀다.

카운터 쪽에서 달려나온 종업원이 상황을 확인하고는 허둥대며 매니저를 찾았다. 이어 매니저가 달려나와 수녀의 손등과 손바닥을 살폈다.

"아, 죄송합니다."

수녀는 놀란 마음을 진정시키듯 한숨을 낮게 내뱉고는 작은 목소리로 괜찮다고 대답했다.

"이리로 오시겠어요?"

매니저가 손등을 다친 수녀를 안내해 안쪽 어딘가로 데리고 들어갔다. 다른 수녀도 그 뒤를 이었다. 그리고 조금 뒤에 두 수녀는 밖으로 나갔다. 종업원들이 그의 뒤쪽 테이블을 치우며 저희들끼리 떠드는 소리가 들려왔다.

"이런 일이 다 있냐? 하필 사람 제일 많을 때."

"이거 터진 시간이랑 오늘 날짜랑 이따가 다 좀 적어놔. 사장이 그런 거 일일이 체크하고 물어본다. 물건 들어오고 나가고 하는 거 직접 개수도 세서 확인한다니까."

"그래야 돼?"

"그렇다니까."

H가 그의 소맷자락을 잡고 흔들었다.

"선생님은 괜찮으세요? 어디 유리 튄 데 없죠?"

그는 고개를 끄덕였다.

"일어날까봐요. 저 좀 늦었어요."

H는 의기소침해진 표정으로 가방을 챙기고는 일어섰다.

"무슨 암시 같아서 기분이 좋지 않아요. 이따 저녁에 저한테 전화해주실래요?"

"그러지."

그는 순순히 자리에서 일어섰다. 그는 오늘 H가 봄기운을 느끼며 함께 걷고 싶다고 해서 차를 집에 두고 나왔다. 하지만 오늘 H의 기분이 저조한데다 마음을 뺏긴 다른 일이 있으리라는 사실을 감안하여 이후의 자기 일정을 머릿속으로 빠르게 수정하며 H를 따라나섰다. 지금 H가 왜, 어디를 가야 하는 것이며, 또 이랬다저랬다 하는 이유가 무엇인가 묻는 것은 온당치 않아 보였다. 아마 그가 아까 다른 생각을 하느라 놓쳐버린 대화 중에 그 사정 이야기가 조금은 들어 있을 것 같았다.

"택시 타고 가지."

그는 길가로 나서 팔을 뻗었으나, H는 이번에도 그의 소매를 잡아끌었다.

"전철로 갈래요. 그애가 살아 있을 때도 택시 타고 가서 만나본 적 없어요. 이게 편하고, 이게 맞아요."

H는 우울하게 말하며 돌아섰는데, 그때 그는 지하로 이어지는 계단들에 살짝살짝 스치는 H의 길고 검은 치맛자락, 어깨에 드리워진 부드러운 머리칼, 그리고 그 머리칼 일부를 잡아매고 있는 검정색 머리핀을 비로소 찬찬히 바라보게 됐다. 그는 H의 뒷모습이 시야에서 사라질 때까지 제자리에 머물러 서 있다가 택시를 타고 집으로 돌아왔다. 그리고 옷을 갈아입고서 다시 자기 차를 운전해 밖으로 나섰다.

그는 자연스레 진의 집으로 가고 있었다. 그가 가장 편안하게 대하는 친구. 한때나마 그의 연인이었던 사람. 진은 그의 여동생의 친구이기도 했다. 여동생은 진을 피곤한 스타일이라고 칭하면서도 오랫동안 가까이 살며 서로 왕래했다. 두 여자는 같은 취미생활을 공유했고, 비슷한 디자인과 성능을 지닌 진공청소기나 냉장고를 서로에게 권유했다. 누군가 비난할 사람이 생기면 그 사람을 서로에게로 데려와 세워놓고 그 뒤에서 자기들의 의견과 느낌, 눈빛을 주고받았다. 그중 한 사람이 그였다. 시작은 그랬었다. 그는 이전에도 또 그 이후에도 여동생의 친구와 사귄 적은 없었다. 그에게 예외적인 상황은 그 자체로 어떤 의미 이상이었다. 까닭을 알 수 없는 일들은 늘 그를 더 인간적으로 만드는 것 같았다. 그는 진의 첫번째 이혼과 두번째 결혼 사이에 놓인 이 년여의 시간 중에서 약 일 년 동안을 그녀와 사귀었는데, 그중 사 개월간은 거의 함께 살았다. 보자마자 반했고, 두 사람 모두 빠르게 식었다. 그 사랑의 시작과 절정과 희미한 종말은 특별하지 않았다. 그랬기에 그는 여동생과 진, 진의 몇몇 친구들과의 관계를 헝클어뜨리지 않을 수 있었다고 여겼다. 진이 그 관계에서 더 기대한 바가 없었고, 그가 자기 삶에 새로 약속할 것이 없다는 것을 서로 확인한 것 외에는 아무도 아무렇지도 않았다. 그의 여동생은 말했다.

"정말 둘 다 사람을 미치게 하는 데가 있다니까."

진에게는 친구들이 많았다. 여자도, 남자도, 남자 같은 여자, 여자 같은 남자도 있었다. 그도 기분이 괜찮을 때는 그 무리에 섞여들었다. 그는 언제나 과거의 좋았던 일들 중에서 혼자서만 더 기억하고 음미하는 뭔가가 있는 사람처럼 은근하고 알쏭달쏭한 미소로 그들을 대했다. 그는 결혼한 적 없었고, 금전적으로도 비교적 자유로웠다. 진의 친구들은 그가 끝없이 여자들을 만나고 있다고 추측했다. 대화가 시들해져갈 때쯤에는 그에게로 이런 질문이 떨어지기 마련이었다.

"요즘 만나는 분 있죠? 있는 것 같은데. 누가 봤다던데, 전에 잘 가시던 거기서요."

그는 별 뜻 없이 그렇다거나 아니라고 대답했다. 그가 자주 들르는 곳들은 한정되어 있었다. 그 소유의 건물과 패스트푸드점, 집 근처의 마사지숍과 사우나, 몇몇 일식점과 베트남 음식점, 카센터, 은행, 바, 대형 서점, 그가 후원하는 단체의 공연장, 인테리어숍, 단골 세탁소와 신발 매장, 동창의 회사 집무실과 별다른 약속 없이도 지인들과 종종 부딪치곤 하는 스포츠센터, 진의 집 앞. 그는 변화를 즐기는 사람이 아니었다. 그럼에도 한때 모든 걸 정리해 진과 함께 홍콩에 가서 살 생각을 했던 적도 있었다. 그 생각은 실현 가능성이 없어 보여서 낭만적인 데가 있었다. 그는 경솔한 사람처럼 그 생각의 낭만성을 읊었다. 진은 그가 마음껏 떠들도록 내버려두었다. 그리고 어느 밤 한 침대에 누운 채 경고했다.

"날 너무 편하게 생각하지 마. 난 네 여동생이 아니야. 난 담배를 끊듯이 널 끊어버릴 수 있어. 너도 그럴 거고. 우리는 그런 게 닮았어. 아마 그래서 오래가겠지만."

진의 두번째 결혼생활이 만족스러워 보이지는 않았다. 자신의 남편은 해외 출장이 잦아서 집보다는 호텔 객실이, 가정식보다는 기내식이 어울린다고 진은 떠들었다. 진이 그렇게 떠들 때는 그냥 들어주어야 했다. 그러면 그도 무언가 떠들고 싶은 게 있을 때 진을 찾아갈 수 있었다. 그는 여동생과 진 사이에 두 여자가 함께 발 담글 수 없는 계곡이 있다고, 그 계곡 안쪽 바위틈 어딘가에 자기 은신처가 있다고 생각했다. 그래서 진의 집 앞으로 예고 없이 무작정 찾아갈 때가, 그리고 그 집 앞에서 전화를 걸어본 뒤에야 진이 없거나 혹은 남편과 함께 있다는 정황을 확인하고서 뒤돌아설 때가 있었다. 오늘은 어떤 쪽일까. 어떤 쪽의 운이 내게 암시되었을까. 그는 진의 집 앞에 차를 세워놓고 진에게 전화를 걸었다. 그리고 H의 말을, 목소리를 다시금 마음속에서 되살려냈다. 무슨 암시 같아서 기분이 좋지 않아요. 이따 저녁에 저한테 전화해주실래요?

"응, 어떻게 알고?"

진의 목소리는 조금 잠겨 있었다.

"집이야?"

"집이지."

진의 대답에 누군가 떠들고 있는 소리가 함께 딸려왔다.

"알고 건 거 아니야? 지금 근처지?"

"몰라. 맞아."

"들어와."

"누가 있어?"

"자기가 아는 사람도 있고 모르는 사람도 있어."

"혜승이도?"

"같이 있어. 좀 취했어."

그는 오늘 자신이 사람들과 어울리고 싶은 기분인지 아닌지 확

싫지 않았다. 하지만 일단은 취한 여동생을 데리고 나와야겠다고 생각했다. 여동생은 크게 눈에 띄지 않는 외모와 성격을 지녔지만, 술이 들어가면 달라졌다.

그가 진의 집으로 들어서자 소파에 앉아 있던 네 명의 사람들 중에서 체크무늬 셔츠를 입은 한 남자가 일어나 알은체를 했다. 그 체크무늬 셔츠가 익숙하게 느껴졌지만, 그 남자의 이름은 갑자기 생각나지 않았다.

"어떻게 지냈어요?"

체크무늬가 물었다. 그는 그 질문이 낯설다는 듯 구부정하게 선 채 주변을 둘러보았다. 그러자 또다른 이가 그를 향해 물었다.

"왜요?"

그는 그 '왜요?'에 답하고 싶은 것이 없었기에 좀더 그들에게 친절해야 했다.

"보고 싶어서 왔지."

그는 소파로 다가가 앉았다. 체크무늬가 그와 진을 번갈아 보며 말했다.

"우리 오늘 다들 밖에서 한잔씩 하고 흩어질 참이었는데, 그냥 좀 찜찜한 거야. 재가 오다가 가벼운 접촉사고가 났대서 그냥 그런가보다 했는데 자꾸 뒷목이 뻐근하다고 하잖아요. 그런데 우리가 그런 이유로 술자리 망치는 거 봤어? 간단히 하고 이리로 다 왔지. 오니까 또 멀쩡해요. 재는 멀쩡하고 혜승이가 안 괜찮잖아. 혜승이 많이 마셨어요."

그는 여동생을 찾아 진의 침실로 들어갔다. 진은 그를 따라 침실로 들어와 화장대 앞에 앉더니 분첩으로 얼굴을 몇 번 두드리고는 밖으로 나가버렸다. 그의 여동생은 침대에 외로 누워 그를 등진 채였다.

"나한테 전화하지 그랬냐?"

그는 여동생에게 물었다. 무슨 반응을 불러일으킬 만한 목소리는 아니었다. 그도 그 순간 그 사실을 깨달았다. 네가 여기서 이러고 있는 걸 보게 되어 내가 안쓰럽게 됐다는 심경 고백에서 감정의 공기를 빼낸 그 나머지 같았다. 여동생의 숨소리가 높아졌다가 다시 잦아들었다. 그는 침대에 걸터앉은 채 한 손으로 자기 이마를 쓸었다. 땀이 묻어났다.

"아, 오빠 싫어."

여동생은 새처럼 여린 목소리로 그의 등을 할퀴었다. 그는 제자리에서 천천히 움직였다. 바지 주머니에 손을 넣었다가 오백 엔짜리 동전을 하나 꺼냈다. 그 바지를 일본에서 샀던 기억이 났다. 그는 침대 위에 동전을 놓아두고 가만히 바라봤다.

"싫어. 아는 척하는 것들 다 싫어."

좋아, 싫어? 하는 질문은 어렸을 적에 그들의 보모가 남매를 놓고 자주 하던 것이었다. 내가 너희를 내다 버리면 좋아, 싫어? 너희가 이렇게 사고 친 걸 죄다 갖다 일러바치면 좋아, 싫어?

"깨고 나서 후회할 얘기는 아예 하지를 마. 너 이러고 싶어서 이러는 거지, 이럴 수밖에 없어서 이러는 거 아니야."

그는 침대 위에 놓아뒀던 동전을 도로 주머니에 집어넣었다.

"좋겠네. 아주 다 꿰뚫어보시네. 참 잘났네."

"난 좋아. 다 좋아. 다 몰라도 다 좋아."

여동생은 스물한 살 때 아픈 어머니에게 콩팥 하나를 떼어주었다. 착한 애였다. 그는 그런 동생을 보면서 자기는 누구에게도 장기를 떼어내 주지 못하리라는 사실만을 발견했다. 그의 안쪽에 붙어 있어 스스로 볼 수도 없던 것들을 밖으로 꺼내놓아 다른 이와 새로이 연결되는 것, 그러고서 감사 인사를 주고받는 일들은 영원히 그와 어울리지 않을 것 같았다. 그는 충분히 사랑받지 못했다는 기분으로 살아왔고, 그 감정의 연장에서 크고 작은 욕망과 기대치를 포기하는 것으로써 자유로워지는 경험들을 했다. 여동생은 그 반대였다. 어떤 감정에든 확신이 필요해 스스로를 옭아매는 쪽이었다. 그것이 나이든 남매가 아직도 가까이 지내며 싫다, 좋다, 하는 말씨름으로 서로의 마음을 저울질할 수 있는 이유 중 하나였다. 그 나머지 추측 가능한 이유들에 관해서는 밖에 있는 다섯 명의 사람들이 이미 이러쿵저러쿵했거나 하고 있을 터였다.

"데려다줄게, 가자."

그가 다가서자 여동생은 허공으로 한쪽 팔을 높이 쳐들고 휘둘렀다. 그는 한 발짝 뒤로 물러서기로 했다. 더 채근하면 원치 않는 소란으로 번질지도 몰랐다. 여동생은 속이 후련해질 때까지 힘을 짜내어 그를 밀어내다가 지칠 때쯤이 되면 눈물을 흘리며 미안해할 것이다. 이 모든 일들에 관객이 필요치는 않았다. 그는 저절로 평온해지는 때를 기다려야 했다. 그래서 밖으로 나왔다. 그때는 진과 진의 친구 두 명만이 자리에 남아 있었는데, 체크무늬 셔츠의 남자는 그에게 나머지 두 명이 먹을거리를 사러 마트에 갔다고 알려주었다.

마치 상황을 정리할 필요가 있다면 자기는 기꺼이 그럴 용의가 있고, 그래서 친히 그에게 제 옆자리를 내어준다는 것처럼 과장된 시늉을 하면서. 체크무늬가 소리쳤다. 이리 오세요, 이리! 그가 여전히 이름을 기억해내지 못하는 그 체크무늬는 제약회사에서 일했다. 간에 좋다는 영양제를 그에게 선물했던 적이 있다. 체크무늬는 그의 패스트푸드점에 자기 아이들을 데려온 적도 있었는데, 그때 그는 다른 약속이 있어서 그 아이들을 보러 매장에 일부러 들를 수는 없었다. 아이들은 아이스크림을 양껏 먹고 식중독에 걸렸다. 다른 곳의 다른 음식이 문제였을지도 몰랐지만, 그가 가려내고 판단하여 주장할 만한 일은 아니었다. 영양제는 그의 간에 어떤 영향도 끼치지 못했고, 상한 음식만이 그들의 관계에 발진을 일으킨 듯했다. 체크무늬의 이름이 기억나지 않는 것은 굳이 기억해내고 싶지 않아서일지 모른다는 생각이 들었다.

그는 진과 진의 친구들과 와인을 마셨다. 이런 식으로 시간을 보내려던 것은 아니었다. 시간이 그를 밟고 가도록 내버려두어서는 안 되었다. 그 깨달음은 너무 고전적이어서 그의 말과 몸짓에 실어 그들의 자리로 초대할 수 없었다. 그는 진의 친구들이 웃을 때 따라 웃으면서, 점점 고립되었다. 진이 가끔 그와 눈을 맞추려 그를 돌아볼 때마다 그는 진을 약 올리려는 듯 고집스레 딴청을 떨었다. 나머지 두 명이 장을 봐서 돌아왔을 때 진은 그를 테라스로 불러냈다.

"얼어 있어."

진이 말했다.

"얼이 빠져 있고, 빠진 채로 얼어 있어."

그가 실토했다.

“그래, 문제가 있긴 해.”

“어떤 여잔데?”

“누가 여자 문제래?”

“좋아, 그만둬. 나 지금 여력이 없어. 시위중이거든. 남편이 애 데리고 캠핑을 갔어. 미국서 들어오자마자 사흘 쉬고 바로. 난 나대로 여기서 캠핑할 거야. 재들이 맘에 드는 건 아니지만, 그렇다고 남의 문제에 투신할 생각 없어. 서운하게 생각하지 마. 오늘이 너랑 내 편 아니라서 그래. 그것뿐이야.”

진은 소파로 돌아갔고 장을 봐온 진의 친구 둘이 주방으로 왔다. 그도 그 모양을 보고는 테라스에서 주방 쪽으로 걸어들어왔다. 통조림과 접시, 포크를 챙기는 손길들에 어설프게나마 손을 보태어 거드는 시늉을 했다. 저녁 여덟시를 넘기면서 그는 취기를 덜어내며 조금씩 안정을 찾아갔다. 그리고 아홉시가 되자 H에게 전화를 걸었다. H는 울면서 전화를 받았다. 그는 어떻게 달래야 할지 몰랐다. 때마침 여동생이 진의 점퍼를 빌려 입고 그를 찾아 나온 것은 적절하고 다행스러운 일 같았다. 그는 다시 연락하겠다고 하고는 전화를 끊었다.

모든 것들이 저절로 제자리로 돌아가게 되는 타이밍이 있다면 지금이 그때일 것이다. 그는 우는 여자 곁에는 오래 머물지 않았다. 그의 삶에서는 최종적으로 누구나 선택할 수 있는 것만을 선택할 수 있을 따름이었다. 그러나 무슨 결단을 내리기 위해서가 아니라 단지 초조함을 떨쳐버리기 위해서, 그는 차 안에 비트가 강한 음악을 틀어놓았다. 자신이 원하는 대로 방향을 틀 수 있는 곳은 어디에도 없을지 모른다는 예감이 그를 압도하게 그냥 두면 안 되었다. 그는 여동생이 뒷좌석에 앉아 흘러가는 창밖 풍경을 노려보는 동안, 자신의 중요한 본성이 어딘가로 저절로 새어나가지 않도록 양손으로 핸들을 틀어쥐었다. 그토록 잘 아는, 익숙한 길을, 헤매지 않으려고 노력하며 박자를 탔다. 소리질러! 세이, 예! 세이, 예예!

같은 음반의 네번째 곡으로 접어들 무렵 여동생의 집 부근에 다다랐다. 여동생은 그의 목을 그러잡고 귀에 대고 읊조렸다.

"좀, 꺼!"

그는 차와 음악을 멈췄다. 갑작스러운 정적이 찾아왔고, 앞쪽에서 차 한 대가 나타나 그들의 눈을 부시게 하더니 곁을 지나쳐 다른 길로 미끄러져 갔다.

"시끄러운 소리들은 다 여기서 끝내야지. 난 저리로 아무것도 끌고 들어가지 않을 거니까."

여동생은 예쁜 울타리로 둘러싸인 자기 집을 바라보며 말했다. 그 말은 이상하게도 그에게 짧은 전율을 주었다. 고맙다는 인사 대신 경멸을, 잘 가라는 인사 대신 맹세를 얻은 느낌이었고, 그로써 남매가 어둠 속에 조용히 결속된 느낌이었다. 그는 오늘 여동생이 밖에서 취하고 싶은 만큼 취하고, 침묵할 수 있는 만큼 침묵하면서, 남의 침대에 지친 제 몸과 마음을 멋대로 옭아맸다 풀려날 수 있던 이유를 알 것만 같았다. 물론 알 것 같은 기분만으로는 늘 충분치 않은 것들이 있었지만. 그는 생각했다. 나로 말하자면, 나로 말하자면, 나로 말하자면. 그러나 그는 거기서 자기를 멈추고 액셀을 밟았다. 음악 없이 여동생의 집 부근을 한 바퀴 더 돌고는 제자리로 돌아와 말없이 여동생을 내려주었다.

봄은 드라이브하기에 좋은 계절이었다. 하지만 그는 이제 자기 집 앞에 차를 세웠다. 밤은 아직 길게 남아 있었다. 그는 창을 열고 등받이를 뒤로 젖혀 몸을 눕혔다. 여동생과 그의 집은 그리 멀지 않았다. 그의 집과 H의 집은 꽤 멀리 떨어져 있었다. 언제나 목적지가 가까워져올수록 불쾌한 느낌을 주며 속을 뒤집어놓는 코스들이 있기 마련이었다. H는 그를 자극하는 대상이었지만 모든 길을 어렵게 만드는 교활한 면이 있는 듯도 했다. 그는 여자를 만나는 데 무슨 결심이 필요한 사람이 아니었다. 그런데도 H는 매번 다른 방식으로 그의 욕망을 부추기면서 거기 결심 이상의 뭔가가 필요하다는 것을 암시하고 싶어했다. 그렇지, 암시. 암시란 단어와 그 밖의 많은 단어들. 내가 다른 식으로 말하고 행동하도록 이끄는 온순한 말투들. 그는 오른손을 들어 어둠의 따귀를 치기라도 하듯 허공을 쳤다. 그의 마음 자락이 펄럭이며, 시간의 다른 페이지가 펼쳐졌다.

"엄마가 아프셔서요."

H가 약속을 미루거나 약속 장소를 다급히 변경하고자 할 때는 이유들이 엇비슷했다. 습관적이고 성의 없는 거짓말인 것처럼 들렸기에 묘하게 그를 더 잡아끄는 데가 있었다. 그는 처음에는 H에게 비밀스런 사생활이 있어서 그를 잠시 따돌리기 위해 그러는 줄 알았다. 그는 H에게 오페라 티켓을 사주었다.

"사람이 아프다고 누워만 있으면 안 되지."

그는 아프다는 엄마 대신 H 곁에 나타날 누군가가 그 누구일까를 놓고 이런저런 유형의 인간들을 떠올려보았다. 짓궂은 장난을 계획하는 아이처럼 그 상상이 우스워 며칠 동안 간간이 즐거웠다. 마주치면 자연스레 인사를 나눌 것이다. 뒤돌아서면 모든 게 일시에 서로에게 확연해질 것이다. 오페라는 제값을 할 것이고, 시계는 자정을 알리게 되고, 마차는 호박으로 변하고, 내일은 어제들의 연장이 될 것이다. 누구에게도 그리 나쁠 게 없는, 다만 의미 없는 해프닝이 벌어졌을 뿐.

그는 공연장에서 우연을 가장하여 H와 부딪쳤다. H의 엄마는 한껏 치장을 했지만 세파에 찌든 더께를 두꺼운 화장으로 가리려는 안쓰러운 노력을 퍼붓고 온 모양이었다. 얼굴이 가면을 쓴 듯 허옇게 범벅이 된 채로 총기 잃은 눈동자를 굴려 그와 H를 번갈아 바라보았다. 그에 비하면 H는 화장기 없는 맑은 얼굴이라 소녀처럼 보였다. 굽이 낮은 구두에 머리칼은 질끈 치켜 묶었고, 가방은 혼자 두 개를 들었다.

H의 엄마는 아픈 것이 분명했다. 그게 아니라면, 지금 아픈 게 아니라면, 곧 아프게 될 것이다. 가엾은 H. 그는 H에게 효녀는 칭찬이 아니라는 사실을 분명히 해두고자 했다. 효행으로 복 받는 사람들은 따로 있다는 걸 일러주려 했다. 그 말을 하기 위해서 다음 약속을 만들었다. 그러나 막상 H를 만나게 되자, 아무것도 충고하지 못했다. H가 충고를 원하는지 원하지 않는지 알 수 없었고, 그런 것에 신경쓰는 자신에게 서먹해졌던데다, 왜 H가 웃을까 말까를 고민하는 것처럼 보이는지 궁금해 그 운을 떼자마자 H가 그의 기대

보다 길게 대답을 했기 때문이다. 그는 자리에서 퍼뜩 일어서지 못했다. 귀가 열려서라기보다는 눈이 열려서. H가 무의식중에 걷어 올린 소맷자락 아래로 드러난 팔뚝이 너무나 매끈해서 여름은 아직 멀었나 하고 생각했고, 그에게 멀리 있는 모든 것들이 순간 너무나 아름답게 느껴졌다.

하지만 어쨌든 광휘들은 사라질 것이다. 이 밤에 남은 진실은 그 하나뿐인 듯했다. 그는 이제 자신에 대해 가장 잘 알고 있는 단 한 사람, 그 자신으로 돌아와야 했다. 그는 삶에서 나름대로 교훈을 얻어온 사람이었다. 여동생이 옳았다. 소란을 멈추고, 소동을 끝내고, 시끄러운 마음의 소리들도 정리하고서, 가벼운 발걸음을 재촉해 집에 갈 것이다.

그는 H의 아름다움을 상쇄할 만한 것들을 기억 속에서 호명해 보았다. 편의상 대체로 흘려들었지만, 그의 무의식은 뭉뚱그려 안고 있을 만한 것들을. 너저분하고 누덕누덕한 느낌을 주는, 이제는 울기까지 하는 H.

H는 예전에 자기가 살던 집들에는 창문이 충분치 않았다고 했다. 창가에 작은 화분을 놓아두었는데 금세 시들었고, 그래서 시들 만한 것들은 사지 않기로 했으므로 그의 꽃다발을 거절할 수밖에 없겠노라고 했다. 그는 참 얼토당토않은 이유를 들어서 거절을 야무지게도 한다고 생각했기에 그 일이 가장 먼저 떠올랐다. 한번은 출입문이 안에서 잠긴 채 고장이 나서 추운 날 밖에 서서 몇 시간을 종종거리다 동상에 걸린 적이 있다고도 했다. 발가락이 가려운 H. 엄마가 하는 친목계에 자기 돈을 대신 부었다가 계주가 달아나

몽땅 잃어버린 사건이 있었으나 엄마는 다행히 뇌진탕을 일으켜 그 사건만을 쏙 잊게 되었다고 놀라움을 표하기도 했다. 박복한 운명을 불행 중 다행의 코미디로 만드는 억지스러운 H. H는 자기에게 작은 기적이 일어난 적이 있다고도 했다. 뒤늦게 대학을 갈 수 있게 됐고, 그 때문에 잠깐 동안은 무엇이든 새로 해볼 수 있으리라는 용기가 생겨 아빠를 찾아가볼 마음이 다 들었다고도 했다. 아, 그랬지, 전에 언제 그 말을 했었지.

그는 그때 생의 다른 순간들이 발밑으로 미끄러져 들어오는 것을 막지 못했다. H는 그의 주변을 에워싸고 또 가로지르며 끝없이 이야기를 하고 있었지만, 그는 그의 안쪽에 접혀 있는 것들이 펼쳐지는 소리 외에는 듣지 못했다. 아버지.

그의 아버지는 그를 당신보다 나은 남자로 키우기 위해서 무엇이든 했다. 허무맹랑한 엄포를 늘어놓는 무속인에게 금으로 된 고가의 부적 펜던트를 샀고, 유능한 과외 선생을 두었으며, 그에게 승마와 드럼을 가르쳤다. 아버지는 젊은 날을 전투적으로 살았다. 불리한 싸움에서도 전의를 상실한 적 없었으며, 모욕을 당하면 반드시 상대에게 그 이상의 보복을 가했다. 짓밟히기 전에 짓밟는 것, 뺏기기 전에 빼앗는 것, 굴욕감을 떠안지 않기 위해서 상대에게 굴욕감을 먼저 퍼부어주는 것, 인생의 쓴맛을 대대로 껴안지 않기 위해 할 수 있는 모든 일을 하는 것, 걸 수 있는 것들을 거는 것, 거절할 수 없는 제안을 하고 또 받는 것. 아버지의 생은 떠들썩했으나 노력만큼 영화가 오래가지는 못했다. 가장 믿었던 사람과 적이 되면서, 다른 적들 사이에 원치 않게 다리를 놓는 일도 자처하게 되더니, 그

과정에서 쌓아놓은 것들, 쥐고 있던 것들을 상당수 어이없이 날려 보내게 됐다. 아버지의 말년은 조용했다. 사람보다는 새들과 지냈다. 그는 감사할 줄 모르는 아들이어서, 기대치에 못 미친 아들이라는 아버지의 최종적인 평가에 기꺼이 동의했다. 신중한 아들이 택할 수 있는 것은 아버지에게 필요했던 덕목을 자기 재산이라 여기는 것이었다. 그는 아버지가 멈춰 선 데서 더 나아가지 않을 것이었다. 생이 이대로 괜찮다고 여겨지는 날들에는 가끔 좋았던 일들도 떠올랐다. 그러니까 행복했다고는 말할 수 없지만, 그 비슷한 기분이 아주 없었던 것은 아니다. 그는 불평이 많은 사람이 아니었다. 자기가 누구인지 잠시 들여다보게 된 것만으로도 더 잘 알게 된 것 같은 착각이 들었다. 그 착각이 그를 안심시켰다. 다 그만두자. 그는 주차장에 차를 세워두고 봄밤을 가로질러 가뿐한 걸음걸이로 집 안으로 들어갔다.

그가 현관문을 열고 들어서자마자 집안의 전화벨이 울리기 시작했다. 그는 전화를 받았다. 진이었다.

"아니 왜 전화를 안 받아?"

진은 그가 휴대폰도 집전화도 받지 않아 걱정이 되었다고 했다. 그는 그게 거짓말이란 걸 알았지만 내색하지 않았다. 진은 오늘 그를 걱정할 수 있는 여력이 없다.

"내가 그리 갈까?"

진은 그저 재미로 그렇게 말하고 있었다. 예전처럼, 아주 오래전에 그들이 좋았을 때처럼.

"좋지만 다음에. 지금 누구랑 같이 있어."

"거짓말 마."

진도 그를 너무 잘 알았다.

"그 여자 전화 오면 받아. 네 그런 꼴 오랜만에 봐."

아무것도 책임질 게 없고, 또 채무도 없는 사이에서 주고받을 수 있는 우정 어린 덕담 같았다. 덕담에 값을 할 다른 덕담이 떠오르지 않아 그는 잠시 막막해졌다.

"너 진짜 웃기네. 웃지도 않고."

그는 자신을 대신해 웃는 진의 웃음소리를 들으며 주머니에서 휴대폰을 꺼냈다. 진의 기록 외에는 부재중 전화가 한 건, 음성 메시지가 한 건. 두 건 다 H였다.

"아무튼 잘 자. 이제 우린 잠이 보약."

진이 뚝 전화를 끊었다. 그는 수화기를 내려놓고 휴대폰의 음성 메시지를 확인했다.

"양선생님, 저예요. 오늘 걱정 끼쳐 죄송해요. 울어서 죄송해요. 그 친구가 그렇게 갈 줄 몰랐어요. 저보다도 어린 앤데."

H의 목소리는 거기까지가 다였다. H는 항상 이게 문제야. 그는 화가 나기 시작했다. 항상 이런 식이야. 이런 게 문제야. 아주 나를 옴짝달싹 못하게 하지. 교활한 것. 이제 나보고 제 친구의 죽음에까지 조문을 하란 식이야. 이 아이는 자기가 욕망하는 것에 대해서 모르고 있거나 모른 척하고 있는 것뿐이야. 그렇지 않다면 주말에 밤늦게 내게 멋대로 이런 사과나 날리며 시간을 허비하고 있을 이유가 없어. 아마도 젊음을 무기로 날 놀리는 것 같아. 이렇게 놀림당

하고 있기에 나는 적당한 사람이 아니란 걸 왜 모른단 말이냐. 죽은 자들은 다 너보다는 나와 가까워. 내 삶은…… 그는 H에게 전화를 걸었다. 그리고 곧바로 후회했다. 그는 재빨리 종료 버튼을 눌렀다. 하지만 얼마 안 있어 H에게 전화가 왔고, 그 전화를 거부하는 일은 깔끔한 마지막이 아닐 것이었다. 그는 전화를 받았다.

"전화하셨어요?"

"아니."

그는 차갑게 대답했다.

"전화하셨잖아요."

"아니야."

"아무튼 놀라게 해드려 죄송해요. 못 본 지 서로 오래됐지만, 잊어본 적 없는 애예요. 제가 힘들 때 걔가 옆에 있었거든요. 저보다 두 살이나 어린데, 언니처럼 그런 데가 있었거든요. 소중한 걸 잃어본 적이 있어서 전 제가 눈물이 다 마른 줄 알았어요. 아까 낮에는 선생님이 알은체 안 해주셔서 담담할 수 있었던 것 같아요. 장례식장에서도 실감을 잘 못했는데, 아까 전화해주셨을 때요, 그때 원래는 감사 인사를 드리려고 했던 거거든요. 근데 제가 왜 거기서 울음이 터졌는지 모르겠어요."

그는 조용히 타이르듯이, 그러나 거리를 두면서, 이것이 마지막이라는 암시를 넘어서 분명한 메시지가 되도록, 서로를 위해 해야만 하는 말을 하겠다고 마음먹었다.

"H, 난 네 아빠가 아니다. 하지만 내 아버지가 하던 말을 너한테 들려줄 순 있어. 인생은 원래 공평하지 않아. 네 나이면 그걸 모르지는 않는다."

그는 한동안 휴대폰을 귀에 댄 채 가만히 서 있었고, H도 그런 것 같았다. 그는 하려던 말을 의도한 대로 다 뱉어냈음에도, 속시원히 잘해냈다는 생각이 조금도 들지 않았다. 오히려 큰 잘못을 저지르고 말았다는 각성이 찾아와 머리칼이 주뼛 섰다. 이 뒤늦은 깨달음은 예상치 못했던 방식으로 그를 너무 아프게 했다. H는 말없이 조용히 전화를 끊었다. 그는 모든 것을 망쳐버렸다는 두려움에 정신이 혼미해졌다. 사방에 불을 켜고 집안의 물건들 중에서 정리해야 할 것들이 무엇인지 눈으로 재빠르게 더듬어보기 시작했다. 가구를 바꾸고, 헌옷들을 버리고, 서랍장을 비우고, 저 책들을 버려야겠다. H, 언제나 책을 읽듯 조곤조곤 조심스레 말하던 H. H와 마주하고 있을 때 그는 좀더 따뜻하고 부드러운 사람으로 보이려 노력했었다. 이야기 속의 주인공들처럼, 혹은 그들의 오랜 벗들처럼.

어떡하지. 그는 환하고 텅 빈 집안을 서성였다. 그에게 예외적인 상황은 그 자체로 어떤 의미 이상이었다. 까닭을 알 수 없는 일들은 늘 그를 더 인간적으로 만드는 것 같았다. 하지만 크게 만회해야만 하는 일과 맞닥뜨린 마당에, 그는 한순간에 무력해지고 말았다. 그저 친절하게 구는 일로는 아무것도 회복되지 않을 것이었다. 그는 이제 H의 이해를 구하기 위해서는 자기 전 생애를 끌고 와야만 한다는 것을 이해했다.

교활한 것. 그는 심장이 타오르는 것 같아 입고 있던 옷을 벗어 바닥에 동댕이쳤다. 언젠가 H가 자신에게 했던 말이 떠올랐다. 그때 그는 H가 말장난을 하고 있다고, 어설픈 유혹으로 자기를 흔들어보려고 한다고 판단했다. 모든 게 이보다는 훨씬 간단하리라고 짐작했었다.

"좋은 친구가 되고 싶어요. 그럴 수 있다면."

교활하고 어리석은 것. 어쨌거나 시간은 오늘 그의 편이 아니었다. 상황을 이대로 내버려둔다면 그는 다가오는 내일들에 H보다는 죽음에 대해서 더 많은 생각을 하게 될 것이었다. 그는 벌거벗은 채로 휴대폰을 손안에 그러쥐고 앉아 그가 쥐어짜낼 수 있는 진심을 절박하게 다 쥐어짜내려고 했다. 사력을 다해 그의 모든 것을 담아낼 만한 긴긴 말들을 준비해야만 했다.

"H, 들려주고 싶은 이야기가 있어. 하지만 어디서부터 시작해야 할지…… H, 내 삶은, 난 말이지……"

| 작가노트 |

다이얼로그

진 안녕하세요. 진입니다. 소설 속에서 주인공 남자의 전 애인이자 여동생의 친구로 나오는 인물이죠. 제가 이렇게 이야기 밖으로 나온 이유는 작가가 작가노트를 쓰기 싫어해서예요. 그렇다고 그 사람이 말이 많은 타입인가 하면 그렇지도 않지만, 우리 둘이 이야기를 좀 나눠보면 좋을 거라고 제안했더니 그걸 거절하지는 않더라고요. 그럼 작가를 불러보도록 할게요.

기 안녕하세요. 기준영입니다. 진이 이렇게 나서줄 줄 몰랐네요.

진 H랑 그도 불러 다 같이 하는 자리를 마련해볼까도 싶었는데 그들이 원치 않았어요. 이해는 해요. 나 역시 인물들은 작품 속에서 살아 있는 편이 좋다고 보거든요. 하지만 우리 둘이 이야기를 나눠보는 게 나한테 나쁠 건 없죠. 이참에 나를 주인공으로 하는 소설을 쓸 생각은 없는 건지도 좀 알아보고요.

기 난 진이 좋아요. 그러니 불가능한 이야기도 아니죠.

진 애매하게 말하는 게 H랑 닮았네요. 사실 H가 입고 등장하는 그 검은색 치마는 내게 더 잘 어울릴 것 같아요. 내가 입고 첫 등장하는 걸로 다시 쓰면 어때요?

기 그럼 전혀 다른 이야기가 되었을 거예요.

진 전혀 다른 가능성들, 그런 거 좋아하는 줄 알았는데 아닌가요? 그 이야기를 좀 해보죠. 어떻게 시작하게 된 소설인가요?

기 구상단계에서는 비가 쏟아지는 여름날에 검은색 치마를 입은 젊은 여자가 장례식장으로 찾아오는 것이 첫 장면이었어요. 제목과 함께 떠오른 장면이어서 간단하게 메모를 해두었어요. 여자는 피부색과 비슷한 색의 힐을 신고 있었기 때문에 빗길을 맨발로 걸어들어오는 것처럼 보였다는 문장을 적어두었고요. 제목이 마지막까지 유효하리라는 예감은 있었는데, 그 외에는 아무것도 정해두지 않은 상태였어요. 여자와 여자를 쳐다보는 장례식장의 사람들. 그 이미지가 한동안 내 안에 머물면서 이런저런 모습으로 변화되며 떠올랐다가 지워졌다가 했죠.

진 하지만 이 이야기는 카페에서 시작되잖아요?

기 네, 이야기가 카페에서 시작된 것은 내 경험과 상관있어요. 하지만 우연은 아닐 거예요. 어떤 이미지를 데리고 다니다보면 그 이미지도 나와 더불어 움직이거든요. 어느 날 광화문 대로변에 새로 들어선 카페에서 차를 마시고 있는데, 나한테 새로울 게 없는 시공간이 기이하게 보이기 시작했어요. 옆자리를 개의치 않고 무언가를 토로하며 목을 축이고 있는 각양각색의 사람들, 열려 있으면서도 일부 닫힌 공간처럼 보이는 각각의 테이블들. 지극히 일상적인 광경이면서도 어딘지 연극적으로 보이는 데가 있었어요. 현실이면서도 초현실적인 느낌을 자아냈죠. 그때 내 안에 머물던 그 여자, 검은색 치마를 입은 여자가 밖으로 걸어나왔어요.

진 오, 과장하지 말아요. 당신은 과장하는 덴 재주 없어요.

기 음, 내 느낌은 그랬다니까요. 나는 상상으로 그녀가 앉을 만한 테이블을 마련해주었어요. 그리고 그녀와 다른 연령대, 다른 삶의 배경을 가진 남자를 마주 앉힌 뒤 연극 무대에서처럼 이 테이블에 핀 조명을 떨어뜨려보았어요. 이야기가 그렇게 시작되었죠.

진 하지만 멈출 수도 있었잖아요? 첫 장면의 이미지처럼 떠올렸다 지웠다가……

기 그렇지 않죠. 멈춰지지 않죠. 젊은 여자의 목소리가 지난 시절의 이야기 같고, 나이든 남자의 생활이 그에 비해 현대적으로 느껴지는 것과 그들이 한테이블을 공유하고 있는 세계의 풍경들에는 흥미로운 지점들이 있다고 생각했어요.

진 오, 그 얘기를 더 해볼까요?

기 아니요. 작품에서 이미 했어요.

진 여러분, 이 사람은 이런 식이죠. 하지만 난 약간 실망스러우면서도 뭔가 다행스럽네요. 어떤 독자들은 내가 다른 사람 이야기를 오래 듣고 있을 여력이 없는 상태로 소설 속에 등장했다는 것을 기억할 거예요. 나도 알아요. 그래요, 그게 바로 진이죠.

기 소설이 전부예요. 내 말은 항상 그보다는 풍요롭지 않게 느껴져요. 그래서 소설을 쓰는지도 모르죠.

진 아무튼 계속 좀 신경 쓰이는 게 있어요. 첫 이미지 말인데요, 비 내리는 여름날과 장례식 현장은 사라졌고, 여자의 살색 구두도 사라졌잖아요. 소설 속의 시간은 봄날이고요. 그래, 그렇게 사라진 것들은 어디로 가죠?

기 그 질문을 진에게 들으니 기분이 묘하네요. 글쎄요. 사라진 것들은 소설 속의 공기가 되고 그 속에 새로운 게 들어오는 것 같은데요. 이를테면 진. H와 다르게 망설임 없이 톡톡 말하는 사람이 다른 한편에서 문을 열고 들어오는 거예요. H와는 다른 것을 그와 공유하면서 H의 존재를 희미하게 예감하는 사람.

진 음, 날 좋아한다는 거 믿어줄게요. 그런 의미에서 나한테도 질문을 하나 해보지 그래요?

기 당신이 배우이고 이 소설을 재연한다고 가정해볼게요. 진 말고 해보고 싶은 역할이 있어요?

진 난 열 번 하면 열 번 다 진을 할 거예요. 하지만 만일 일인이역이 가능하다면 수녀로 분해 초반에 등장하고 싶어요. 손등을 다치는 수녀 말고 그 맞은편에 앉은 수녀로요.

기 기억해둘게요.

진 잊어버려요. 당신 기억은 모두 출렁거린다는 거 알아요.

기 그만할래요. 평소보다 많이 떠들었어요.

진 한 가지만 더요. 이건 개인적인 거예요. 최근 해본 상상 중에 가장 외설적인 게 있다면?

기 모든 사람들의 삶에 작고 은밀한 모험의 창구들이 있는 거요. 그 창구에는 내가 서 있고요. 밤이나 낮이나.

진 뭐가 그래요? 그냥 그런데.

기 다음에 같이 서볼래요? 기분이 달라질걸요.

진 다음이라…… H랑 그도 같이요?

기 그거 나쁘지 않네요. 이제 여기서 인사할까요?

진 그냥 웃을까봐요. 사진 찍을 때처럼.

기 그럼 진은 웃어요. 난 인사할게요. 먼 집을 찾아가 문을 두드리듯이, 이 말을 전하고 싶어요. 이 이야기가 도달하는 어디이건, 누구이건, 사랑하고, 감사해요.

| 해설 |

적외선상의 어디쯤

윤재민

기준영의 「누가 내 문을 두드리는가」는 스물다섯의 여대생 H에 대해 품는 위험할 수 있는 감정을 일상의 '여가와 활력'으로 삼는 오십대 남성 '그'의 전 생애 중 사소할 수 있는 한순간을 포착한다. 아버지가 남긴 유복한 토대에서 더 나아가지 않으며 "신중하고 신사적었으며, 중도를 지키는"(58쪽) 무난한 태도와 매너로 타인과의 관계에 선을 그으며 스스로를 지속해온 '그'에게 H의 의도치 않은 말과 사소한 제스처 하나하나는 '까닭을 알 수 없는 거대한 의미'로 헛헛한 내면에 "흙과 바람 냄새를 맡아가며 산책로"(63쪽)라는 예외의 공간을 생성한다. 기준영이 차용했을 마틴 스코세이지의 극영화 데뷔작 〈누가 내 문을 두드리는가?Who's That Knocking At My Door〉(1968)의 독실한 가톨릭 신자인 남성 주인공 J. R.이 '문'이라는 성(聖)과 속(俗) 구분의 예외 구간을 통해 가치관의 내적 충돌을 애처롭게 지속하는 것처럼.

영화에서 J. R.의 이러한 면모가 다소 위악적인 음향효과와 영상 삽입 같은 상대적으로 활달한 영화적 형식미로 구현되는 반면, 기준영은 촘촘하고 확고한 단편소설적 형식미를 구축하며 '그'를 포착한다. 소설이 '그'에 대해 말하는 물리적 시간은 '그'의 인생 전체를 놓고 봤을 때 분명 찰나에 불과하지만, 그 찰나의 순간 '그'는 자기 인생 전체를 증명하듯 스스로에 붙박인 채 느끼고 생각하고 행동한다. 인생의 덧없는 한순간이 어쩌면 '그'의 전 생애일지 모른다는 생각이 들 만큼. 게다가 이것은 소설이다. 이 확고하게 닫힌 허구의 한순간이 실제 '그'의 전 생애가 아니라고 말할 도리가 없다. 인생의 사소한 국면에 주목하여 그 안의 개인적 진실을 포착하는 데 빛나는 소설적 미감을 뽐내온 기준영은 이렇게 또다시 누군가의 전 생애를 확고하게 열고 닫는 데 성공한다.

기준영이 선사하는 소설적 미감은 레이먼드 카버로 대표되는, 20세기 후반 미국 단편소설군(群)의 형식적 완결성에 기인하는 소설적 쾌감을 자연스럽게 연상하게 한다. 혹자들이 '일상'의 어떤 순간을 포착하여 보편적인 개인적 진실을 드러내는 단편소설의 형식이라고 말하는, 자신이 선택하여 포착한 어느 한순간에 모든 역량을 집중하여 그 순간에만 나타나는 무언가에 대해 정말 많은 말을 하면서 확증하지 않은 채 확고하게 뭔가를 보여줄 뿐인(showing) 형식. 「누가 내 문을 두드리는가」의 '그'를 직조하는 유려한 문장들이 고독한 반백년 생애에 대한 연민이자 그것을 유지해온 속물성에 대한 조롱 둘 다인 것처럼 '보이는' 이유다.

이러한 소설적 형식은 '일상'이라는 소재에 붙박인 미감으로 치부되어 이해되기도 한다. 레이먼드 카버의 번역자이기도 한 소설가 김연수가 어느 글에서 카버를 일컬어 "자기가 아는 것만 쓴다"는 취지로 말한 것을 읽었는데, 김연수 작가의 본의는 그렇지 않겠지만 맥락이 잘려나가 오해되는 경우를 종종 보았다. 그 취지를 되살려 다시 풀어 말해보자면, 레이먼드 카버를 비롯한 우리에게 익히 알려진 비슷한 지점을 공유하는 현대 미국문학의 탁월한 단편소설 작가들은 그저 그것이면 충분하므로 그렇게 쓴다. 자신에게 주어진 길지 않은 지면의 한계 안에서 소설이 할 수 있는 형식적 완성도와 그것으로 유발되는 장르적 쾌감을 구현하는 데 '찰나와 일상'이라는 미니멀한 시공간만으로 그들은 소설 매체가 구현할 수 있는 미감의 어떤 한계 지점까지 나아간다. 그들은 '아는 것'이라는 소재를 쓰는 게 아니라 소설의 매체적 한계 안에서 소설 형식이 나아갈 수 있는 미감의 여러 방향 중 스스로가 선택한 방향의 최대치를 쓰는 와중에 레이먼드 카버, 제임스 설터, 줌파 라히리, 앤드루 포터 등이 됐다. 소설의 형식적 한계 안에서 작가로서 자기 자신의 모든 것을 증명한 것이다. 기준영 또한 그 와중에 있다.

한국 현대소설의 전통에 일가견이 있는 이라면 그것의 역사가 외래의 형식과 미감과의 접촉을 통해 스스로를 갱신하고 한국어를 살찌워왔다는 사실을 모를 수 없다. 오늘날 한국 현대소설의 거시적인 경향은 이러한 특징이 더욱 두드러진다. 이를테면 자국/외국 문학의 경계를 공고히 해온 일련의 한국문학 비평 담론의 규범을 만들어낸 창조자들이 가지는 영향력 저하, 외국어 문학과 그에 대한 정보 접근의 용이함 등이 만들어낸 결과물일 텐데 이는, 판단하건대, 일부 평단의 우려 혹은 문학의 사회적 영향력 및 흥행력 저하와 상관없이 유례없는 양질의 스펙트럼으로 나타나는 중이다. 그 중 기준영은 앞서 언급한 현대 미국 단편문학의 정수에 해당하는 형식과 미감을 자양 삼아 한국 현대소설의 스펙트럼 최외부의 한 쪽을 수놓으며 스스로를 증명중인 작가로 보인다. 그것은 동시대에 주목받고 있는 오한기, 정지돈 등이 위치한 정반대편의 최외부이다. 오한기, 정지돈 등이 느슨하고 활달한 자외선상에 있다면 기준영의 위치는 촘촘하고 확고한, 그것의 정반대편 적외선상의 어디쯤이다. 그곳은 기준영 혼자만이 독점하고 있는 장소는 아닐 것이다. 그러나 자신이 추구하는 형식적 완결성을 확고하게 추구하며 언제나 가작(佳作) 이상을 선보이는 적외선상의 거의 '유일'에 해당하는 작가로 기준영을 꼽고 싶다. 자외선상의 작가들이 외래 혹은 이질의 성분으로 소설이란 무엇인지를 묻고 있는 동시대에, 적외선상 어디쯤의 기준영은 소설이란 무엇인지 확고하게 보여주고 있는 중이다. 이렇게 한국소설은 한편에서 길을 잃음과 동시에 다른 한편에선 기준영과 함께 확고한 길을 간다.

*

길을 잃는 것만이 능사는 아니다. 우리에게 주어진 한계야말로 우리의 가능성일 수 있다는 말이 문학에서 울리포만의 율법인 것은 아니다. 기준영의 소설은 한국어 독자들을 향해 그것을 역설하는 것처럼 읽힐 때가 있다. 기준영이 선보이는 소설적 미감은 애초에 우리의 것이 아니었지만 언제부턴가 그렇지 않게 되었다. 축복이다. 그것은 장르와 형식을 불문한 모든 가작 이상의 소설이 그러한 것처럼 한국어 독자에게 내리는 가뭄에 단비이다. '소설'이란 무엇인지를 탁월하게 보여주는 이 작가가 소설을 읽고 싶은 이들에게 더 많이 알려졌으면 한다. 기준영이 소설의 모범답안일 순 없지만, 적어도 미더운 선택일 수 있음을 믿어 의심치 않는다. 더욱더 많고 풍부하게, '소설'이 읽히고 쓰이길 희망한다.

윤재민
동국대 국문과 졸업. 동대학원 석사과정 수료. 2012년 창비신인평론상에 「너무 많이 아는 이들을 위한 가족 로망스—김애란론」, 같은 해 대산대학문학상 평론부문에 「힙스터의 정치학—그녀에게 쇼파르를 허하라」가 당선되어 등단.

정용준

선릉 산책

작가노트 몸에 좋은 소설

해설 이재경 산책이 끝나고 난 뒤

정용준

1981년 광주 출생. 2009년 『현대문학』 신인상에 단편소설 「굿나잇, 오블로」가 당선되어 등단. 소설집 『가나』 『우리는 혈육이 아니냐』, 장편소설 『바벨』 『프롬 토니오』 『내가 말하고 있잖아』, 중편소설 『유령』 『세계의 호수』가 있다. 2013년, 2016년 젊은작가상, 황순원신진문학상, 황순원문학상, 문지문학상, 한무숙문학상을 수상했다.

| 수상작 |

선릉 산책

1

은색 세단이 약속 장소인 선릉역 근처 카페에 도착한 시각은 오전 아홉시였다. 아홉시에 만나기로 했는데 일 분의 오차도 없었다. 정확하군. 그게 그들을 본 내 첫인상이었다. 뭔가 분명하고 단호하고 에누리 없는 하루가 될 것 같은 예감도 함께 들었다. 흰색 블라우스에 남색 스커트를 입은 중년의 여자가 꼬챙이처럼 가늘고 긴 남자의 팔목을 붙잡고 뒷좌석에서 내렸다. 불안정한 자세로 서서 열한시 방향으로 시선을 고정하고 있는 남자는 나보다 한 뼘 정도 키가 컸고 몸무게는 육십 킬로그램도 나가지 않을 것 같았다. 스무 살이라고 알고 있었지만 얼굴만 놓고 보면 나이가 가늠되지 않았다. 무구한 표정은 기형적으로 몸만 빨리 자란 어린이의 것이었지만 그을린 팔뚝에 붙은 잔 근육이나 새 부리처럼 툭 튀어나온 목의 울대뼈, 푹 꺼진 뺨과 눈가의 주름들로 봐서는 내 또래였다. 여자는 이력서를 꼼꼼히 읽어보더니 고개를 가볍게 두어 번 끄덕거렸다. 그리고 깔끔한 손놀림으로 두 번 접어 핸드백에 집어넣고 말했다.

말씀드렸던 것처럼 여섯시까지 돌봐주시면 됩니다. 노파심에 한 가지만 부탁드리면 다치지 않도록 해주세요. 가끔 자해를 하는 아이입니다.

그녀는 남자의 뒤통수를 쓰다듬었다. 저게 문제의 헤드기어군. 막상 눈으로 확인하니 꽤 당황스런 모습이었다. 한여름 서울 시내 한복판에서 헤드기어를 쓴 남자와 하루종일 돌아다니는 그림이 쉽게 그려지지 않았던 것이다.

그리고 밥이랑 간식은 이걸로.

여자는 내 손바닥에 체크카드 한 장을 올렸다. 그때, 남자가 바닥에 침을 뱉었다. 조용히 뱉은 것도 아니고 일부러 소리내 세게 뱉어야만 가능한 퉤, 소리가 났다. 여자와 나 사이에 정적이 흘렀다. 그녀는 동요 없이 오른쪽에 메고 있던 핸드백을 왼쪽으로 고쳐 메며 말했다.

우진씨에게 들으셨죠? 애가 침을 뱉어요. 다른 뜻은 없고 그냥 습관 같은 거예요.

여자는 무슨 말을 더 하려다 손목을 꺾어 시간을 확인했다. 미간 사이 가늘고 긴 주름이 한 줄 잡혔다. 바빠 보였다. 그녀는 부탁한다는 짧은 인사와 함께 남자의 등을 두 번 두드리고 차에 탔다.

2

여자는 가고 남자와 나는 남았다. 사람들 없는 곳으로 돌아다녀. 형의 말이 떠올랐다. 어딘가로 가야 한다. 그런데 이 친구를 어떻게 움직이지? 그는 내 쪽으로 눈길 한번 주지 않고 다섯 걸음 정도 뒤에 서서 몸을 꼬아댔다. 발끝으로 계속 바닥을 두드리며 패턴을 파악하기 힘든 복잡한 형태로 머리를 움직였다. 가늘게 찢어진 쌍꺼풀 없는 눈. 입은 조그맣고 윗입술이 약간 말려 올라갔다. 목까지 단추를 채운 초록빛이 도는 체크무늬 반팔 셔츠와 베이지색 칠부 팬츠. 네이비블루 스니커즈. 복숭아뼈 밑으로 라인이 내려간 발목양말까지 나무랄 데 없는 깔끔한 패션이었다. 한눈에 봐도 극진한 보살핌을 받고 있다는 것을 알 수 있었다. 하지만 머리에 쓴 헤드기어와 무거워 보이는 보라색 백팩은 아무리 봐도 이상했다.

시각은 아홉시 십오분. 남은 시간 여덟 시간 사십오 분. 행인들이 손그늘로 얼굴을 가리며 걷다 한 번씩 우리를 쳐다본다. 시선에 담긴 호기심과 의아함, 무슨 상황인지 파악하려고 빤히 쳐다보는 그들의 관심이 부담스럽다. 일단 걸어야 한다. 앞서 걸으면 그가 따라올 것이다, 라고 기대한 것은 아니지만 그래도 앞서 걸어봤다. 그는 꿈쩍도 안 했다. 나는 어떻게 해야 할지 몰라 멀뚱히 서 있다가 우진 형이 준 쪽지를 꺼내 펼쳤다.

한두운.

사람들이 없는 곳으로 다닐 것.

공원이나 한적한 동네 골목이나 작은 놀이터 같은 곳도 좋음.

오후에는 동네 어디에도 사람들이 별로 없음.

대소변은 스스로 해결하지만 밥을 먹을 땐 옆에서 도와줘야 함.

식탐이 많음.

가끔 소리를 지르거나 도로변에 드러눕는 경우가 있음.

그럴 땐 달래거나 말을 걸지 말고 무조건 완력으로 일으켜세워야 함.

혼을 내서 소리를 지르지 못하게 하는 것도 좋은 방법.

침을 자주 뱉음. 사람들이 절대 이해해주지 않음.

(이것 때문에 몇 번이나 싸울 뻔했음.)

계속 말을 걸어주면 친해질 수 있음.

(혼잣말을 하게 될 것임.)

친해지자. 말을 걸어야 해. 두운씨, 가고 싶은 데 없어요? 답이 없다. 내 쪽을 보지도 않는다. 민망했지만 계속 말을 걸었다. 나중엔 응답 없는 대상에게 계속 말끝을 올리는 게 이상해서 혼자 말하고 혼자 답했다. 많이 덥죠. 에어컨이 있는 곳으로 가고 싶은데 거기엔 사람이 많으니까 안 되겠죠. 밥은 먹었나요? 나는 아직 안 먹었는데. 나중엔 생각나는 대로 아무 말이나 했다. 평일엔 뭐해요? 아, 특수학교에 다닌다고 했지. 우진 형과는 뭐했어요? 잘해줬어요? 근데 좀 이상하죠. 친절한데 약간 귀찮죠. 약간의 변화가 보였다. 그가 몸을 내 쪽으로 돌리고 귀기울이고 있었다. 그럼 나는 저쪽으로 갑니다. 빠른 걸음으로 걸어갔다. 그는 난처한 듯 우물쭈물대더니 마침내 발을 뗐다.

큰 건물이 없는 방향으로, 길이 좁아지는 쪽을 향해, 우리는 걸었다. 점차 사람도 줄고 자동차도 보이지 않았다. 동네로 들어갈수록 주위는 고요해졌다. 우리는 그림자가 지는 벽 쪽에 바짝 달라붙어 걸었다. 한두운은 세 걸음쯤 뒤처져 종종걸음으로 뒤따라오며 무엇을 보는지 알 수 없는 애매한 곳에 눈이 팔려 있었다. 그러다 갑자기 걸음을 멈추면 스텝이 꼬여 속도가 줄어든 팽이처럼 양옆으로 흔들리곤 했다. 그게 재미있어 그렇게 몇 번 반복했는데 그때마다 그는 춤을 추듯 흔들렸다. 왜 이러는지 영문을 모르겠다는 표정으로.

두 시간쯤 걸었을까. 아홉시 오십사분. 믿기지 않는군. 삼십 분 지났다니.

3

선릉역에 선릉이 있다니. 선릉이 있으니까 선릉역도 있는 것이겠지만 나는 이 사실이 낯설었다. 도시의 비밀 하나를 발견한 것 같았다. 우리는 선릉과 정릉이 함께 있는 선정릉이라는 곳으로 걸어갔다. 매표소 직원이 남자의 목에 걸린 표식을 보더니 말없이 고개를 끄덕이며 그냥 들어가라는 신호를 줬다.

한두운은 여기가 마음에 드는 눈치다. 내내 멍하고 밋밋했던 표정에 활기가 생겼다. 성큼성큼 걸어 성종대왕의 무덤이 있는 언덕까지 단숨에 올라갔다. 그는 커다란 봉분이 마치 덩치 큰 초식 공룡이라도 된다는 듯 경이로운 눈으로 바라봤다. 그러다 접근을 금하는 펜스를 훌쩍 넘어 안으로 들어갔다. 나는 펜스 앞에 서서 다급하게 말했다. 들어가면 안 돼요. 두운씨. 빨리 나와. 나오라고. 그는 듣는 척도 안 하고 무덤 주위를 활보하며 무인석과 문인석 사이를 돌아다녔다. 특히 동물 조각에 관심이 많았다. 손가락으로 톡톡 두드리거나 부드럽게 쓰다듬었다. 석호 앞에서 으르렁거렸고 석양의 이마를 쓰다듬었으며 석마 앞에서는 우물쭈물했다. 올라탈지 말지를 고민하는 것 같았다. 그러다 단정하게 무릎을 꿇고 앉아 말 머리를 밑에서 올려다보며 씩 웃었다. 나는 그의 팔목을 붙잡고 겨우 밖으로 끌고 나왔다. 그게 뭐가 그렇게 좋은지 이해가 되지 않으면서도 한편으론 좋아하니까 나도 좋았다. 어쩐지 일이 잘 풀리고 있다는 느낌을 받았다. 일을 무척 잘하고 있는 것 같은 순조로운 기운이 느껴진달까. 일곱 시간 남았다.

우리는 돌길을 걸었다. 이것은 참도입니다. 죽은 왕이 이용하는 신도와 살아 있는 왕이 이용하는 어도로 나뉘죠. 나는 팸플릿을 펼쳐 안내문을 읽고 가이드를 하기 시작했다. 왼편은 혼령이 걸어가는 신성한 곳이라 올라가면 안 되고 우리는 오른편으로 걸어야 해요. 아니. 아니. 거기가 아니라 여기라고요. 한두운은 신도 위를 걸었다. 내려와요. 두운씨. 내려와. 내려오라고. 그는 걸음을 멈추고 삐딱하게 서 있다가 신도 위에 침을 뱉었다. 이해하려 해도 도저히 이해가 안 됐다. 볼 때마다 불편했고 기분이 나빠졌다. 나는 낮은 목소리로 말했다. 침 뱉지 마. 그는 내 눈을 물끄러미 보며 보란듯 침을 연달아 두 번 뱉었다. 퉤퉤, 하는 그 소리는 창문을 깨는 두 발의 쇠구슬처럼 마음의 안쪽을 강하게 타격했다. 관자놀이를 지나는 맥박이 거세게 뛰었다. 귓가에서 툭툭, 소리가 들릴 정도였다. 나는 말없이 그를 노려봤다. 그는 처음엔 눈길을 받아 마주 쳐다보더니 이내 눈을 피했다.

그때 두 무리의 사람들이 걸어왔다. 한쪽은 일본인 관광객들이었고 다른 한쪽은 색색의 등산복을 유니폼처럼 맞춰 입은 것으로 미루어 보아 등산 동호회인들처럼 보였다. 나는 한쪽으로 비켜서며 말했다. 두운씨. 내려와요. 그는 움직이지 않았다. 손목을 잡아끌었지만 신도에서 겨우 어도로 내려왔을 뿐 그 이상은 꼼짝도 안 했다. 도리어 힘을 주고 팔을 비틀어 손을 빼냈다. 사람들은 두 갈래로 나뉘었다. 우리는 그 사이에 끼어 오도 가도 못하고 잠시 서 있어야 했다.

그 시간은 아주 잠깐이었다. 십오 초? 이십 초? 길어도 삼십 초가 넘지 않았을 것이다. 하지만 그 시간은 느리게 지나갔다. 누군가 이 장면에 의도적으로 슬로모션을 건 것처럼 표정과 눈빛, 수군거리는 소리까지 명징하게 감각됐다. 그들은 한 명도 빠짐없이 헤드기어를 쓴 남자의 얼굴을 쳐다봤다. 한두운은 경계선 위에 떠 있는 얇은 막처럼 그 사이에서 희미하게 진동했다. 열 개의 발가락을 안쪽으로 오므려 당기느라 그의 스니커즈 신발 등이 불룩하게 올라왔다.

한두운의 몸이, 꼿꼿이 서 있던 느낌표 같은 몸이, 물음표처럼 구부러졌다.

4

이틀 전 우진 형에게 문자가 왔다.

토요일 아홉시부터 여섯시. 아이 돌보기. 할래?

뭔데 시급이 만원이야?

힘든 일은 아닌데 그 정도 받을 만해.

아이 보는 일을 내가 어떻게 해?

보통 아이가 아니야.

설명을 듣고 거절했다. 형은 당황하는 눈치였다. 하루에 구만원을 벌 수 있는 매력적인 알바라 할지라도 정체불명의 일을 할 순 없었다. 유연함과 융통성이 부족한 나는 어떤 일을 해도 쉽게 적응하지 못했다. 해야 할 일과 하지 말아야 할 일 사이의 변수를 캐치하지 못했고 설명을 들어도 이해가 안 됐다. 하물며 해보지 않은 일, 미심쩍은 일이라니 못할 게 뻔했다. 형은 설득했고 나중엔 간절한 목소리로 부탁했다. 절대로 놓쳐서는 안 되는 주말 알반데 이번주에 일이 있어 할 수 없는 상황이라 혹 다른 사람에게 이 일이 넘어갈까봐 걱정된다는 것이었다.

그런데 왜 나야?

네가 지금 마땅히 하는 일도 없는 것 같고…… 아닌가?

계속 말해.

그리고 내 주위에 너만큼 우직하고 착한 캐릭터가 없거든.

그 말이 잘 이해되지 않았지만 무슨 말을 더 물어봐야 할지 몰라 잠시 가만히 있었다. 형이 말했다.

그리고 이게 어려운 일은 없는데 아무래도 사람 상대하는 일이라 짜증나는 일이 많아. 애가 좀 특별하잖아. 이상한 놈들한테 맡기면 나쁜 일 많이 당할 거야.

형은 잠깐 생각해보는 눈치더니 계속 말했다.

콜라에 수면제 타서 하루종일 재우는 놈도 있고 집에 데리고 가서 방에 가둬놓고 자기 할 일 하는 놈도 있어. 아예 못 움직이게 줄로 묶어놓고 기저귀를 채우거나 일회용 우산 비닐 커버를 성기에 씌워 눕혀놓는 새끼들도 있다고 들었어. 화장실 데리고 다니는 것도 귀찮다 이거지. 그렇게 방치하고 지 할 일 다 하면서 돈은 돈대로 받고 말이야. 부모들은 모르지. 애가 설명을 못하는데. 그래서 아무한테나 맡기면 안 돼. 하루만 나를 봐서라도 도와줘. 그냥 하루만 같이 있어줘. 어디를 가도 되고 그냥 앉아만 있어도 되는 거고.

우진 형은 어디를 갔을까? 무엇을 했고 무슨 이야기를 했을까? 짐작이 되지 않는다. 한두운은 평생 나 같은 사람들을 몇 명이나 만났을까. 그의 토요일과 일요일이 궁금하다. 집에서의 모습과 방의 풍경. 그런 것들을 상상해봤는데 어째서인지 금세 마음이 안 좋아졌다.

그는 딱딱하게 굳은 몸을 벤치 위에 살짝 걸치고 앉아 희미하게 아아, 소리를 내며 손가락을 미세하게 움직였다. 이따금씩 주먹으로 헤드기어를 툭툭 때리기도 했다. 나는 벤치 끝에 멀찍이 떨어져 앉아 앞을 바라봤다. 내려다보이는 풍경이 그럴듯했다. 완만한 언덕을 뒤덮은 잘 정돈된 잔디가 부드러운 물결이 이는 강물을 연상케 했다. 두운씨는 무슨 생각 해? 그는 내 말에 전혀 귀기울이지 않고 고개를 옆으로 비스듬히 기울이고 혼령이 걷는 돌길을 물끄러미 보고 있었다. 마음과 감정을 파악할 수 없는 미지의 표정이었다. 죽은 왕이 걷고 있나요? 농담으로 한 말인데 말하고 나니 소름이 끼쳤다. 그의 시선이 움직이는 물체의 궤적을 좇듯 길을 따라 서서히 움직였기 때문이다. 그는 검지를 들어 허공에 그림을 그렸다. 공중에 물로 그린 그림 같은 투명한 도형이 생겼다가 사라졌다. 그의 눈에는 혹시 그런 것이 보이는 걸까? 눈에 보이지 않는 것들이나 죽은 것들 아니면 형상이 없는 것들. 그렇게 생각하고 보니 무덤 주위를 걷는 그의 좀비 같은 움직임이 몽유병 환자의 그것처럼 보였다. 어딘가에 영혼을 두고 텅 빈 육체로 산책하러 나온 꿈꾸는 남자. 깨고 나면 모두 사라질 길과 풍경 속을 휘청휘청 걷는 자의 시적인 하루 같은. 물론 지나친 망상이겠지만.

그나저나 다섯 시간 삼십 분 남았다. 이젠 뭘 해야 할까. 두운씨. 뭐할까? 응? 뭐라고? 집에 가고 싶다고? 나도. 집에 가고 싶다 정말. 그 순간 한두운은 고개를 돌려 나를 똑바로 쳐다보고 말했다. 그가 대답할 것이라고는 상상조차 못했기에 깜짝 놀랐다. 다시 물었다. 뭐라고? 그가 분명하고 또렷한 발음으로 말했다.

밥.

밥?

어이가 없어 웃고 말았다.

그래. 그래. 밥. 생각해보니까 밥을 안 먹었네.

그는 그걸 이제 알았냐는 듯이 인상을 찌푸리며 자리에서 일어났다. 우리는 선정릉 근처에 있는 일식집에 들어갔다.

5

어쩌지?

밥 먹는 한두운을 보며 계속 그 생각만 하는 중이다. 처음엔 옆에 앉아 어떻게든 통제해보려고 했으나 포기하고 말았다. 음식을 뺏거나 포크 든 손을 잡으면 흥분하며 소리를 질렀다. 손으로 돈가스를 통째로 들고 뜯었고 목덜미와 셔츠로 흘러내리는 소스와 국물을 닦아낼 생각은 없어 보였다. 입속에 음식이 가득차 있는데도 음식을 집어넣었다. 들어가지 않으니 욱여넣으려 괴성을 질렀다. 그리고 곧바로 구역질을 했다. 나는 통제하는 것을 포기하고 멍하게 지켜만 봤다. 음식점에 있는 사람들이 모두 우리 쪽 테이블만 바라보고 있었다. 처음엔 난감한 얼굴로 부탁을 하던 점원이 냉소적인 태도를 보이며 조용히 시켜달라고 거듭 요청했다. 나는 어쩔 수 없이 그의 손에서 음식을 빼앗고 접시를 치웠다. 한두운은 바닥에 누워 더 크게 소리질렀다. 나는 그 옆에 쪼그리고 앉아 제발 조용히 좀 하라고 거의 울듯 애원했다. 하지만 그는 멈추지 않았다. 어쩔 수 없이 겨드랑이 밑에 손을 집어넣고 들어올리는 척하면서 강하게 꼬집었다. 순간 그의 몸이 달팽이 더듬이처럼 위축됐다. 놀란 눈을 하고 잠잠해졌다. 우리는 서둘러 음식점을 빠져나왔다.

배부른 한두운은 다시 소심한 아이였다. 여전히 침을 뱉고 한 번씩 얼굴을 때리기는 했지만 가벼운 수준이었고 이젠 제법 내 뒤를 알아서 잘 따라왔다. 하지만 나는 방금 전의 사태로 인해 정신이 반쯤 나가 있었고 마음속의 여유와 온기가 절반으로 줄어든 상태였다. 한두운은 아무 일도 없었던 것처럼 순진한 표정으로 담벼락의 얼룩에 눈이 팔려 있었다. 그는 어떤 사람일까. 단순하게 생각하려 해도 간단히 정리되지 않았다. 침을 뱉고 식탐을 부리며 소리를 지르는 인격과, 사람들을 피해 몸을 움츠리고 긴장하고 신도를 바라보며 손가락으로 허공에 그림을 그리는 인격은 완전히 다른 존재처럼 느껴졌다.

그에게도 '자아'라고 하는 것이 있을까.

모르겠다. 네 시간 남았다. 어디를 갈까 고민하다가 다시 선정릉으로 향했다. 방금 전의 사태 때문에 사람이 많은 대로로 걸어갈 용기가 나지 않았다. 입구에서 한두운의 걸음이 멈췄다. 목줄이 풀린 치와와가 서 있었다. 그는 순식간에 얼굴이 굳어졌고 표정에는 두려움이 보였다. 두 귀가 쫑긋 솟은 개는 이빨을 보이며 짖어댔다. 주인으로 보이는 젊은 여자가 십 미터쯤 떨어진 곳에 서서 형식적인 목소리로 하지 마, 하지 마, 라는 말만 반복했다. 나는 남의 개에게 욕을 할 수도, 발로 찰 수도 없어서 잠시 가만히 있었다. 그는 뒷걸음을 치며 내 뒤로 숨었다. 그가 느끼는 두려움이 어깨와 팔에 흡수되듯 고스란히 전해졌다. 주인이 있는 쪽을 슬쩍 봤다. 여자는 핸드폰에 정신이 팔려 있었다. 나는 빠른 속도로 발을 뻗어 개의 뒷다리를 걷어찼다. 치와와는 킹, 하고 비명을 지르고 등을 돌려 주인에게 돌아갔다. 한두운은 그것이 무척 마음에 들었던 것 같다. 한참 동안 뚫어지게 나를 쳐다보더니 대뜸 내 손을 잡았다.

그는 손을 놓을 생각이 없는 걸까. 빼보려 손을 비틀고 힘을 주면 그쪽에서도 반대 방향으로 손을 비틀고 비슷한 크기의 힘을 줬다. 별수 있나. 잡고 걸어야지. 선정릉 둘레길엔 노인들이 많았다. 국적을 알 수 없는 기이한 패션의 할머니는 펠리컨처럼 양팔을 퍼덕이는 체조를 했고, 잘 차려입은 노신사는 유모차를 앞에 놓고 벤치에 앉아 책을 읽었다. 정자 아래 아저씨 둘이 마주앉아 장기를 두고 있었는데 우리는 그 옆에 멀찍이 떨어져 앉았다. 종아리가 아팠고 손바닥에 자꾸만 땀이 고여 손을 닦고 싶었다. 나는 주머니에서 뭔가를 꺼내는 척하며 빠르게 손을 빼냈다. 한두운은 자신의 손과 내 손을 번갈아 쳐다본 후 허리를 꼿꼿이 펴고 앉아 앞을 바라봤다. 초(楚) 쪽에 앉은 아저씨가 쥐고 있던 포(包)를 판에 내려놓고 한두운을 쳐다봤다. 한(漢) 쪽에 앉은 아저씨도 양팔을 기둥 뒤로 감은 채 신기한 듯 헤드기어를 봤다. 그러더니 흥미를 보이며 한두운 쪽으로 슬금슬금 다가와 말을 걸었다. 뭐하는 사람이야? 한두운은 눈썹 하나 움직이지 않고 정면만 봤다. 아저씨는 응? 응? 하며 계속 말을 걸었다. 그리고 내 쪽으로 고개를 돌리며 되물었다. 응? 나는 귀찮고 번거로워 낮게 답했다. 그러지 마세요. 아저씨는 갑자기 언성을 높이며 말했다. 내가 뭐? 응? 불쑥 짜증이 치솟았다. 다른 아저씨는 어느새 한두운 앞에 서 있었다. 그리고 진지한 표정으로 손바닥이 위로 보이게 내밀며 말했다. 복싱. 복싱. 외국인에게 말하듯 단어 하나에 발과 팔을 모두 동원했다. 한두운은 스르르 자리에서 일어섰다. 그리고 두 발을 벌리고 자세를 살짝 낮추더니 펀치 두 개를 날렸다. 더할 나위 없이 깔끔한 원투였다. 나무 배트에 잘 맞은 안타 같은 두 번의 경쾌한 소리가 산책로에 탕탕 울렸다. 그리고 한두운은 다시 자리에 앉았다. 아저씨들은 처음엔 깜짝 놀라 멍하게 한두운을 쳐다봤다. 그리고 보란듯 내게 이빨을 보이며 웃었다.

6

권투했어요?

한두운은 새침한 표정을 하고 앞만 보고 있었다. 우거진 나무 틈으로 햇빛이 들어왔다 말았다 했다.

야, 너는 왜 밥 말고는 다른 말을 안 해?

그는 아랫입술을 쭉 내밀고 눈을 가늘게 뜨며 어깨를 움직였다. 어딘지 불편해 보였다. 자꾸만 어깨끈과 허리끈을 만지작거렸고 아아, 소리를 내며 헤드기어를 주먹으로 톡톡 때려댔다. 허리끈의 플라스틱 버클을 풀고 가방을 벗겨줬다. 가방은 무거웠다. 바닥에 내려놓을 때 진동이 느껴질 정도였다. 지퍼를 열어 안을 확인했다. 물병 세 개. 양장된 책이 일곱 권. 이 킬로그램짜리 분홍색 아령도 한 개 들어 있었다. 책은 옛날식 판형의 한국문학전집이었는데 이름 순서대로 책장에서 빼서 집어넣은 듯했다. 그 순간 우진 형에게서 전화가 왔다.

어디야?

선정릉.

하, 역시 너는.

역시 뭐.

아냐. 열심히 한다고. 잘 놀아주는 것 같아 마음이 놓이네.

전화 너머로 침대에서 느긋하게 뒹굴며 담배연기를 내뿜고 있는 듯한 분위기가 느껴졌다. 그 옆에 희미하게 여자 목소리도 들리는 것 같았다.

형. 얘 복싱했어?

글쎄. 사모님한테 듣기론 얘한테 도움될까 싶어 안 시켜본 게 없다고 하던데. 정서 안정되라고 검도도 시켰다고 들었거든. 모르지 뭐. 권투도 했을지. 왜? 얘가 누굴 때렸어?

아냐. 그런데 사모님이라는 사람 말이야. 애 학대해?

학대라니?

가방 봤어?

아, 그거. 네가 생각하는 그런 거 아냐. 그것도 다 가슴 아픈 사연이 있단다. 밖에서 힘을 많이 빼야 집에 들어가면 바로 잠들거든. 그러면 사모님이 엄청 좋아하셔. 운동이라 생각하면 돼. 그리고 애가 불안해하니까 뒤에서 무거운 걸로 눌러주면 안정도 느끼고 여러모로 좋아.

형은 내 목소리에 스민 의구심을 읽었는지 이 말 저 말로 달래려 했다. 주로 보호자의 고충에 포커스를 맞춘 내용이었다. 그 여자는 한두운의 엄마도 아니고 이모라고 했다. 자기 아들도 아닌데 아들처럼 키운다고 대단한 사람이라고 했다. 우리는 그녀의 마음을 절대로 헤아릴 수 없다는 식의 설명이었다. 나는 말없이 가만히 있었다. 형은 한마디 더 하고 끊었다.

대충해. 날도 더운데.

가방을 벗은 한두운은 어깨를 안으로 수그리고 앉았다. 직전까지 장대처럼 꼿꼿하게 몸을 펴고 있던 것과는 다른 자세였다. 들릴락 말락 한 소리로 호흡하다가 한 번씩 길게 숨을 뱉었다. 그가 나를 쳐다보며 아아, 소리를 내며 주먹으로 자신의 얼굴을 툭툭 쳤다. 왜 자꾸 그러는 거야, 라고 말리려는 순간 뭔가 깨달았다. 자해를 하는 것이라면, 화가 난 것이라면, 저렇게 힘없이 아아, 하지 않을 거라고. 악악! 소리지르며 샌드백 두드리듯 때리겠지.

한두운을 데리고 장애인 화장실로 들어갔다. 목에 걸린 표식과 헤드기어를 벗겼다. 두 뺨이 빨갰다. 땀띠가 볼에 퍼져 있었고 좁쌀만한 염증도 있었다. 헤드기어를 손에 들고 잠시 아무것도 못하고 멍하니 서 있었다. 그의 얼굴을 제대로 봤다. 물기 없이 마르고 까만 작은 씨앗 같았다. 머리카락은 군데군데 눌리고 뭉쳤는데 곳곳이 동전 모양으로 하얗게 세어 있었다. 나는 그의 목덜미를 부드럽게 잡고 손우물을 만들어 물을 담아 뺨에 끼얹었다. 물이 닿을 때마다 그는 주먹을 꽉 쥐었다. 두 개의 주먹이 익은 열매처럼 빨갰다. 다 했어요. 다 했어요. 나는 아이를 달래듯 최대한 부드럽게 말했다. 그는 씻는 내내 순응적이었고 아무 소리도 내지 않았다. 세면대에 물을 틀고 흐르는 물에 손을 집어넣고 가만히 있을 뿐이었다. 화장지를 풀어 손수건 크기로 접어 조심스럽게 톡톡 찍어 물기를 닦아냈다. 이마와 목덜미에 눈가루처럼 휴지 조각이 묻었다. 헤드기어의 안쪽을 화장지로 닦아낸 후 이것을 어떻게 할까, 고민하다가 가방에 집어넣고 어깨에 걸쳤다. 더우니까 잠깐만 벗고 있어요. 절대로. 나쁜 짓 하면 안 돼요. 알겠지요? 나는 그의 둥근 이마에 붙은 젖은 머리카락을 어루만지듯 살짝 떼어낸 뒤 그 사이로 손가락을 넣어 가볍게 흔들어줬다.

7

한두운의 발걸음이 경쾌하고 빨라졌다. 두리번거리며 주변을 살폈다. 그러다 뭔가를 지시했다. 손가락이 가리킨 것을 보면 별것도 아니었다. 잡은 벌레에 줄을 감고 있는 거미였다. 그것을 시작으로 계속 뭔가를 보여줬다. 나는 그것들이 왜 인상적인지 도무지 알 수 없었다. 버려진 매듭. 돌 위에 올려져 있는 돌. 한쪽이 부서진 이어폰. 깨끗하게 속이 텅 빈 매미의 허물 앞에서는 오랫동안 앉아 있었다. 그는 그것이 정말 신기한 것 같았다. 갑자기 말을 했다.

매미.

매미를 매미라고 했을 뿐인데 나는 정말로 놀랐다. 그는 멀뚱히 나를 쳐다보며 고개를 살짝 옆으로 꺾어 일어섰다. 그것도 몰랐냐는 듯 오만한 표정이었다. 한번 말문이 트이자 멈추지 않았다. 녹음된 음성 파일이 재생되듯 그는 일정한 리듬과 운율로 말했다. 시의 한 구절 같기도 했고 멜로디 변화가 없는 노래 같기도 했다. 작게

웅얼거려 정확하게 들을 순 없었지만 나무들의 이름을 말하고 있었다.

오리나무.

마침 나무에 이름표가 있길래 확인해봤는데 정말이었다. 오리나무였다.

정말이야? 알고 말하는 거야?

그는 내 질문에는 답하지 않고 열 걸음 정도 앞서 걸으며 계속 나무의 이름을 말했다. 화살나무. 자귀나무. 전나무. 그는 나무가 친구라도 되는 듯 편하고 부드럽게 이름을 불렀다. 이게 가능한가? 나는 한두운의 뒤를 따라가며 핸드폰으로 '자폐' '정신지체'라는 단어를 검색했다. 연관 검색어로 나온 '천재 자폐'와 '서번트 신드롬'도 함께 검색했다. 사례가 다양했고 그것과 관련된 지식이 없어 잘 이해할 순 없었지만 어쨌든 가능하단 소리였다. 피아노를 잘 칠 수도 있고, 그림을 잘 그릴 수도 있으며, 암기력이 뛰어날 수도 있었다. 나무 이름을 많이 아는 것은 그것들에 비해 더 대단한 것인가 아닌가. 모르겠지만 어쨌든 그 목소리는 듣기 좋았다. 고저가 거의 없는 단조로운 음성이었는데도 감정이 담겨 있었다. 유리병에 반쯤 담긴 물이 계속 찰랑거리는 소리 같은 반복과 희미함. 그러다 갑자기 말을 멈추고 멈춰 서서 손가락으로 뭔가를 가리키며 내가 봐주기를 원했다. 역시나 특별할 것 없었다. 부러진 안경다리 한쪽, 흙속에 반쯤 파묻힌 자주색 털모자 같은 것들이었다. 내가 그것을 확인하면 그는 다시 만족스런 표정으로 앞서 걸어갔다.

반시계 방향으로 걷는 사람들은 시계 방향으로 걷는 우리들과 마주쳤다. 산책하는 남자, 조깅하는 여자, 팔짱을 끼고 한몸처럼 걷는 연인, 제자리에 멈춰 서서 어디로 가야 할지 고민하는 듯한 외국인, 혼잣말을 하며 화내고 우는 정체불명의 노인. 그들을 마주칠 때마다 한두운은 입술을 다물고 긴장했다. 눈을 가늘게 뜨고 상체를 양옆으로 움직였다. 그러다 재빨리 한 걸음 한 걸음 비켜서며 힘겹게 앞으로 나아갔다. 그들과 몸이 닿으면 당장 목숨을 잃게 되는 게임이라도 하는 플레이어처럼 신중했다. 가벼운 스텝, 리드미컬하게 왼쪽 오른쪽으로 유연히 움직이는 상체. 홀로 진지했고 혼자 애쓰고 있었다. 마치 링에 서서 부지런히 발을 움직이며 분투하는 아웃복서 같았다. 나비처럼 날아 벌처럼 쏴야 하는. 나는 무심결에 단어 하나를 입 밖으로 꺼냈다.

파피용.

그는 걸음을 멈추고 잠시 뒤를 돌아봤다. 파피용이라니, 얼마 만에 발음해보는 불어인가. 프랑스어과를 졸업했으면서 간단한 단어 하나 말하는 것도 이렇게 낯설다니. 그땐 프랑스, 하면 막연히 멋있었지. 불어를 공부하고 말할 줄 아는 사람이 되면 더 멋있을 것도 같았고. 그게 뭔지 몰라도 남들과는 다른 미래가 열릴 거라고 생각했다. 뭐랄까, 프랑스적인 미래랄까. 에펠탑처럼 예쁘고, 푸른 눈동자를 마주보며 빵을 자르고, 샹송이 울려퍼지는 거리를 걷는 여유롭고 고급스러운 삶. 아니면 프랑스와 관계된 어떤 삶. 이를테면 프랑스와 무역을 하거나 그 나라 책을 한국어로 번역하는 사람 정도는 될 줄 알았다. 파리 8대학이니 9대학이니 하는 곳에서 공부하는 모습을 상상하기도 했다. 하지만 나는 졸업 후에 영어 학원 강사를 했고 나중에는 초등학생 보습학원에서 국어와 수학도 가르쳤다. 그 일을 하기 위해 국어 문법과 수학 공식을 다시 공부해야 했다. 그것도 쉽지 않았다. 뭘 해도 나는 함께 일하는 사람들과 갈등이 생겼다. 답답하다. 꽉 막혔다. 이런 말을 늘 들어왔다. 프랑스어를 공부한 사람이 왜 이렇게 유연하지 못하냐고 쓴소리도 많이 들었다. 불어와 유연함의 연관성을 고민하다보면 어느새 나는 일을 그만둔 뒤였다. 그리고 지금은 보습학원에서 함께 일했던 우진 형의 땜빵으로 일당 구만원짜리 알바를 하고 있는 것이다.

나는 한두운과 나란히 걸었다.

내가 대학에서 프랑스어를 공부했어. 불어 알아요? 봉쥬. 사바.

그는 곁눈으로 쳐다볼 뿐 별다른 반응을 보이지 않았다.

암튼 그런 걸 배웠는데. 내가 프랑스어과 대표 권투선수였어.

나는 자세를 낮추며 포즈를 취해 보였다. 가방 탓에 순간 몸이 휘청거렸다. 그는 살짝 놀란 듯 눈을 동그랗게 떴다.

그게 지금 생각해도 정말 어이가 없는데. 대학 체육대회에서 권투라니. 당시 학생회장이 격투기에 빠져 있어서 밀어붙인 건데 정말 끔찍했어. 눈뜨곤 볼 수 없는 수준의 경기였거든. 그래도 경기장의 풍경은 멋졌던 것 같아. 응원도 재밌었고. 상상해봐. 러시아, 스페인, 독일, 아랍, 중국, 일본, 프랑스를 대표하는 허약한 선수들이 링에 올라서 싸우는 광경을 말이야. 국기가 휘날리고 정체불명의 어설픈 외국 응원가가 울려퍼졌지. 프랑스어과 대표 선수는 나였어.

권투를 잘해서가 아니고 남자가 나밖에 없기 때문이었지. 원래 외국어과는 남자가 부족한데 프랑스어과는 그중 특히 심했지. 신입생이 나 포함 세 명이었으니까. 선배들은 집행부니 임원이니 이런저런 중책을 맡아 대회 준비 인력으로 빠져나갔고 출전할 남자가 하나도 없었던 거야. 신입생 중 한 명은 학교를 한 달째 나오지 않았고 또 다른 한 명은 심각한 축농증을 앓고 있었는데 마우스피스를 끼고 코를 킁킁거리더니 숨이 안 쉬어진다고 바로 포기하더군. 어쩌겠어. 내가 나갈 수밖에. 내 상대는 러시아어과였어. 딱 봐도 만만해 보이는 약골이었지. 내가 아무리 권투를 못해도 쟤는 이길 수 있겠다 싶었는데 상대도 나랑 비슷한 생각을 했나봐. 표정에 자신감이 있더군.

순간 언덕에서 강한 바람이 불었다. 우리는 잠깐 걸음을 멈추고 허공을 봤다. 바람이 보였다. 바람이 지나가는 곳으로 나뭇잎과 모래, 이름 모를 날벌레들과 까만 비닐봉지가 함께 날렸다. 투명한 길 하나가 허공 속에 놓인 것 같았다. 한두운은 입을 크게 벌리고 혀를 앞으로 조금 내밀어 바람의 맛을 보고 황홀한 표정을 지었다. 바람이 멎고 우리는 다시 걸었다. 나는 말했다.

팽팽한 경기였어. 팽팽하게 못했지. 수준이 비슷했으니까. 양쪽 다 서로를 다운시킬 정도의 펀치와 힘이 없어서 공이 울릴 때까지 주먹만 휘둘러댄 거야. 한 대 때리면 한 대 맞고. 지금 생각해봐도 끔찍하다. 사실 진짜 경기는 링 밖에서 이루어졌어. 세계 타이틀 매치라도 그 정도는 안 될 거야. 열광적이고 무시무시한 응원전이었지. 서로의 별명을 연호하는 소리가 귀를 아프게 할 정도였으니까.

프랑스에서 파피용, 파피용, 하면, 러시아에서 우비짜, 우비짜, 했지. 내가 파피용이었고 상대가 우비짜였는데 결과적으로 파피용이 판정으로 졌어. 마지막에 터진 코피가 결정적이었지. 파피용이 프랑스어로 무슨 뜻인지 알아? 나비야. 나비처럼 날아 벌처럼 쏘는 알리를 염두에 둔 응원 같은데. 그게 뭐야. 권투선수한테 나비라니. 지금 생각해보니 내가 진 건 순전히 응원 탓이야. 나중에 알게 된 사실이었지만 우비짜는 러시아말로 살인자라더군. 아…… 별명이 그 정도는 되었어야지. 나비가 뭐야. 나비가 살인자를 어떻게 이겨. 그런데 두운씨 걷는 폼 보니까 그때 생각이 나네.

한두운은 나를 빤히 봤다. 기분 탓일까. 모르겠다. 하지만 분명 그의 얼굴에서 어떤 반응이 비쳤다. 여차하면 놓칠 뻔한 작은 미소가 고요히 떠올랐다 빠르게 사라졌다. 이 생각은 스스로 생각해도 상당한 비약이지만 나는 그가 내 마음을 꿰뚫어본 다음에 웃은 것이라는 근거 없는 판단을 했다. 응답하는 눈빛이랄까. 그런 생각이 들자 기분이 좀 이상해졌다.

비웃어? 나는 왼손으로 잽을 날렸다. 그는 고개를 살짝 꺾어 피했다. 오른손으로 다시 잽을 날렸다. 그것도 가볍게 피했다. 이번엔 힘을 실어 스트레이트를 날렸는데 몸을 뒤로 쭉 빼더니 그것도 피하는 것이었다. 눈빛이 진지했고 주먹에서 시선을 떼지 않았다. 마치 주먹과 자신 사이에 필연적인 거리가 존재한다는 듯 예민하게 거리를 유지했다. 나는 장난기가 발동해 계속 펀치를 섞어서 마음대로 날려봤다. 그는 한 대도 맞지 않고 모든 주먹을 피했다. 어떤 시선이 느껴져 뒤를 돌아봤다. 손을 맞잡고 벤치에 앉아 있는 연인이 우리들을 쳐다보고 있었다. 그 눈이 나를 향한 것인지 한두운에게 향한 것인지 둘 모두를 향한 것인지 분간하기 어려웠다. 나는 머쓱한 기분에 주먹을 내리고 고개를 푹 숙였다.

숲속으로 낮이 사라지고 있다. 그늘이 넓어지고 대기가 희뿌옇게 변했다. 한여름 늦은 오후가 이렇게 어두워질 수도 있나. 구름도 바람도 없는데, 태양은 저리도 맹렬한데 왜 숲은 어둡나. 나무에 등을 기대고 서 있는 한두운에게는 그림자가 없다. 윤곽선도 없고 희미한 얼룩 같은 것도 없었다. 곰곰 생각하니 걷는 내내 그림자를 본 기억이 없다. 같은 길을 돌고 또 돌았다. 선릉에서 정릉으로 정릉에서 다시 선릉으로. 한두운은 중력 없이 저항 없이 허공에 한 뼘 떠서 쭉 미끄러지듯 걸었다.

8

다섯시 반. 선정릉을 나와 동네를 한 바퀴 돌고 근린공원 앞 편의점 플라스틱 의자에 앉았다. 나는 이온음료를 마셨고 한두운은 아이스크림을 먹었다. 두운씨. 우리 이제 헤어지네, 라고 말하려다 말았다. 한두운은 고개를 숙이고 멜론맛 아이스크림을 혀끝으로 핥고 있었다. 십오 분쯤 앉아 있다가 약속 장소인 7번 출구 쪽으로 갈 생각이었다. 그때 문자메시지가 왔다. 한두운의 보호자였다.

일이 생겼어요. 세 시간만 더 봐주세요.

나는 답했다.

곤란합니다. 밤에는 약속이 있어요.

오 분이 지났다. 답은 없었다. 전화를 걸었다. 받지 않았다. 삼 분 뒤에 다시 전화를 걸었다. 전화기가 꺼져 있었다. 나는 이 상황이 무엇을 의미하는가 싶어 메시지를 오래도록 바라봤다. 일이 생겼어요. 일이 생겼어요. 그 문장을 두 번쯤 천천히 입말로 중얼거렸다. 뭐야. 이게.

보도블록에 발을 질질 끌었다. 힘과 감정이 발바닥으로 모두 새나가는 듯 걸을수록 조금씩 무거워지고 동시에 텅 비어가는 기묘한 기분을 느꼈다. 한두운은 엉성한 폼으로 세 걸음쯤 뒤에 서서 뒤따라왔다. 공원에서는 이상한 냄새가 났고 습한 기운이 돌았다. 낮에 벌초한 수풀들에서 나는 냄새였다. 비릿하고 과도한 풀냄새. 짓이겨진 냄새. 숨을 크게 들이쉴 때마다 그 냄새가 코와 목구멍을 불쾌하게 간지럽혔다. 내 기분이 갑자기 달라졌다는 것을 한두운은 감지했다. 계속 곁눈으로 내 눈치를 살폈다. 나는 밑동만 남은 고목에 앉아 생각이란 것을 해보기로 했다. 이건 아니잖아. 무시하는 것도 아니고. 형에게 전화를 걸어 지금의 상황에 대해 말했다. 하지만 그는 대수롭지 않게 답했다. 밤에 급한 일이 없으면 그냥 하라는 식이었다. 그 문제가 아니라고 말하면 그럼 무슨 문제가 있냐고 태연히 물어보길래 끊어버렸다.

긴장이 풀렸다. 아홉 시간 동안 종일 걸어만 다녔다. 이제 날도 어두워지고 더이상 갈 곳도 없는데 내가 뭘 더 할 수 있단 말인가. 그냥 여섯시에 약속 장소로 가서 한두운을 놓고 가버릴까? 그럴 순 없다는 생각이 곧바로 들었다. 이러지도 저러지도 못하는 상황이었다. 한두운이 갑자기 나무 이름을 말하기 시작했다. 한 번씩 내 쪽을 슬쩍 쳐다보며 눈치를 보는 것으로 볼 때 나 들으라고 말하는 것 같았다. 불쑥 짜증이 났다. 나는 소리쳤다.

조용히 해.

음성에 나 스스로도 놀랄 정도였다. 밑바닥에 분노가 깔려 있었다. 한두운은 바로 입술을 다물었다. 긴장하며 장대처럼 꼿꼿이 서서 어쩔 줄 몰라했다. 나는 수풀의 그늘진 곳을 보며 한번 더 말했다.

시끄럽다고.

다음 말은 겨우 삼켰다. 하지만 뱉으려고 했던 말을 한두운은 들은 것 같다. 그는 고개를 숙이고 발을 땅바닥에 비비며 고장난 로봇처럼 끼릭끼릭 움직이더니 점점 멀어졌다. 나는 그의 뒷모습을 바라보다 고개를 돌려버렸다. 그에게 어두운 감정을 내비친 나에 대한 희미한 수치심이 마음속에 피어나는 것이 느껴졌다. 따라갈 힘도 없고 그러고 싶지도 않았다. 나는 메고 있던 가방을 바닥에 내팽개치고 바닥에 주저앉았다.

9

정신을 차리고 보니 한두운이 보이지 않았다. 두운씨. 두운씨. 한두운. 야. 야. 주위를 둘러봐도 아무도 없었고 대답도 없었다. 가로등 불이 하나둘 켜지기 시작했고 사물과 풍경을 명확하게 인식할 수 없이 주위가 어둠에 잠기고 있었다. 불안했고 걱정이 됐다. 골목으로 걸어갔을까? 아니면 큰길 쪽으로 갔을까? 아니면 다시 선정릉으로 갔나? 아니면. 아니면. 수많은 가능성 탓에 머리에 쥐가 나려고 했다. 어디에 있든 혼자 있다면 그곳은 위험한 곳이 될 것이다. 나는 정신없이 뛰어다녔다. 그런데 놀이터 쪽에 한 무리의 사람들이 몰려 있는 게 보였다. 순간, 저 한가운데 한두운이 있을 것이라는 직감이 들었다. 동시에 그가 좋지 않은 일에 연루됐을 것이라는 예상도 했다.

한두운은 그곳에 있었다. 네 명의 청소년들이 그를 둘러싸고 있었는데 딱 봐도 불량스럽고 위험해 보이는 친구들이었다. 나는 그들 틈으로 비집고 들어가 한두운 앞에 서서 사방을 둘러보며 다급하게 말했다.

무슨 일이에요. 왜 그러세요.

저 새끼가 우리한테 침을 뱉잖아요.

나는 말했다. 누구한테 말해야 할지 몰라 앞을 봤다가 오른쪽도 봤다가 고개를 돌려 뒤도 돌아보면서 말했다. 이 친구는 정상이 아니다. 그러니까 이해해달라. 침은 뱉지만 기분이 나빠서는 아니고.

그러니까 습관 같은 건데. 그 순간 한두운이 등뒤에서 침을 뱉었다. 침은 어깨 너머로 날아가 앞에 서 있는 학생의 나이키 운동화 끈에 떨어졌다. 순간 나이키는 소리를 지르며 나를 옆으로 밀어냈다. 그리고 한두운에게 주먹을 휘둘렀다. 그는 피했다. 놀라거나 초조해하지 않는 가벼운 회피였다. 옆에 있던 퓨마와 리복도 주먹을 날렸는데 그것도 피했다. 그들은 당황하면서도 오오…… 소리를 내며 감탄을 했다. 나중엔 오기가 생기는지 힘을 실어 주먹을 뻗었다. 몇몇 사람들이 이 상황을 봤지만 아무도 도와주거나 개입하지 않았다. 다른 길로 돌아가거나 그저 서서 구경만 했다.

그네를 타고 있던 민머리 소년이 팔짱 낀 팔을 풀고 자리에서 일어났다. 발밑엔 반쯤 피우다 버린 담배꽁초가 수북했다. 그가 자세를 잡자 한두운도 자세를 잡았다. 그는 다른 애들과 달랐다. 펀치스피드가 빨랐고 궤적도 정확했다. 제법 폼이 잡혀 있었다. 그는 이를 악다물며 깊숙하게 파고들어 펀치를 날렸다. 하지만 한두운은 아슬아슬하게 그것들을 다 피했다. 정교한 공학으로 설계된 기계처럼 위빙은 완벽에 가까웠다. 춤을 추듯 앞뒤로 빠르게 발을 움직였다. 획획, 어디서 나는지 알 수 없지만 획획, 소리가 났다. 갑자기 소년이 얼어붙듯 멈췄다. 그가 뭔가를 봤고 그가 본 것을 나도 봤다. 한두운이 가드 뒤에 숨어 엄청난 살기를 뿜으며 그를 노려보고 있었다.

소년은 갑자기 몸을 홱 돌려 가자, 라고 말했다. 친구들은 뭔가

석연치 않은 얼굴로 그를 따라갔다. 나는 이 믿을 수 없는 광경에 놀라면서도 선불리 그에게 접근할 수 없어 곁에 서서 더듬대며 말했다. 괜찮아. 괜찮아. 한두운은 숨을 몰아쉬며 털썩 주저앉았다. 마치 줄이 끊어진 마리오네트 같았다. 그때 어둠 속에서 모래가 날아와 우리의 얼굴을 덮쳤다. 머리카락과 입술, 눈과 셔츠 속에 흙과 자갈이 들어왔다. 얼굴을 감싸고 웅크리고 있는 한두운의 뒤통수로 바나나우유와 콜라가 쏟아졌고 주먹 크기의 돌멩이도 날아왔다. 애들은 얼굴에 침을 뱉듯 강하게 욕설을 내뱉었다.

병신 새끼들.

그들은 관목 뒤로 도망가며 계속 소리를 질러댔다. 낄낄거리는 웃음소리와 함께 어둠 속에서 같은 말이 반복해 들렸다. 그 말은 수풀 속에서 허공 속에서 울려퍼졌고 미끄럼틀과 시소와 나무들과 공원 전체가 그 말을 따라 했다.

한두운은 주저앉아 무릎 속에 얼굴을 파묻었다. 물속에 얼굴을 집어넣고 숨을 참는 사람처럼 그는 잠겨 있었다. 나는 그의 머리카락에 묻은 흙과 오물을 털어내고 어깨를 손바닥으로 문지르며 안정시켰다. 그의 몸은 떨고 있었다. 묘한 떨림이었다. 몸이 떨고 있는 게 아니라 몸속 깊숙한 곳에서 엔진이 작동되고 있는 것 같았다. 잠시 뒤 나는 그것이 심장이라는 것을 알게 됐다. 두근두근 뛰는 게 아니라 고장난 기계처럼 두두두두 뛰고 있는 것이다. 나는 물속에서 시체를 끄집어 올리는 심정으로 그의 겨드랑이에 손을 껴넣어 들어올리려 했다. 한두운은 두 손으로 나를 밀치며 스스로 일어섰다.

상체를 펴고 우두커니 서서 정면을 바라봤다. 그리고 바닥에 쓰러져 있는 나를 흘낏 쳐다보더니 두 손을 올려 자세를 취했다. 방어를 위한 가드가 아니라 앞을 향해 돌진하려는 인파이터의 폼이었다. 긴장이 됐다. 나와 싸우겠다는 뜻인가?

한두운은 한두운을 때리기 시작했다. 그냥 툭툭 치는 게 아니라 상대방을 다운시키겠다는 의지가 실린 정확하고 강한 펀치였다.

펀치 하나, 탁.

펀치 둘, 타닥.

원투스리, 타다닥.

얼굴은 순식간에 엉망이 됐다. 뺨에 붉은 멍이 들고 눈 주위가 부풀어오르고 광대뼈 근처가 찢어져 출혈이 생겼다. 나는 달려가 팔을 붙잡았다. 하지만 그는 링에 선 복서였다. 나는 상대가 되지 않았다. 몸은 딱딱하고 강인했다. 알밤 같은 근육이 팔과 몸에 못처럼 박혀 있었다. 그는 계속 주먹을 날렸다. 나는 뒤에서 허리를 껴안았다. 그러고는 발을 걸어 넘어뜨렸다. 그리고 두 손으로 얼굴을 잡아 끌어안았다. 그리고 소리를 질렀다. 무슨 말을 했을까. 욕을 한 것도 같고, 화도 낸 것도 같고, 제발 그러지 말라고 빌었던 것도 같다. 어느 순간 한두운은 잠잠해졌고 우리는 잠시 부둥켜안고 바닥에 누워 있었다. 정신이 들었을 땐 경비 아저씨가 랜턴으로 우리의 얼굴을 비추고 있었다.

10

의욕이 없다. 화가 나야 하는데 화도 나지 않았고, 억울해야 하는데 그런 기분도 들지 않았다. 한두운은 우두커니 나무처럼 서서 반쯤 감긴 눈으로 앞을 바라봤다. 우리는 바쁘게 걷는 사람들 속에서 꼼짝도 않고 서 있었다. 어둠 속에, 가로등 불빛과 맹렬하게 스쳐지나가는 자동차의 헤드라이트 속에, 사람들의 수다, 카페와 빵집에서 들리는 음악 소리, 시선들과 호기심, 알 수 없는 감정이 깃든 눈동자들 속에서 그저 서 있었다.

한두운의 보호자는 미안한 얼굴을 하고 아홉시에 나타났다. 열두 시간 동안 무슨 일이 있었는지 모르지만 그녀의 얼굴은 절반쯤 줄어들어 있었다. 어두워서 그렇게 보이는 건가. 아니면 내 눈이 잘못된 걸까. 모르겠다. 나는 그녀가 우리 쪽으로 한 발 다가올 때마다 무의식적으로 조금씩 고개를 숙였다. 그녀는 한두운의 얼굴을 확인하고 곧바로 내게 다가와 성난 음성으로 물었다.

어떻게 된 거예요?

나는 어떻게 설명해야 할지 몰랐다. 그녀는 생각할 틈을 안 주고 곧바로 또 물었다.

보호대는 어디에 있어요?

그러고 보니 가방이 보이지 않았다. 공원에 두고 온 것 같은데. 아니 계속 들고 다녔는데. 왜 없는지 모르겠다는 식으로 횡설수설했다. 말하면서 참담한 기분을 느껴 더이상 설명하지 않고 입을 꾹 다물고 그냥 가만히 있었다. 미안했다. 아니 억울했다. 화가 났다. 아니 슬픈가. 그녀는 나와 한두운을 노려보며 낮게 중얼거렸다.

제가 그렇게 부탁했잖아요. 다치지 않게 해달라고. 그렇게 부탁했는데.

그녀의 음성이 미세하게 갈라지더니 더는 참을 수 없다는 듯 갑자기 언성을 높이며 소리쳤다.

이게 뭐예요. 이렇게 사는 게 얼마나 힘든지 알아요? 나보고 뭘 어떻게 하라고 이러는 거예요. 왜 다들 나를 괴롭혀요. 이런 내 입장을 생각해본 적 있어요?

그랬다. 나한테 그렇게 말했다. 한두운은 웅크리고 앉아 몸을 떨었다. 눈을 질끈 감고 입술을 달싹였다. 나는 다 알 것 같았다. 그녀가 얼마나 힘든지 왜 이렇게 화가 많이 났는지도 알 것 같았다. 하지만 너무 시끄러웠다. 당신의 조카도 두려워서 저렇게 떨고 있잖아. 나는 말했다. 여자는 의아한 얼굴로 나를 바라봤다. 잘못 들었다는 표정이었다. 다시 말했다.

조용히 좀 해요.

미안하다고 말하고 싶었는데 그렇게 말했다.

정말 머리가 너무 아팠다. 말 한마디 들을 때마다 머릿속에서 창문이 하나씩 깨지는 기분이었다. 손에 묻은 피도 씻고 싶고 옷도 빨리 갈아입고 싶었다. 그녀는 한참 동안 나를 노려보더니 가방에서 핸드폰을 꺼냈다. 등을 돌려 저만치 떨어진 곳으로 걸어가며 누군가와 통화를 했다. 무슨 말을 하는지 알 순 없었지만 증오심 깃든 눈으로 한 번씩 나를 노려봤다. 한두운은 고개를 돌려 물끄러미 나를 봤다. 나도 한두운을 그렇게 봤다. 우리는 잠시 비 오는 날의 송곳니 없는 동물들처럼 눈을 마주하고 가만히 있었다. 아까의 무섭던 눈빛이 아니었다. 선릉과 정릉을 함께 돌아다닐 때의 투명한 눈빛도 아니었다.

나는 주먹을 움켜쥐고 고개를 파묻은 채 입을 꾹 다물었다. 아까부터 계속 전화가 울렸다. 화가 난 우진 형에게서 메시지도 십 분 간격으로 수신됐다. 한두운이 곁으로 다가왔다. 민달팽이처럼 스스스스 움직여 다가왔다. 그림자가 이동하듯 소리도 없이 흔적도 없이. 슥, 왔다. 그의 얼굴이 엉망이었다. 내가 때린 것도 아닌데 내가 때린 것처럼, 보는 것만으로도 숨이 차 쥐고 있는 주먹에 더 힘을 줬다. 주먹 속으로 뭔가가 쑥 들어왔다. 그의 손가락이었다. 따뜻하고 가는 뼈 하나를 쥐고 있는 것 같았다. 손아귀에 힘이 줄어들면서 긴장이 풀렸다. 한두운은 말했다.

파피용.

나는 고개를 들어 그를 바라봤다. 조금 어이가 없어서 헛웃음이 났다. 발음이 너무 좋았던 것이다. 그는 표정 하나 바꾸지 않고 뚫어지게 나를 쳐다보더니 곧 손가락을 빼내고 제자리로 돌아갔다. 둘은 처음에 봤던 그 모습 그대로 떠났다. 여자는 조카의 팔목을 붙잡고 걸었고 한두운은 이상한 스텝으로 한 발 뒤에 서서 삐걱삐걱 걸어갔다.

우진 형에게 온 문자를 읽어봤다.

내가 너 믿고 하루 부탁한 건데 그걸 망쳐? 어려운 것도 아니고. 내가 뭐랬어. 애 다쳤다며. 이거 보면 빨리 전화해.

전화를 할까 하다가 무슨 말을 해야 할지 몰라 관두기로 했다. 사과를 하기에도 화를 내기에도 뭔가 애매한 상태였다. 실은 미안한 마음도 없고 분노 같은 것도 없었다. 다만 피곤할 뿐. 말하기가 너무나 귀찮을 뿐.

이상한 하루였다. 분명 내게 일어난 일이지만 그 경험이 실제 같지 않았다. 속은 것도 같고 뭔가에 홀린 것도 같고. 집으로 걸어가면서 한두운 생각을 좀 했다. 어쩌면 그의 삶은 오해되고 왜곡되었는지 모른다. 아니, 우리를 속이고 있는지도 모르지. 솜씨 좋은 작가처럼 거짓을 진짜처럼 혹은 진실을 가짜처럼. 영혼은 편하게 침대에 눕혀놓고 하루종일 내 손을 잡고 유령처럼 산책하다 집에 돌아간 것일지도 모른다. 아닌가. 하지만 그럴 수도 있지. 모르는 일이니까. 말을 안 하는데 알 수가 있나. 뒷모습으로 남은 얼굴. 아름답게 움직이던 위빙. 오리나무와 자귀나무를 구분할 수 있는 이상한 지식. 오늘 만난 한두운은 도대체 어떤 사람이었나. 정말 권투를 배운 걸까?

모르겠다. 오른쪽 주먹을 가볍게 쥐고 오른쪽 광대뼈를 툭, 때려봤다. 나도 모르게 아, 소리가 날 정도로, 정말 아팠다.

몸에 좋은 소설

아시다시피 소설은 허구입니다. 그러니까 소설은 실재하지 않는 것들을 상상하고 생각해서 문장으로 그럴듯하게 쓰는 겁니다. 소설 속에 등장하는 세계, 인물, 사건, 사물, 장소, 이야기 등등 이런 것들이 실재와 닮거나 비슷할 순 있습니다. 때론 실재처럼 보이도록 더 리얼하게 쓰기도 합니다. 그러나 '진짜'는 아닙니다. 갑자기 이런 소설 작법서에나 나올 것 같은 이야기를 하는 이유는 허구에 관해 계속 몰두하다보니 글을 쓰고 있는 현실의 나조차도 조금은 허구적인 인간이 되어가는 것 아닌가 하는 걱정이 들어서입니다. 허구라고 하는 것은 좀 과한 표현이고, 현실감이 흐릿해지는 건 분명한 것 같아요.

카페에서 글을 쓰다가 문득 이상한 기분이 들어 노트북 화면에서 눈을 떼고 주위를 둘러보면 모든 게 어색해지는 순간이 있습니다. 안 들리던 음악 소리가 갑자기 크게 들린다거나 대화하는 사람들의 표정이 슬로모션에 걸린 것처럼 느리고 또렷하게 관찰됩니다. 거리를 걷다가 괜히 문어체로 혼잣말을 해봅니다. 뒤에 뭐가 있는 것 같은데 아무것도 없을 땐 키보드에 손을 얹고 어찌된 영문일까, 어리둥절한 얼굴로 멍하게 앉아 있곤 해요. 노트북을 덮고 불 끄고 누워 있으면 까만 화면 속에 들어가 있는 것 같을 때도 있고, 때론 내가 문단과 문단 사이의 투명한 공백이나 쉼표 같은 것이 되어 페이지 사이에 끼어 있는 존재가 아닐까, 하는 망상에 사로잡히기도 합니다.

처음 소설을 쓴다고 했을 때 부모님은 걱정을 했습니다(어느 부모가 그걸 좋아할까요). 대놓고 말씀하시진 않았지만 미심쩍은 표정으로 꼭 그런 걸 해야겠냐며 난색을 표하셨죠. 소설을 쓰면 당신의 아들이 사회성이 떨어지고 약간은 괴팍해지며 자기 관리에 실패하거나 무신경한 청년이 되어 연애도 제대로 못하는 그런 못난 청장년이 될까봐 근심이 있으셨던 것 같아요. 그런데 지금 생각해보니 부모님의 우려는 어느 정도 신빙성이 있습니다. 문장으로만 이루어진 허상의 세계에서 온종일 생활하고 잘 모르는 인물들과 많은 시간을 보내며 그들의 과거와 내면과 행위에 대해 상상하고 고민하다보니 현실감각이 떨어지는 것이지요. 사람들을 만나도 재미가 없고 글을 쓰거나 책을 읽는 것 외에는 하고 싶은 것도 별로 없는 걸 보니 분명 썩 좋은 상태는 아닙니다. 노트북을 벗어나면 어디를 가도 내내 어색한 기분이 들곤 하니까요. 이게 문제라면 문제겠지만 좋은 것도 있습니다. 쓰는 동안엔 굉장히 생생해집니다. 언젠가는 끝나는 이야기이고, 벗어나야 하는 세계이지만, 골똘히 화면을 바라보고 이 생각 저 생각 하면서 인상 쓰다가 한 번씩 웃기도 하면서 타이핑을 하는 것은 꽤 근사한 기분을 느끼게 합니다.

「선릉 산책」에 관해 어떤 글을 써야 할까 고민하는 중 한두운씨를 떠올렸습니다. 오랜만이라서 꽤 반갑더군요. 소설을 쓰는 동안 그와 꽤 친해졌습니다. 물론 나는 한두운씨를 모릅니다. 한두운이라는 이름을 가진 사람이 어딘가 몇 있겠지만 나무 이름을 잘 외우고 '파피용'이라는 불어도 구사할 줄 알며 특히 상대방의 펀치를 단 한 대도 맞지 않는 극강의 아웃복서인 한두운은 소설에만 있으니까요(작가인 나조차 그를 만나려면 다시 글을 읽어야 합니다). 소설을 반쯤 썼을 때 선릉에 간 적이 있습니다. 취재를 하려고 간 것은 아니었고 저녁 약속까지 시간이 남아 산책이나 하자는 마음이었죠. 선릉을 보고 정릉으로 향하는 길이었는데 옆에 한두운씨가 있었습니다. 나는 그를 발견하고 속으로 생각했습니다. '음, 한두운이군.' 소설 속의 인물이 진짜로 나타나다니 깜짝 놀랄 일이었지만 솔직히 별로 놀랍지는 않았습니다. 선릉에 오면 당연히 한두운씨가 있을 것 같았거든요(당신도 선릉에 가서 혹 한두운씨를 만난다면 표정 관리를 해주시기 바랍니다. 너무 뚫어지게 쳐다보거나 괜히 농담을 툭툭 던지는 것은 좋지 않습니다). 우리는 어색하게 거리를 유지하며 함께 걸었습니다. 그때 함께 봤던 오리나무, 투명한 바람, 길쭉한 햇빛, 시원한 그늘, 매끈한 빛의 기울기, 그리고 사람들, 모두 기억했다가 그대로 소설에 집어넣었습니다. 그러다 어째서인지 러시아어과에 다녔던 대학교 시절도 떠올랐고 러시아어과를 나왔는데도 러시아어를 하나도 하지 못하는 지금의 이상한 삶에 관해서도 생각했습니다. 이렇게 살 줄 몰랐습니다. 하지만 내 삶이 이렇게 되어버린 것이 나쁘진 않네요.

산책 내내 우리는 한마디도 하지 않았어요. 한두운씨는 왜 말이 없을까요. 어떤 말은 잘 하면서 왜 어떤 말은 안 하는 걸까요. 못하는 것도 아니면서 왜 못하는 것처럼. 흠, 모르겠습니다. 이 글을 쓰고 있으니 한두운씨가 보고 싶습니다. 나는 그의 보호자도 아니고 친구도 아니며 앞으로도 만날 일이 없겠지만 또 함께 걷고 싶어요. 나중엔 잘 구슬려서 버스도 타고 열차도 타고 멀리멀리까지 가면 좋겠습니다. 양양의 해변이나 제 고향인 광주에 가서 상추김밥이나 떡갈비 같은 것도 사주고 싶어요. 아니면 가볍게 덕수궁을 걷는 것도 좋겠고 인사동에 가서 외국인처럼 두리번거리며 걷는 것도 좋겠어요. 그 친구가 말썽을 피우지 않겠다는 약속만 해준다면 국회도서관 같은 데도 함께 가고 싶군요.

함께 걸으며 한두운씨에게 하고 싶은 말이 참 많습니다. 비밀 이야기나 마음속의 상처 같은 뭐 그렇고 그런 것들 있잖아요. 이 세계엔 이야기를 나눌 사람이 너무 적어요(점점 적어져서 나중에 벙어리처럼 될까봐 겁이 납니다). 그들은 너무 쉽게 내 말을 전하고 과장하고 부풀리며 때론 교묘하게 앞뒤를 바꾸기까지 합니다. 원인과 결과는 달라지고 뉘앙스와 온도 같은 것도 모두 달라진 상태로 나는 아주 이상한 화자가 되어 있습니다. 그렇게 내 말을 이상하게 전했다는 것을 내가 알고, 내가 안다는 것을 그 사람도 아는데, 그러면서도 웃으면서 서로 악수하는 내 삶이 못 쓴 소설의 한 장면 같아서 다 지우거나 꼼꼼하게 수정하고 싶어요. 그러나 한두운씨는 그러지 않습니다. 묵묵히 듣다가 그렇군, 하는 표정으로 고개만 끄덕여줄 겁니다. 아니면 뭐 그런 걸로 신경을 쓰냐는 듯 뚱하게 쳐다보고 말겠죠.

김엄지가 쓴 소설 중 「몸에 좋은 소설」이라는 단편이 있는데요. 나는 그 소설을 참 좋아합니다. 소설도 좋지만 제목을 특히 좋아해요(하지만 김엄지는 그 소설이 마음에 들지 않는지 소설집에 넣지 않았더군요). 몸에 좋은 소설이라니. 멋지지 않습니까. 소설이 사람에게 그런 것도 할 수 있다니요. 증명할 순 없지만, 설득시킬 자신도 없지만, 좋은 소설은 독자의 몸에 좋을 것 같다는 근거 없는 확신이 듭니다. 누군가 제게 어떤 글을 쓰고 싶냐고 묻는다면 당분간 몸에 좋은 소설이라고 답할 생각입니다. 「선릉 산책」은 그런 마음으로 쓴 소설입니다. 우선 작가인 내 몸에 유익한 글을 써보고 싶었고 가능하다면 읽는 사람의 몸도 좋아졌으면 하는 바람이 있어요. 그것이 플라세보효과에 불과하다고 할지라도 말이에요.

| 해설 |

산책이 끝나고 난 뒤

이재경

순간의 아름다움을 과장하기는 쉽지만 언제나 문제는 시간의 지리함을 견뎌내는 일이다. 이 낙차가 고통스러워 우리는 내심 적절한 순간에 이야기가 끝나버리기를 기대한다. 아니, 어쩌면 이야기가 거기서 끝나버리도록 애써 연출하고 있는지도 모른다. 한껏 고양된 감정으로, 이미 예정된 종착지에서, 마치 '여기까지'라는 듯 절묘하게 종결된 이야기라면 언제고 감미로운 기분으로 곱씹는 것이 가능할 테니 말이다. 한때 우리가 도달했던 최대치에 모든 것을 수렴시키면서, 그 미화된 기억을 마음껏 반복 재생할 수 있을 테니 말이다. 그러나 늘 그렇듯 그런 식의 매끈한 행운은 빈번히 찾아오는 것이 아니어서, 현실 속 대부분의 이야기는 애매하고 불유쾌한 꼬리를 남기게 마련이다. 이 처치 곤란한 시간의 꼬리를 붙들고 벌이는 싸움은 그야말로 지리멸렬하다. 정용준의 「선릉 산책」이 '선릉 산책'만으로 마무리될 수 없었다면, 그와 같은 비루함이야말로 우리가 감당해야 할 진짜 대상이기 때문일 터다.

오전 아홉시부터 오후 아홉시까지, 열두 시간에 걸쳐 두 사람이 걷는다. 산책이라지만 기실 일반적인 산책은 아니다. 적어도 한 사람, '나'에게는 그러한 명명이 부정확할 듯하다. 애초부터 이 산책은 휴식이 아닌 일로서 주어지지 않았던가. 시급 일만원짜리 '아이 돌보기'. 하물며 그 '아이'가 자폐 혹은 정신지체라니, 이 일이 그저 순조롭고 한가로운 산책이 되리라 기대하기는 어려울 것이다. 하지만 동시에 그가 자폐 혹은 정신지체라 하니, '그럼에도 불구하고' 이 부담스럽기만 한 시간이 종국에는 예기치 못한 교감의 순간을 선사하리라 기대해봄직도 하다. 장애를 가진 이와의 하루를 그린 소설이라면 응당 그러한 전개를 예상해볼 수 있지 않겠는가(레이먼드 카버의 「대성당」과 같은 소설을 떠올려보라). '나'와 한두운의 선릉 산책은 이와 같은 짐작으로부터 크게 벗어나지 않는 듯하다(물론 편견에 차 있던 주인공이 한순간의 놀라운 경험과 더불어 깨달음을 얻는 식은 아니지만).

산책은 썩 괜찮게 끝난다. 비록 장애를 가진 이와의 까다로운 산책이었으나, 그래도 하루 동안의 대타 알바치고 '나'는 꽤 훌륭한 보호자 노릇을 해내지 않았던가. "우직하고 착한"(105쪽) 성격답게 제멋대로 구는 그에게 큰 화를 내지도 않았고, 답답하게 그를 옥죄는 구속구(헤드기어와 책가방)를 벗겨주기도 했으며, 서번트 신드롬이 연상될 정도로 특별한 그의 능력(권투 실력과 암기력)까지 발견해내지 않았나. 시작부터 이 산책 아닌 산책이 얼른 끝나기만을 바라며 수시로 남은 시간을 셈하던 '나'는 어느 순간부터 더이상 시간을 의식하지 않는다. 한두운의 알 수 없는 행동들에서 불편함을 느끼는 대신 친숙한 과거(프랑스어, 체육대회)를 떠올리며 그와의 연결 고리를 찾는다. 그 순간 한두운은 '나비처럼 나는' 아웃복서처럼 보인다. 그는 '파피용'이다. 전혀 소통이 불가능할 것처럼 여겨졌던 그에게서 '나'는 이제 "여차하면 놓칠 뻔한 작은 미소"와 "응답하는 눈빛"(119쪽)을 본다.

> 순간 언덕에서 강한 바람이 불었다. 우리는 잠깐 걸음을 멈추고 허공을 봤다. 바람이 보였다. 바람이 지나가는 곳으로 나뭇잎과 모래, 이름 모를 날벌레들과 까만 비닐봉지가 함께 날렸다. 투명한 길 하나가 허공 속에 놓인 것 같았다. 한두운은 입을 크게 벌리고 혀를 앞으로 조금 내밀어 바람의 맛을 보고 황홀한 표정을 지었다. 바람이 멎고 우리는 다시 걸었다.(118쪽)

선릉의 신도와 어도처럼 제각기 전혀 다른 세계에 속한 채 서로 앞서거니 뒤서거니 하며 걷던 '나'와 한두운은 어느새 자연스레 나란한 보폭으로 걷게 된다. 죽은 왕이 걷는 길 위를 걷고 남들이 보지 못하는 것을 보던 한두운에 '나'는 점점 가까워지고, 완강히 분리되어 있던 신도와 어도는 하나의 산책길로 합쳐진다. 어떤가. 이쯤 되면 더할 나위 없는 '장애인과 보낸 하루' 이야기라 할 만하지 않은가. 그는 나와 다르다. 나는 그를 이해할 수 없다. 그러나 함께 걷는 시간 속에서, 서로 접점 없이 평행을 그리며 돌던 나와 그는 마침내 공회전을 멈추고 하나로 맞물릴 수 있을 것이다. 우리는 우리가 타자에게 자의적으로 씌운 구속구를 걷어낼 수 있을 것이고, 갑갑한 감옥(정신병, psychosis)에 갇혀 있던 그에게서 자유로이 날갯짓하는 파피용(영혼, psyche)을 발견할 수 있을 것이다. 아름다운 이야기다.

여기까지라면 좋았을 것이다. "두운씨. 우리 이제 헤어지네" (120쪽) 하고 읊조리며 약간의 아쉬움을 남긴 채로 떠났다면 깔끔했을 것이다. 하지만 본래 예정되어 있던 아홉 시간의 일정이 느닷없이 연장되자 '나'의 기분은 돌연 급변하고, 모든 것이 틀어지기 시작한다. 이후의 시간은 앞서의 산책이 상대적으로 얼마나 안온한 것이었는지를 통렬하게 드러내 보인다. 한두운을 향하는 시선들에 담긴 호기심은 언제든 폭력성으로 전환될 수 있다는 것을, 헤드기어를 벗겨주는 정도의 호의로 모든 문제가 해결될 수는 없다는 것을, 결코 완전히 해소될 수 없을 그와의 "필연적인 거리" (119쪽)를, 결국 스스로에게 허용한 시간 내에서만 그런 그를 용인할 수 있었을 뿐인 '나' 자신을. 자해로 망가진 한두운의 얼굴을 보며 폭발하는 그의 보호자에게, 이 모든 것을 오랜 시간 겪어야 했을 그녀에게, 미안하다고 말하는 대신 화를 낼 수밖에 없었던 까닭에는 아마도 짜증과 분노 없이 그 모든 것을 감당해내기에는 너무도 나약한 '나'를, 그녀를, 그리고 인간을, 도저히 인정하고 싶지 않은 마음이 자리잡고 있었는지도 모른다.

'선릉 산책'이 '산책 이후'에 의해 깨어지고 반박되는 소설의 구조는 두 사람이 그리는 궤적이 O 형상에서 Q 형상으로 변화하는 모습을 보여준다. "선릉에서 정릉으로 정릉에서 다시 선릉으로"(120쪽) 돌며 안전하게 완결되었던 고리로부터 빠져나오자마자, 한정된 시간 속에서 가능했던 쾌적한 진실은 과잉된 시간을 따라 드러나는 열없는 진실 앞에 무력해지고 만다. 시한부의 진실이란 다시 말해 조건부의 진실 그 이상도 그 이하도 아닌 것이다. 그러니 고작 이 하루 동안의 이야기를 두고 도대체 무엇을 확정하고 이해할 수 있겠는가. "타인의 장애를 이해한다는 것이 가능한 일일까? 장애는 이해할 수 있는 게 아니야, 오직 확인만 가능할 뿐이지."(「떠떠떠, 떠」) 이런 문제에 천착해온 작가의 문장을 따르더라도, 도대체 확인 가능한 사실이란 무어란 말인가. 그렇기에 이 이야기를 온당하게 진술하는 일에는 필연적으로 '어쩌면'이라는 괄호가 전제될 수밖에 없을 것이다.

> 어쩌면 그의 삶은 오해되고 왜곡되었는지 모른다. 아니, 우리를 속이고 있는지도 모르지. 솜씨 좋은 작가처럼 거짓을 진짜처럼 혹은 진실을 가짜처럼. 영혼은 편하게 침대에 눕혀놓고 하루종일 내 손을 잡고 유령처럼 산책하다 집에 돌아간 것일지도 모른다. 아닌가. 하지만 그럴 수도 있지. 모르는 일이니까. 말을 안 하는데 알 수가 있나. 뒷모습으로 남은 얼굴. 아름답게 움직이던 위빙. 오리나무와 자귀나무를 구분할 수 있는 이상한 지식. 오늘 만난 한두운은 도대체 어떤 사람이었나. 정말 권투를 배운 걸까?
>
> 모르겠다. 오른쪽 주먹을 가볍게 쥐고 오른쪽 광대뼈를 툭, 때려봤다. 나도 모르게 아, 소리가 날 정도로, 정말 아팠다.(130쪽)

소설의 말미는 모르겠다는 말로 점철되어 있다. 아무리 '어쩌면'의 귀결이라 해도 겨우 '모르겠다'라니. 모르겠다고 해서 모르겠다고 말하는 것이 능사는 아닐 터다. 무지의 고백이란 많은 경우 무성의한 유보의 알리바이이기 십상인 것이다. 그러나 문제를 방기해버리는 유보가 있고, 문제에 붙들려버리는 유보가 있다. 앞의 것이 우리를 자기 충족적 원환 안에 가두는 무책임한 유보라면, 뒤의 것은 그 원환을 끊어 알 길 없는 바깥으로 우리를 떠미는 불가피한 유보다. 느낌표로도 마침표로도 정리되지 못한 채 물음표처럼 굴절되어 저 스스로를 가격하는, 그런 종류의 유보다. 그러니 아플 수밖에. 모르겠다. 어쩌면 우리는 이러한 타격 속에서만, 이러한 통증 속에서만 타인(자신)을 겪을 수 있는 것인지도. 예정된 산책이 끝나고 난 뒤, 문득 생경해진 그(나)의 자취를 뒤쫓는 한에서만 허황 없이 그(나)를 만나게 되는 것인지도.

이재경
연세대 실내건축과 졸업. 동대학원 국문과 석사과정 재학중. 2014년 문학동네신인상에 평론 「불가능한 해방—최근 장편소설에 나타난 '밑'의 아이들에 대하여」가 당선되어 등단.

장강명

알바생 자르기

작가노트 현기증

해설 오혜진 '장강명 스타일'과
그의 젊은 페르소나들

장강명

1975년 서울 출생. 2011년 장편소설 『표백』으로 한겨레문학상을 수상하며 등단. 장편소설 『열광금지, 에바로드』 『호모도미난스』 『한국이 싫어서』 『그믐, 또는 당신이 세계를 기억하는 방식』 『댓글 부대』 『우리의 소원은 전쟁』, 소설집 『뤼미에르 피플』 『산 자들』 『지극히 사적인 초능력』이 있다. 수림문학상, 문학동네작가상, 제주4·3평화문학상, 오늘의작가상을 수상했다.

| 수상작 |

알바생 자르기

사장이 여자아이에게 처음 관심을 보인 것은 태국 바이어들을 접대한 회식 때였다.

바이어들은 미스터 쏨싹과 미스터 싹다우 두 사람이었다. 저녁에 뭘 먹고 싶으냐고 묻자 두 태국인은 수줍어하며 삼-겹-쌀, 이라고 대답했다. 그 대답을 재미있어한 이사가 저녁에 태국인들과 삼겹살을 먹을 거라고 사장에게 말했다. 그러자 사장도 그 사실을 재미있어하며 다른 약속이 없는 직원들을 불렀다. 신임 사장은 틈만 나면 회식 자리를 만들며 직원들과 스킨십을 하려 했다. 그렇게 태국 바이어의 환송회가 커져서 회사 전체 회식이 되었다. 그래봤자 서울 사무실에 상주하는 직원은 십여 명 정도였다.

이사가 데려간 고깃집에서 미스터 쏨싹과 미스터 싹다우는 다소 당황해했다. 삼겹살집은 보다 허름하고 시끌벅적한 곳인 줄 알았다고 했다. 은영은 태국인들이 어떻게 한국의 삼겹살집을 잘 아는지 궁금해져서 이유를 물었다. 그러자 그들은 드라마 〈호텔킹〉 〈아이리스 2〉 〈미스 리플리〉 〈에덴의 동쪽〉 〈헬로! 애기씨〉 〈왕꽃 선녀님〉 〈낭랑 18세〉를 보았다고 대답했다. 한국인들은 눈을 동그렇게 떴다. 뭔 우리는 들어보지도 못한 드라마를 태국 사람이 보고 있어?

—이 친구들 잘 모셔야 돼. 우리가 한류를 꺼뜨리면 안 돼.

사장이 말했다.

사장은 미스터 쏨싹과 싹다우에게 '코리안 밤샷'을 가르쳤다. 소폭을 몇 잔 마시자 다들 기분이 좋아졌다. 은영은 태국인들의 본명이 쏨싹과 싹다우 뒤로 깍따따따 으랏차차 빡까까야 깐따삐야 하는 식으로 길게 이어지며, 그들이 탤런트 이다해의 열렬한 팬이라는 사실을 알게 되었다.

—이 친구가, 미스 혜미를 좋아해요! 딸꾹! 이다해 닮았다면서!

싹다우가 쏨싹의 팔을 붙잡고 말했다. 쏨싹은 얼굴이 빨개져서 부끄러워했으나 잠시 뒤에 정신을 차리고 물었다.

—미스 혜미는 왜 회식에 안 왔나요?

—혜미씨는 파트타이머예요.

은영이 대답했다.

—파트타이머는 컴퍼니 디너에는 못 오나요?

—그게 아니라…… 혜미씨는 집이 멀어요. 그래서 저녁에는 다른 사람들과는 잘 어울리지 않고 곧장 집에 가요.

은영의 말에 싹다우가 고개를 끄덕였다.

—쏨싹이 말을 붙이고 싶어했는데 미스 혜미가 너무 차갑게 보

여서 그러지 못했어요.

싹다우가 일러바쳤다.

—우리도 혜미씨한테는 말 잘 못 붙여요.

엔지니어가 고개를 저으며 말했다. 자리에 앉아 있던 사람들이 모두 웃음을 터뜨렸다.

이사가 차도에 뛰어들다시피 해서 태국인들에게 모범택시를 잡아 주었다. 아이 러브 유, 코리아! 아이 러브 유 오올! 쏨싹과 싹다우가 택시를 타기 전에 외쳤다. 노래주점에서 잔뜩 흥이 오른 한국인 직원들은 한 사람도 빠지지 않고 모두 삼차 장소인 이자카야로 갔다.

—태국 애들 보기에도 그 아가씨가 쌀쌀해 보였나보네.

사장은 오뎅탕과 마른오징어를 주문했다.

—성혜미씨요?

은영이 물었다.

—그 아가씨는 하는 일이 정확히 뭐야? 박차장이 뽑은 거야?

박차장은 지금은 그만둔 은영의 상사였다.

—박차장님이 출산휴가 들어갈 때 빈자리를 메우려고 뽑은 아가씨예요. 우리 회사 오기 전에는 무슨 중학교에서 서무를 했다던데요.

—어째 교직원 같은 분위기더라. 맨날 뚱한 표정으로 앉아 있는 게. 박차장은 지금 그만둔 거지? 육아휴직 상태가 아닌 거지?

사장이 서울에 올라온 지는 이제 겨우 한 달이었다. 그전까지는 포항과 울산을 오가며 영업을 담당했다. 외국인 사장이 독일 본사로 돌아가고, 한국인으로는 처음으로 사장이 된 케이스였다. 막 자기 업무 파악이 끝났고, 다른 사람들의 업무에 대해 알아보는 중이었다. 이 순간까지 사무보조에 대해서는 신경쓸 겨를도 없었을 것이다.

— 그만두셨어요. 사장님이 서울 올라오기 며칠 전에.

박차장이 육아휴직을 마치자마자 사표를 쓴 데 대해서는 은영도 괘씸하다고 생각했지만 그런 이야기를 남자들 앞에서 하고 싶지는 않았다.

—박차장이 하던 일을 지금 그 아가씨가 하는 거야? 그 아가씨가 그런 걸 할 능력이 되나? 박차장은 원래 하던 일이 정확히 뭐였지?

—원래 박차장님이 하던 일은 총무였어요. 이것저것 잡다한 것들 다요. 회계랑 세무 처리도 하셨고.

—그런데? 지금은 그걸 그 아가씨가 해?

—혜미씨가 하는 일은 원래 박차장님이 하던 일의 삼분의 일쯤 될 거예요. 독일에서 브로슈어 오는 것들 정리하고, 울산이나 포항으로 부품 보내고, 청소 아주머니들한테 청소할 곳 알려주고, 그런 것들이요. 우리 교육교재들 제본하고, 음료수랑 커피 캡슐 같은 것도 채워놓고요.

—그러면 나머지 삼분의 이는 누가 하지?

테이블 반대쪽에서 누가 재미있는 농담을 했는지 폭소가 터졌다. 은영은 괜히 사장 옆자리에 앉았다며 후회했다.

—삼분의 일은 제가 합니다. 독일에서 이런저런 문의가 오면 제

가 답장하고, 회계나 세금 관련 일도 제가 넘겨받았어요.

—최과장은 원래 하던 일이 뭐였지?

—영업지원이요. 사장님 포항 계실 때 저랑 일 많이 하셨잖아요!

—맞다, 맞다.

사장이 자기 이마를 때렸다.

—그러니까 박차장이 원래 하던 일의 삼분의 일은 그 아가씨가 하고, 또다른 삼분의 일은 최과장이 넘겨받았고, 그러면 나머지 삼분의 일은 누가 해?

—나머지 삼분의 일은…… 음…… 그냥 없어졌어요. 원래 박차장님이 닐스 사장님 개인 비서 역할을 하셨거든요. 통역도 하고, 레지던스 호텔도 잡아주고, 애기들 학교 등록도 해줬어요. 그런 건 이제 더 할 필요가 없게 됐죠. 또 어떤 일들은 다 조금씩 나눠 하게 됐고요. 전에는 엔지니어들 출장 갈 때 비행기 표나 호텔 예약을 다 회사에서 해줬잖아요. 그게 원래 박차장님이 하셨던 건데, 지금은 출장 가는 사람들이 각자 예약하고 영수증도 직접 시스템에 입력하는 식으로 바뀌었어요.

—해외 출장 그거 얼마나 귀찮은지 과장님은 모르시죠? 저희가 출장을 가면 다 공장엘 가는 거예요. 공항에 내려서 한참 가요. 도시하고는 완전 반대 방향으로. 잠도 다 공장 안에 있는 숙소에서 자요. 그런데 여자들은 맨날 화장품 사달라, 뭐 사달라, 왜 너만 외국 가냐……

갑자기 엔지니어가 끼어들었다.

—이대리님, 지금 그 얘기 하는 거 아니거든요?

—그럼 무슨 얘기 하는 건데요?

—성혜미씨 이야기하고 있었어요.

—제가 지금 혜미씨 얘기를 하려던 참이었다니까요. 저희가 메뚜기처럼 남의 공장만 다니다가 우리 회사에는 가끔 들어오잖아요. 그런 날에는, 딸꾹! 오늘은 남의 회사가 아니라 우리 회사다, 이런 반가운 느낌이 있는데! 성혜미씨 제일 처음 봤을 때 제가 사무실을 잘못 들어온 줄 알았어요. 모르는 사람이 문 앞에 앉아서는, 저한테 눈길을 주지도 않아서.

—뚱한 표정인 건 그렇다 쳐도, 지각은 왜 그렇게 자꾸 하는 거야? 아침에 자리가 자주 비어 있더라.

이사도 끼어들었다.

—요즘 지하철 1호선이 자주 고장나서 그렇대요. 혜미씨가 인천에서 1호선 타고 오거든요.

—나도 도봉구에서 출근해요. 지하철이 고장나는 거야 고장나는 거고, 회사는 제시간에 와야지. 그리고 그게 진짜 지하철 고장 때문인 거 맞아?

—보면 뭐 일을 하는 거 같지도 않아요. 뚱한 얼굴로 맨날 무슨 뮤지컬 사이트랑 일본 여행 사이트 같은 거 찾아보고 있어. 점심때도 맨날 혼자 나가서 밥 먹고. 커피점에 혼자 앉아서 책 읽고 그러는 거 내가 자주 봤어요.

엔지니어가 말했다. (유심히들 봤네. 걔가 진짜 이다해 닮았나?) 은영은 생각했다.

—그 아가씨 그거 안 되겠네. 잘라! 자르고 다른 사람 뽑아!

사장의 말에 다 같이 웃었다. (자기한테 그럴 힘이 있다는 사실을 과시하고 싶은가봐.) 그날은 거기까지였다.

월요일에는 지난 금요일에 있었던 일들을 거의 잊은 상태였다. 그랬다가 여자아이의 문자메시지 때문에 회식 때 나눴던 이야기가 다시 생각났다.

거의 다 왔는데 좀 늦을 거 같아요. 지하철이 중간에 멈췄어요. 죄송합니다.

십오 분가량 지각한 여자아이는 은영을 향해 고개를 한 번 숙이고 자리에 가서 앉았다.

그날은 오전에 일이 많아서 화장실을 갈 틈조차 없었다. 은영이 떠안게 된 회계 업무는 분량 자체는 대단치 않았지만 일들이 월말에 몰린다는 점이 문제였다. 고개를 들어 건너편을 봤더니 여자아이가 무료한 표정으로 마우스 버튼을 까딱까딱 누르는 모습이 보였다. (또 뮤지컬과 일본 여행 정보 검색하나? 이번 마감을 하고 나서 천천히 회계일을 좀 가르쳐볼까?)

은영은 속으로 고개를 저었다. 회계 담당자는 독일 본사의 매니저와 메일을 주고받아야 한다. 비용 처리에 대해서 본사 매니저가 궁금해하는 사항들이 많았다. 특히 각종 접대비에 대해서. 여자아이의 영어 실력이 그런 문의 메일에 답할 수준은 아니다. (점심은 대충 때워야겠다. 혜미에게 밥 먹고 들어올 때 샌드위치나 사다달라고 부탁해야지.)

그때 여자아이가 걸어왔다.

—과장님, 저 밥 먹고 병원에 갔다가 조금 늦게 들어와도 될까요?

미묘하게 어긋난 타이밍이었다. 사무실에는 은영과 여자아이뿐이었다. 다른 직원들은 막 엘리베이터를 타고 내려갔다. 이제 은영은 굶어야 했다.

—왜요, 어디 아파요, 혜미씨? (그런 말을 하려거든 좀 미리 하란 말이야. 그리고 무슨 이유로 병원에 가는지, 몇시까지 들어올 예정인지도 제발 좀 같이 말해줘.)

—제가 옛날에 버스에서 내리다 오토바이에 치인 적이 있거든요. 그뒤로 계속 다리가 저려서…… 그런데 이 근처에 좋은 한의원이 있다고 해서 다녀보려고요.

—그래요. 다녀와요. (한의원?) 몇시까지 올 수 있을 것 같아요?

—거기가 버스로 한 정거장이거든요. 늦어도 두시 반까지 올게요. 괜찮을까요?

—그래요. 다녀와요.

—돌아올 때 소견서를 한 부 받아올까요? 그냥 이렇게 갔다 오면 제 맘이……

은영은 헛웃음을 지었다. (아니, 소견서는 당연히 제출해야지. 이 아가씨가 지금.)

—이 아가씨 어디 갔나?

사장이 여자아이의 자리 앞에서 어슬렁거리다 은영에게 와서 물었다. 여자아이가 한의원을 다니기 시작한 지 보름 남짓 되었을 때였다.

—지금 병원 갔는데요. 뭐 시키실 일 있으세요? 급한 거면 저 주세요.

사장은 묘한 표정을 짓더니 여자아이에 대해 이것저것을 물었다. 다니는 병원이 어디인지, 언제부터 다녔는지, 왜 다니는지. 급기야는 혜미가 병원에서 받아온 소견서까지 달라고 했다. (뭐야, 사무보조 아르바이트생 병원 보내는 것도 내 마음대로 못하나?)

하지만 사장의 표정이 딱딱했던 것은 은영의 짐작과는 전혀 다른 이유 때문이었다. 사장은 휴대폰을 꺼내 소견서에 적힌 번호로 전화를 걸었다. 그러고는 언제 문을 열고 닫는지, 점심시간은 언제인지를 물었다.

—퇴근하고 나서도 갈 수 있는 병원이면 이 아가씨 혼을 내주려 그랬는데.

사장이 입맛을 다셨다. 은영은 사장이 그런 사소한 일까지 확인한다는 사실에 조금 놀랐다.

—이 아가씨는 이렇게 병원 갔다 온 날에는 퇴근을 늦게 하나?

—사실 혜미씨 근태가 좀 문제이긴 한데요, 그렇다고 제가 퇴근을 늦게 시키진 않고 있습니다. 혜미씨 일 자체가 많지 않거든요. 일도 없는데 굳이 사무실에 남길 이유는 없잖아요. 벌주는 것도 아니고.

—그 아가씨가 하는 일, 몰아서 하면 하루에 네 시간만 해도 충분한 거 아냐?

—그렇긴 합니다.

—그러면 그 아가씨한테 연봉을 육십 퍼센트 줄 테니 오전근무만 열심히 하고 가라면 어떨까? 우리는 인건비 절감해서 좋고, 그 아가씨도 그 시간에 뭐 다른 걸 준비할 수 있으니 좋지 않겠어? 공무원 시험 같은 거.

—예에……

—아니면 그냥 자르자. 최과장이 이 아가씨 하는 일 다 넘겨받고 그만큼 연봉을 올려 받으면 어때? 한 이천만원이면 돼?

—사장님, 혜미씨 연봉이 이천만원이 안 돼요. 그건 오히려 비용이 더 드는 거예요.

—이 아가씨 연봉이 이천이 안 돼?

—한 달에 백오십오만원 받습니다.

—백오십이면 백오십이지 백오십오만원은 또 뭐야?

—작년까지는 백오십이었는데 올해 오만원 인상해준 거예요.

—누구 맘대로?

—박차장님이 닐스 사장님한테 부탁해서 그렇게 됐습니다. 오만원 인상해봤자 일 년에 육십이잖아요.

사장은 잠시 생각에 잠겼다.

—그 아가씨가 박차장 출산휴가 갈 때 들어왔다며. 그러면 몇 달 더 있으면 우리 회사에서 일한 지 이 년이 되는 거 아냐? 이 년 되면 정규직으로 고용해야 하는 거 아냐?

—알바도 그 규정 적용받나요?

은영은 뜻밖의 질문에 허둥댔다.

—내가 사장 달고 서울에 와서 처음 거래처 사람들 만나고 인사

할 때 그중 한 명이 그러더라고. 문 앞에 있는 아가씨 자르라고. 회사에 들어온 고객들이 그 아가씨 얼굴 보고 첫인상 안 좋게 갖는다고 말이야. 그런데 내가 그 아가씨를 처음 봤을 때 똑같이 생각했거든. 최과장은 어떻게 생각할지 모르겠지만 조직 운영하는 입장에서는 그런 게 중요해. 지금 그 아가씨가 상습 지각하고 근무시간중에 병원 다니는 게, 그 자체로 회사에 큰 손해를 끼치지는 않지. 그 정도로 가치 있는 일을 하는 것도 아니니까. 하지만 이러다 다른 직원들도 우리 회사는 지각쯤은 해도 상관없구나, 나도 평소에 지병 있던 거 근무시간중에 통원 치료를 받아야겠다, 그렇게 생각하면 어쩌겠어?

할말이 없어진 은영은 고개를 숙였다.

—내가 앞에서 어슬렁거리니까 최과장은 뭐 시키실 일 있느냐고, 급한 거면 자기가 하겠다고 하잖아. 나는 여태까지 그 아가씨가 그러는 걸 본 적이 없어. 사무실에 손님이 와도 불러서 시키기 전에는 차 한 잔을 내오지를 않아. 외국인 사장들이야 한국 지사를 그냥 거쳐가는 곳으로 여겼으니까 그런 거 신경쓰지 않았겠지. 나는 아냐.

—이게 그 아가씨를 자르라는 얘기야? 나보고 자르라고 시킨 거야?

은영은 남편에게 물었다. 그녀는 남편과 집에서 배달 치킨을 먹고 있었다.

—잘 모르겠는데? 자기네 사장이 그다음에는 아무 말도 안 했

어?

—그 아가씨가 그때 막 사무실에 들어오고, 사장님도 독일에서 전화가 와서 더 말을 못했어. 그냥 사장님이 뭐라고 지시할 때까지 기다리고 있어야 하는 건가?

—애매하네. 그 아가씨 하는 일 자체가 참 애매한 거 같아. 원래 총무니 홍보니 마케팅이니 하는 자리가 일을 해도 잘 티가 안 나잖아. 그런 비슷한 관리직이 두세 사람이라도 더 있으면 끼리끼리 뭉치면서 자기들 바쁘다, 일 많다, 그런 티를 낼 텐데.

—그렇지. 우리 회사가 제대로 된 회사가 아냐. 그냥 독일 본사의 아시아 영업점 겸 애프터서비스센터인 거야. 그러니까 영업사원이랑 엔지니어만 필요한 거고, 장부 보고 잔일 해주는 사람은 한 명 정도 필요한데 그게 그 아가씨인 거고. 영업직이나 기술직들 보기에는 어딜 나가서 계약을 따오는 것도 아니고 기계를 고치고 오는 것도 아니니까 이 아가씨는 뭐하는 사람인가 하지. 이 아가씨가 처세를 잘하는 것도 아니고.

—자기는? 자기에 대해서는 사람들이 이상하게 생각하지 않아?

—나는 관리직이 아니라 영업지원이야. 내가 뭘 하는지는 영업직들이 잘 알아.

—박차장한테는 어땠어? 그 사람은 총무였다며.

—그게 차장님하고 이 아가씨의 결정적인 차이점인데, 차장님은 독일인 사장이랑 친하고 본사의 직속 상사들하고도 의사소통이 잘됐잖아. 그러니까 잘은 모르지만 뭔가 하는 일은 있나보다, 다들 그렇게 생각했지. 차장님은 오히려 사내의 숨은 권력자였어.

—관리직이 잘하면 또 그렇게 되지. 어느 회사나 인사나 재무가 제일 막강해.

—나 이 아이 어떻게 해야 돼?

—자기가 하기 나름 아닐까? 자기네 사장도 별생각이 없을걸. 사장 자리에서 생각할 게 얼마나 많을 텐데 뭘 알바생 거취까지 깊이 고민하겠어. 자기가 당장 자르겠다고 하면 그러라고 할 거고 자기가 몇 달 더 쓰겠다고 해도 그러라고 하겠지. 이제 자기도 과장이잖아. 슬슬 어떤 문제는 직접 결정을 해야 할 단계지. 내 생각에는 박차장이라는 사람이 그런 걸 잘했어. 자기가 결정 내리고 사장에게 승인받는 거.

—맞아. 차장님이 그런 걸 잘했어.

—자기도 그렇게 해.

—당신이라면 내 처지에서 어떻게 하겠어?

—그냥 자르고 다른 사람 뽑을 거 같은데. 그 아가씨 일하는 태도가 바뀔 거 같지도 않고, 주변 상황이 바뀔 거 같지도 않으니까.

—그건 싫은데.

—왜?

—불쌍하잖아. 지금도 거의 소녀 가장인 거 같던데. 아휴, 박차장님은 왜 이런 애를 뽑아서 사람을 이렇게 애를 먹인담.

—내 생각에는 박차장이 문제가 아니라 자기가 문제야.

—내가 뭐.

—그 아가씨도 처음 자기네 회사에 면접 볼 때에는 그런 태도가 아니었을걸? 성격이야 싹싹하지 않았다고 해도 최소한 근태는 나

뻐지 않았을 거야. 그걸 자기가 망친 거지. 지각해도 아무 말 않고, 손님 접대를 안 해도 아무 말 않고, '불쌍한 애'라고 생각하면서 계속 아무 지적도 안 했지? 그러니까 애가 그렇게 된 거야. 사람들이 다 자기나 나 같지 않아. 어떤 사람들한테는 끊임없이 다른 사람이 동기를 부여해주고 자세를 교정해주고 질책을 해줘야 돼. 자기는 알량한 동정심 때문에 그걸 안 한 거지.

은영은 다음날 오후에 회의실로 여자아이를 불렀다. '조직생활을 하려면 붙임성이 있어야 한다'는 충고에 여자아이는 눈이 붉어졌다.

—붙임성이 있다는 게 뭐예요? 사람들이 자꾸 저보고 퉁명스럽다고 하는데 저는 정말 모르겠거든요. 손님이 오시면 저도 뭔가 내드려야 한다고는 생각해요. 그런데 저희가 제대로 된 찻잔도 없고 받침도 없잖아요. 그러면 종이컵에 받침도 없이 내주기도 민망하니까 어떻게 해야 할지 몰라서 그냥 가만히 있었던 거예요. 제가 학교에서 일할 때에는 종이컵에 담아가는 건 예의가 아니었거든요.

—그냥 아무거나 내와도 괜찮아요. 정 모르겠으면 사장님이나 손님한테 물어봐도 되고요. 음료수 뭐 가져올까요? 커피나 주스, 어떤 걸로 가져올까요, 그렇게. 그러면 그 사람들 대답도 뻔해요. 아무거나 가져다주세요, 그럴 거예요.

—저번에는 캔커피를 들고 갔더니 손님이 그러시던데요. 이거 너무 성의 없는 거 아니냐고.

—그건 사장님이랑 친한 분이 농담하신 거겠죠. 웃으면서 말씀하신 거 아니에요?

—사장님한테 뭘 여쭤보기도 그런 게, 사장님은 너무 과묵하시잖아요. 그래서 말 걸기가 겁나요. 또 사투리도 심하고 말도 너무 빠르셔서, 사장님이 뭐라고 말씀하시면 그게 무슨 말인지 알아듣지 못할 때가 많아요. 그럴 때 다시 여쭤보기가 무서워요.

—우리 사장님 그렇게 과묵한 분 아니에요.

—제가 찻잔이랑 컵받침 세트라도 하나 살 수 있었으면 이런 고민을 안 했을 텐데, 제가 그런 것도 하나 제대로 살 수가 없잖아요. 당하는 사람 입장에서는 아무래도 억울하죠. 사장님이 저를 그렇게 지켜보시는 줄 몰랐어요.

여자아이의 눈에서 눈물이 흘러내렸다.

—내가 우리 구매카드로 결제를 해줄 테니까 이따가 하나 사요. 아무튼, 사장님이 혜미씨 붙임성 이야기를 저한테 여러 번 지적을 하셨어요. (넌 혼이 나도 이미 여러 번 혼이 났어야 했다구.)

—과장님이 사장님한테 혼이 많이 나셨군요. 저 때문에.

—혹시 혜미씨는 월급을 팔십만원이나 구십만원 정도 받고 오전 근무만 할 생각은 없어요? 뭐 시험 같은 걸 준비하는 게 있다면 그게 훨씬 유리할 거 같은데.

그 말에 갑자기 여자아이의 표정이 바뀌었다. 은영은 상대가 여태까지 흘리던 눈물이 모두 연기였던 것 같은 인상을 받았다.

—사장님이 그래요? 사장님이 그러자고 하세요?

—사실 혜미씨가 하는 일이 그렇게 하루종일 앉아 있어야 할 필요는 없는 거고, 또 그러는 편이 혜미씨가 병원 다니는 데에도 좋을 것 같고…… 하루 네 시간씩 오전만 근무하고 월 구십만원을 받으

면 시간당 임금은 오히려 올라가는 셈인데.

—과장님, 저 여기 출근하는 데 한 시간 반이 걸려요. 왕복 세 시간이 드는데 지금보다 월급이 깎이면 계속 다닐 이유가 없어요. 야간대학 학자금 빚진 것도 갚아야 하고…… 병원 다니는 것도 제가 다니고 싶어서 다니는 게 아니고 아파서 그러는 건데 그걸 트집 잡으시면 안 되죠.

은영은 알았다고 하고 여자아이를 자리로 돌려보냈다. 오전근무 제안에 냉정해졌던 여자아이는 다시 슬픈 표정을 짓고 자리에 앉아 눈물을 뚝뚝 흘렸다. 남자 직원들이 여자아이가 우는 모습을 알아차렸으나 감히 말을 걸지는 않았다. 은영은 우는 아이에게 심부름을 시킬 수가 없어 직접 은행에 다녀왔다. (여자가 운다고 사람들이 신경써주는 것도 젊고 예쁠 때뿐이야. 네가 그렇게 변명만 늘어놓지 않았어도 내가……)

여자아이는 싹싹해지려고 노력하는 것 같았다. 사람들을 보면 로봇처럼 어색하게 인사하고, 손님이 오면 쭈뼛거리며 새로 산 찻잔 세트를 들고 사장실에 들어가기도 했다. 하지만 그뿐이었다. 더 부지런해지거나 더 적극적으로 일하지는 않았다. 은영에게 더 도움이 되지도 않았다.

은영의 마음이 결정적으로 돌아선 건 며칠 뒤였다. 파업중인 A자동차회사에서 '긴급'이라고 적힌 공문이 날아왔다. 불법파업 규탄대회를 여의도공원에서 열 예정이니 협력업체에서도 직원을 한 명씩 보내달라는 내용이었다. 사장은 현장에서 참석 확인증을 발급한다는 얘기에 여자아이를 보내라고 했다.

—그 아가씨 하루쯤 없어도 괜찮지?

여자아이는 얼굴이 새파랗게 질렸다.

—저 여의도공원이 어디인지 모르는데요.

—아니, 혜미씨. 여의도공원이 어디인지 모른다는 게 말이 돼요? 내가 검색해서 찾아줄까요?

—과장님, 그게 아니고요. 사실은 제가 다리가 계속 아파서요. 저번에 소견서에도 적혀 있었잖아요. 삼 주일 정도 안정하면서 관찰을 해야 한다고…… 그 규탄대회 가면 계속 서 있어야 하는 거 아닌가요?

—그 소견서 받아온 지 삼 주일 되지 않았어요?

—아직 안 됐는데요.

—혜미씨, 그러면 이렇게 해요. 일단 가서 분위기 보다가 근처에 카페 같은 데 가서 쉬어요. 그럴 분위기가 아니고 정 못 있겠으면 나한테 전화를 하고.

집에 돌아온 은영은 남편에게 분통을 터뜨렸다.

—진짜 깜찍하지 않아? 여의도공원이 어디인지 모른대. 가라고 하니까 나중에는 나를 확 째려보더라고. 어이가 없어서…… 어떻게 사람이 그렇게 아군 적군도 구별을 못해? 사장님이 자르라고 할 때 막아준 게 누군데.

—그 아가씨 진짜로 다리에 무슨 장애가 있는 건 아니야?

—장애가 있었으면 병원 소견서에 그렇게 써 있었겠지. 무슨 인대 손상 의심이라고 써 있었어. 그것도 한의원에서 떼어온 소견서

야. 지금 내가 그 병원에 가서 다리 아프다고 징징대도 똑같은 소견서 받아올 수 있을걸? 그리고, 그렇게 다리가 아프면 매일 아침마다 지하철은 어떻게 한 시간 반씩 타고 와?

—그래서, 어떻게 할 거야?

—내일 사장님한테 얘기하려고. 자르자고. 자기는 어떻게 생각해? 그 아가씨 자르고 내 연봉 올려달라고 하는 건? 사장님이 진짜로 이천만원을 올려줄까?

—그렇게는 안 올려주지. 그리고 설사 올려준다고 해도 그러지는 마.

—왜?

—어느 회사고 간에 연봉 올려주면 반드시 그 돈값 뽑아먹어. 자기가 지금 하는 일에 그 아가씨 일만 딱 추가될 거 같아? 안 그래. 사장님이 포항에 있을 때부터 자기한테 영업일 시키려고 그랬었다며. 영업지원만 하면 미래가 없다고, 진짜 영업을 배워야 한다고.

—어, 맞아.

—만약 이 일로 연봉이 올라가면 사장님이 슬슬 영업일을 자기한테 떠넘길걸? 그러면 어느 순간에 자기는 지금 하는 일의 두 배를 하게 될 거야. 내 생각에는 자기 사장이 이천을 한 번에 올려줄 리도 없어. 사 년 동안 매년 오백씩 올려주는 걸로 하자든가, 그 비슷한 식일 거야. 그리고 그거 물고 늘어지면서 연봉협상 때 다른 인상 요인은 반영하지 않으려고 하겠지. 여러 가지로 손해야.

—그러면 어떻게 해?

—새로 알바생을 뽑자고 해. 그 대신에 오전근무만 하는 걸로.

그러면 그 아가씨한테 들어가던 돈도 확 줄일 수 있잖아. 그만큼을 자기 연봉에 조금 반영해달라고 해. 아무래도 알바생이 전일근무를 하지 않으니까 자기 부담이 늘어났다고. 그러면 일은 일대로 늘어나지 않고 돈은 조금 더 받을 수 있게 되지.

여자아이를 해고하고 싶다는 말에 사장은 단박에 찬성했다. 은영이 오전근무만 하는 알바생을 쓰고, 알바생에게 일을 다 맡기지 않는 대신 다음 연봉협상 때 그 점을 어필하겠다고 제안하자 사장은 제법인데, 하는 표정을 지었다.

여자아이는 고개를 푹 숙이고 해고통보를 들었다. 이달 말까지만 나와달라, 지금부터 다른 일자리 찾고 틈틈이 면접 보러 다녀도 된다는 말에 여자아이는 뭐라 대답하지 않았다. 은영은 이 모든 것이 사장 때문이라는 뉘앙스로 설명했다. 근무 기간 이 년을 채워서 정규직으로 만들 수는 없으니까, 그건 우리로서도 너무 큰 부담이니까.

—아무래도 첫 한국인 사장이 되시다보니까 이것저것 의욕이 많이 생기나봐요. 자기 스타일대로 회사를 운영하고 싶은……

—결국 싹싹하게 군다고 해결될 문제는 아니었네요.

여자아이가 말했다.

—혜미씨, 오늘 저녁에 약속 있어요? 다른 약속이 없으면 같이 밥이나 먹을래요?

—학원에 가야 해서요.

—학원? 무슨 학원?

—영어학원이요. 영어가 중요한 거 같아서요.

은영과 여자아이는 다음날 패밀리 레스토랑에 가서 함께 저녁을 먹었다. 여자아이는 바비큐 립을 주문했다. (왜 못사는 집 아이들은 뭘 사주겠다고 하면 꼭 패밀리 레스토랑에 가자고 해서 바비큐 립을 시키는 거지?) 은영은 여자아이에게 영어학원에 대해 물어보았다.

—종로에 있는 학원이에요. 저녁 일곱시부터 강의를 듣거든요. 강의를 공짜로 듣는 대신에 칠판 지우고 청소하고 그런 일들을 해요.

—그래서 매일 저녁 그렇게 일찍 갔구나.

—수강생들 시험 친 것 채점도 해요. 단어 시험 같은 거요. 채점은 저도 공부가 되는 거 같아서 좋아요. 종로에서 인천까지는 처음에 열차를 잘 타면 중간에 안 갈아타도 되거든요. 또 그 시간에는 자리가 많아서 앉아 갈 수 있으니까…… 지하철에서 막 단어 외우면서 가요.

여자아이는 자신이 했던 다른 아르바이트에 대해서도 말했다. 주유소, 식당, 편의점, 패스트푸드점, 피시방, 놀이공원에서 일했고, 호텔에서 서빙과 하객 대행도 해봤다고 했다.

—제가 어딜 가도 자꾸 안 좋은 꼴을 당하니까 사람들한테 마음을 못 열고 뚱해 있는 거 같아요.

—우리도 혜미씨랑 더 오래 일할 수 있었으면 정말 좋았을 텐데…… (알바할 때도 태도가 별로 안 좋았나보구나. 그래도 유흥업소는 가지 않았으니 용하다고 해야 하나?) 회사라는 게 그래요. 조직에서는 합리적이라고 결정하는 게, 당하는 개인 입장에서는 참

매정하죠. 나도 혜미씨랑 똑같은 처지예요. 이러고 일하다가 회사가 너 나가, 그러면 짐 싸야지.

—합리적이라고요…… 과장님, 지난달에 태국 바이어들 왔을 때 환송회 한 거, 제가 영수증 정리하다 보니까 일차 밥값만 제 월급보다 더 나왔던데요. 그 환송회에 서울 사무실 직원들이 다 갔잖아요. 사장님 오신 다음에 그런 식으로 회식을 몇 번이나 하셨잖아요. 그것도 합리적인가요?

31일이 되었다. 은영은 선물받은 뒤로 한 번도 쓰지 않은 명품 스카프를 종이가방에 넣어 회사에 들고 갔다. 월말이라 오전에는 또 바빴다. 여자아이는 멍한 표정으로 모니터를 들여다보고 있었다. (마지막날까지 저러다 갈 건가.)

저녁에 은영은 선물, 이라며 여자아이에게 종이가방을 내밀었다. 여자아이는 놀란 표정으로 가방을 받았다.

—혜미씨도 이런 아이템 하나쯤은 있으면 좋을 거 같아서.

—과장님, 이걸 저한테 왜요……?

여자아이는 어머니한테 거짓말을 하다 들킨 어린애 같은 표정이었다.

—마지막날이니까, 작별 선물로 가져왔어요. 마음에 들었으면 좋겠네.

—마지막날이라니요?

시침을 뚝 떼는 연기가 너무 부자연스러워서 은영은 그만 웃고 말았다.

—혜미씨, 내가 혜미씨한테 이달 말까지만 나오고 그만 나오라고 했잖아. 그게 기억이 안 난다고 할 참이야? 그래서 우리가 아웃백도 같이 가고 그랬잖아.

—이제 그만 나오라고 하기는 하셨지만 언제부터 그만 나오라는 말씀은 하지 않으셨잖아요.

—혜미씨, 정말 기억이 안 나요? 삼 주쯤 전에 회의실에서 얘기했잖아요.

—회의실에서 과장님이 저더러 이제 그만둬야 한다고 말씀하신 건 기억나죠. 그래서 다음날 아웃백 갔던 것도 기억나고. 그런데 과장님이 언제부터 그만 나오라는 말씀은 안 하셨잖아요. 저는 과장님이 통보서를 언제 주실까, 하고 기다리고 있었어요.

—통보서?

—해고를 할 때에는 서면으로 예고를 해주셔야죠, 과장님. 동네 편의점에서도 그렇게 해요. 그리고 퇴직금 얘기 같은 것도 전혀 안 했는데, 저는 당연히 당장 그만두는 건 아니구나 생각했죠.

—퇴직금?

은영은 어안이 벙벙해져서 되물었다. 여자아이는 여전히 어색한 미소를 짓고 있었다.

알바가 무슨 퇴직금이냐, 라고 묻지 않아서 다행이었다. 법규를 찾아보니 아르바이트생에게도 퇴직금을 지급하게 돼 있었다. 일주일에 열다섯 시간 이상, 일 년 이상 일한 피고용인이라면. 해고는 반드시 서면으로 통보해야 했다. 명확한 이유를 명시해서, 삼십 일 전에. 회사가 이걸 어기면 지방노동위원회에 민원을 접수하면 된다.

그러면 사장에게 출석요구서가 날아간다.

—죄송합니다, 사장님. 제가 미리 잘 알아보질 못해서……

은영이 말했다. (뒤통수를 제대로 맞았습니다.)

—좋은 공부 했다 생각해야지, 뭐. 나도 법이 이런 건 지금 처음 알았네. 대한민국 좋아졌다, 정말.

사장은 웃었다.

—해고통보서를 보내는 것도 안 될 거 같습니다. 나중에 이걸 또 어떻게 부당해고라고 우길지 모르니…… 오 인 이상 사업장이고, 그 아가씨가 육 개월 이상 월급 근로자로 일했기 때문에 확실히 하려면 권고사직 형태로 하는 게 좋답니다.

—그래서 그 아가씨는 돈을 얼마를 달라는 거야?

—권고사직이면 위로금으로 석 달 치 임금을 줘야 하는 거 아니냐, 그러고 있습니다.

—줘, 줘. 괜찮아. 나는 그 돈은 아깝지 않아. 왠지 알아?

—아니요.

—그 돈이 그 아가씨가 아니라, 최과장한테 가는 돈이라고 생각하는 거야, 나는. 그리고 최과장은 그 돈값을 하는 사람이라고 생각하는 거고.

여자아이는 삼 개월 치 임금을 현금으로 받고 사직서를 썼다. 서류상으로는 새로 시작한 달 말일까지 근무하는 걸로 되어 있었지만, 사직서를 쓴 다음날부터 출근을 하지 않았다.

—그거 받고 내일부터 나오지 말라고 해.

사장은 결재 서류에 사인을 하면서 말했다. 은영도 그럴 생각이었다. 여자아이 앞에 있으면 부글부글 화가 끓어올랐다.

구인 사이트를 통해 새 아르바이트생을 뽑았다. 해맑은 인상의 청년이었다. 서울 시내 괜찮은 대학을 휴학중이었고, 집이 멀지 않았고, 집안 형편도 나쁘지 않다는 점을 확인하고 채용했다. 월급 칠십오만원을 주고 오전근무만 시켰다. 처음부터 근무 기간은 오 개월이라고 못을 박아두었다.

두 달이 지났을 때쯤 여자아이에게서 메일이 날아왔다.

과장님, 제가 회사에 다니는 동안 4대 보험에 가입이 되어 있지 않았더라고요. 알바몬에서 상담을 받아보니까 그게 불법이라며, 이런 경우에 보험취득신고 미이행으로 회사를 고소할 수 있다고 합니다. 그러고 싶지는 않은데요. 회사가 부담하지 않았던 4대 보험료만큼을 저에게 따로 주실 수 없을까요?

—검은 머리 짐승은 거두는 거 아니라더니……

은영은 얼굴이 벌게져 있었다.

—장변호사님은 뭐래?

남편이 물었다. '장변호사님'은 은영의 아버지 친구를 가리키는 말이었다.

—고소를 할 필요도 없대. 무슨 노동청? 노동위? 거기다 진정만 넣으면 된대. 보험에 따라서 페널티가 다 다른데, 건강보험은 벌금이 있고, 산재보험이나 고용보험은 벌금 없이 과태료만 있대.

—그러면 그 여자애가 하는 말이 다 맞는 거야?

—응. 황당하지?

—어떻게 할 거야? 사장님한테 말할 거야?

—몰라. 어떻게 하지? 말해야 되나? 독일 사람들은 이런 거에 엄청 신경을 쓰거든. 걔네들은 기본적으로 한국 직원들을 불신해. 자기들 몰래 법 어기고 횡령하고 그럴 거라고 생각해. 그리고 근로조건 그런 것도 되게 중요하게 생각해서 슈퍼바이저가 따로 있어. 그러니까 걔네들 입장에서는 이건 큰 건이지. 한국 지사가 돈 아끼려고 파트타이머를 고용해놓고는 공적 보험에 가입을 안 시켰다, 심지어 근로계약서도 작성을 안 했다, 이런 거는…… 그 여자애도 그걸 아는 거지. 그러니까 나한테만 메일을 보낸 거고.

—그래서, 장변호사님은 어떻게 하라셔?

남편이 물었다.

—그냥 돈 주고 합의를 보는 게 제일 좋은 방법이래. 그 대신에 합의서에, 이후에 소송을 포함해서 어떤 문제 제기도 하지 않는다고 적으래. 그런데 그 돈은 회사 돈으로는 못하지. 근거를 남기면 안 되니까. 걔가 얼마나 달라고 할까? 오백? 천?

—설마. 뭐 이걸 갖고 천만원이나 달라고 하겠어.

—우리 사장님 연봉이 삼억이야. 천 달라고, 그 대신 독일에 알리지 않겠다고 하면 줄걸?

—이렇게 하자. 일단 그 여자애한테 전화를 걸어. 그리고 얼마 원하는지 물어보자. 그래서 오백 미만으로 달라고 하면 그냥 우리가 주자. 합의서 받고. 오백 넘게 달라고 하면 그때는 사장님한테 말하고.

—그래도 괜찮아?

—주식으로 잃은 셈 치지, 뭐.

—생각해보면 이게 다 박차장 그 인간 때문이야. 영어 좀 하는 거 말고는 제대로 하는 게 하나도 없는 여자였어. 외국계 회사에 그런 여자들 많아. 뭘 알아보지도 않고 사람을 그렇게 뽑아놔? 그것도 그렇게 딱 뒤통수칠 애로?

은영이 전화기를 집어들다 말고 이를 갈았다.

—그건 자기도 몰랐잖아.

—뭘?

—걔 불쌍하다고, 잘 봐주려고 했었잖아. 가난하고 머리가 나빠 보이니까 착하고 약한 피해자일 거라고 생각하고 얕잡아 봤던 거지. 그런데 실제로는 그렇지 않거든. 걔도 알바를 열 몇 개나 했다며. 그 바닥에서 어떻게 싸우고 버텨야 하는지, 걔도 나름대로 경륜이 있고 요령이 있는 거지. 어떻게 보면 그런 바닥에서는 우리가 더 약자야. 자기나 나나, 월급 떼먹는 주유소 사장님이랑 멱살잡이해본 적 없잖아?

부아가 치밀었지만 남편 말이 옳았다. 은영은 입술을 깨물고 전화를 걸었다.

—뭐래?

전화를 끊자 남편이 물었다.

은영은 헛웃음을 지었다.

—백오십만원 달래.

그들은 그날 저녁 술을 마셨다. 사람이 제일 무섭다, 정말. 맥주를 마시다 말고 은영은 한숨을 쉬었다.

다음날 사무실에 찾아온 여자아이는 돈을 받고 합의서에 서명한 뒤에도 바로 나가지 않았다.

—과장님, 경력증명서 다섯 부만 받을 수 있을까요?

여자아이가 물었다.

—경력증명서?

—네. 전에 까먹고 못 받아서요.

(그 증명서를 보고 너를 경력 채용하려는 회사가 나한테 평판 조회를 부탁하면 내가…… 아니, 됐어. 그런 걸 너한테 가르쳐줄 필요는 없지. 너는 모르고 나만 아는 세계도 있거든.)

은영은 입을 다물고 영문 경력증명서를 다섯 부 발급해주었다. 여자아이는 그 증명서를 유심히 읽었다.

—과장님, 제가 여기 스태프 어시스턴트라고 돼 있는데요, 혹시 어드미니스트레이터로 바꿔주실 수 없나요? 제가 여기서 혼자 총무일을 한 거지, 누구를 어시스트한 건 아니잖아요.

은영은 여자아이가 원하는 대로 서류를 만들어주었다. 여자아이가 사무실을 나설 때 은영은 겨우 입을 열었다.

—이게 처음부터 다 계획이 돼 있던 거니?

여자아이는 걸음을 멈췄다. 말문이 막힌 듯했다. 여자아이는 그렇게 몇 초간 꼼짝 않고 서 있었다.

—안녕히 계세요.

여자아이는 대답 대신 고개를 숙이고 엘리베이터 앞에 섰다.

엘리베이터를 기다리면서 여자아이는 가방에 손을 넣어 봉투를 확인했다. 봉투를 땅에 떨어뜨리고 돈을 잃어버리게 되지는 않을까 겁이 났다. (이렇게 주지 말고 계좌로 바로 부쳐줬으면 좋았을 텐데.) 건물을 나서자마자 은행을 찾아갈 참이었다. 학자금 대출금을 제때 갚지 못해 독촉을 받고 있었다. 여전히 발목이 아팠다. 인대 수술을 받느라 퇴직금을 다 썼지만 별로 나아진 게 없었다.

엘리베이터 문이 닫히자 주변에는 아무도 없었다.

| 작가노트 |

현기증

초고에는 마지막 문단이 없었다. 혜미가 영문 경력증명서를 받고 엘리베이터 앞에 서는 것으로 끝이었다. 이 소설은 은영에 대한 이야기이고, 굳이 혜미의 사연은 설명할 필요가 없다고 생각했다. 은영이 혜미를 어떻게 적으로 돌리는가, 그 과정에서 은영은 어떤 사람이 되어가는가를 보여주고 싶었다. 이 사건 이후 십 년쯤 뒤 은영의 모습은 우리가 익숙하게 잘 아는 캐리커처 같은 형태일 거라고 예상한다.

(이 사건 이후 십 년쯤 뒤 혜미의 모습은, 여전히 잘 상상이 되지 않는다. 외향적인 성격이 되지는 않을 것 같다. 사람 성격은 쉽게 바뀌지 않으니까. 다리가 나을까, 생각해보면 그것도 아닐 것 같다. 현대의학은 그런 통증은 아직 잘 다루지 못하는 것처럼 보인다. 뮤지컬은 계속 좋아할까. 쭉 인천에 살까. 영어는 얼마나 잘하게 될까.

어떤 회사에서 어떤 일을 할까. 나는 앞으로 은영이 아니라 혜미를 따라가야 한다.)

그런데 초고를 읽은 몇몇 사람이 '교활한 서민층 어린애한테 걸려 고생하는 착한 중산층 여자 이야기냐'는 반응을 보였기 때문에 당황했고, 마지막 문단을 추가했다.

아르바이트로 생계를 유지한 적이 잠시 있다. 스물일곱쯤에, 첫 직장을 그만두고 신문사 입사를 다시 준비하려고 부모님 댁에서 나와 살았던 때였다. 직장을 그만두는 문제로 부모님과 사이가 나빠져서, 서울로 올라와 고시원에 들어갔고 이후로 계속 따로 살고 있다.

그때는 영어 교재를 만드는 회사에 다녔는데, 시간당 삼천원인가를 받고 하루에 여덟 시간씩 주 오일을 일했다. 간단한 번역과 문제풀이, 그리고 사소한 사무보조를 했다. 회사에서 정한 면접 시간과 날짜가 하필 예비군 훈련이 있던 날 저녁이어서, 서울행 시외버스 제일 뒷좌석에서 몸을 숨기고 옷을 갈아입었다. "동원 예비군 훈련을 받는 날인데, 면접을 미루면 안 되느냐"고 물어볼 융통성도 없던 시절이었다.

일은 전혀 어렵지 않았고, 멍하니 앉아 있는 시간이 많았다. 식대는 급여에 포함되지 않았고 밥값은 철저히 더치페이를 하는 문화여서, 점심시간에 다른 직원들과 식당에 가면 늘 제일 싼 메뉴를 골라야 하는 게 좀 창피했다. 다들 눈치챘지만 모르는 척해줬다. 밥값을 대신 내주지 않은 것도 고맙다.

점심은 분명 예닐곱 명이 함께 먹었던 것 같은데, 회사에서 내게 말을 건 사람은 업무관계가 있는 두세 명 정도였던 기억이다. 보이지 않는 존재 취급을 당했던 것 같지는 않고, 그들도 내 앞에서 어쩔 줄 몰라했던 것 같다. 지시를 받을 때도 '강명씨'라는 호칭으로 깍듯하게 불렸다. '알바생'이라는 축약어가 없었던 시절이라 '알바생'이라고 불릴 일이 없었다. '아르바이트'와 '알바'의 차이는 꽤 크다.

작은 회사였고, 직원들의 임금이 체불되는 달도 있었다. 그때 새파랗게 질린 나를 보며 팀장님이 "아르바이트 월급은 밀리지 않으니까 걱정 말아요"라고 했다. 회식 자리에 초대받은 적은 한 번도 없었는데, 차별대우를 받는다는 생각은 못해봤고 회식에 끼고 싶다는 생각도 해본 적이 없다. 회식이 있었는지도 모르겠다. 나는 오후 다섯시인가 여섯시에 칼같이 퇴근을 했는데, 그 시간은 다른 직원들이 한창 바쁘게 일하는 때였다. 직원들은 아침이면 피곤에 지친 눈으로 "팀장님은 어제 몇시까지 야근했대" 같은 이야기를 주고받았다.

그 직원들의 눈에는 내가 어떻게 보였을지 모르겠다. 지겨운 줄도 모르고 티셔츠 세 벌을 번갈아 입고 나와서는, 시키는 일은 하지만 그 이상은 절대 하지 않는, 낯을 몹시 가리고, 무슨 말을 하면 한 번에 잘 못 알아듣는 떠꺼머리총각 정도이지 않았을까.

작가노트에 쓸 말이 없어서 결국 마감을 하루 넘기고 말았다. 이 단편은 도서출판 아시아에서 영한대역으로 제작되는 'K-픽션' 시리즈로 선정되었는데, 그때도 원고지 이십 매 분량으로 창작노트를 써야 했다. 그때는 영어권 독자들이 알지 못하는 정보를 설명하는 것으로 양을 채웠다. 지하철 1호선은 서울 사람들에게 어떤 느낌인가, 대기업의 '파업 반대 시위'에 거래관계인 중소기업이 왜 직원을 보내야 하는가, 한국에서 세대 갈등은 왜 심각한 문제가 되고 있는가, 한국의 노동시장은 어떻게 양극화되었는가 등등.

한국어 독자들에게는 그다음의 이야기를 해야 할 텐데, 거기서부터 할말이 없다.

그래서 어쩌자는 것이냐, 라고 묻는다면 솔직히 잘 모르겠다. 자본주의의 도구적 합리성이 어쩌고 신자유주의가 어쩌고 하는 말을 늘어놓는다면 그거야말로 '난 정말 모른다'는 고백이 되리라.

작가로서의 저와 시민으로서의 저를 분리하고 있습니다, 라고 변명할 때도 있다. 그런데 어떤 종류의 감수성에서, 작가로서의 나는 이득을 취하고 시민으로서의 나는 고개를 돌릴 수 있는 걸까.

한편으로는 세상이 복잡해진 이후에 문외한들의 순진한 훈수나 감상적인 경구가 불러일으키는 잠깐의 힘이야말로 가장 경계해야 할 대상이라는 생각도 늘 한다. 이 대목에서 나는 자주 현기증을 겪는다.

'장강명 스타일'과 그의 젊은 페르소나들

오혜진

장강명은 '젊은 작가'일까. 올해 나이 마흔둘. 신문기자 경력 십일 년에 소설 단행본만 여덟 권이나 펴낸 그를 '젊은 작가'라 칭하는 건 좀 새삼스럽다. 하지만 또 장강명만큼 '젊은 작가'라는 호칭이 잘 어울리는 작가도 없다. 그는 현재 거의 독보적으로 '청년 문제의 사회화'라는 문제의식을 밀고 나가는 가장 대표적인 작가이며, 그의 책을 사보는 독자층 역시 이삼십대가 압도적인 비중을 차지한다. 게다가 한국사회가 돌아가는 '패턴'을 읽고, 그와 정면승부하기 위해 자살, 이민, '덕질' 등 이런저런 논쟁적인 방안을 강구해내는 그의 문제의식은 '도전'과 '패기'라는, '젊은 작가'에 대한 관성적 기대에 값한다. 무엇보다 문학/비문학, 순문학/장르문학, 종이책/웹 등 다양한 장르와 플랫폼의 경계를 무람없이 넘나드는 그의 작가적 포지션과 존재 방식은 그간 한국문학계에서 보기 드물게 유연한 것이기도 하다. 그래서 그는 지금 가장 '젊은' 작가 중 한 사람이다.

잘 알려졌듯, 장강명은 유독 이십대 후반에서 삼십대 초반에 이르는 청년들에게 각별한 관심을 보여왔다. 『표백』(한겨레출판, 2011)에서는 이 세계를 유지·보수하는 것 외에 어떤 위대한 과업의 가능성도 주어지지 않은 1975년생 이후 출생자들을 '표백 세대'라 이름 붙였는가 하면, 『열광금지, 에바로드』(연합뉴스, 2014)에서는 '오타쿠'야말로 '일자리는 없고, 취향은 다양해졌고, 인터넷은 싼' 시대에 태어난 1983년생 청년의 운명이라고 각인시켰다. 또한 2000년대 이후 한국문학사에서 가장 인상적인 서사적 행보를 감행한 『한국이 싫어서』(민음사, 2015)의 디바 '계나' 역시 서울 소재 중위권 대학 출신의 이십대 후반 여성으로서 자신을 이 나라의 '이등 시민'으로 규정한 바 있다. 이렇게 볼 때, 작가 스스로 "미묘"[1]하다고 말한 바 있는 이 연령대의 청년들이 장강명의 페르소나임은 분명해 보인다.

물론 '청년기'는 예부터 많은 작가들이 자신의 문학적 나이로 삼고자 한 특별한 시기다. 하지만 분명한 것은, 장강명은 한 번도 그 시간을 '청춘(靑春)'이라는 말로 상징화하지 않았다는 점이다. 그에게 '이십대'는 '한 번 지나가면 다시 오지 않을' 개별 인생의 특권적 시간이 아니다. 그는 그 시기를 철저히, 세계의 흥망성쇠와 궤를 같이하는 사회적 나이로 간주했고, 바로 그 때문에 그는 현재 대한민국에 거하는 그의 주인공들에게 단 한 번도 '봄'을 선사하지 않았

1) 강양구·김종배·장강명, 〈'일베' 하고, '술집' 나가는 20대, 돈만 주면 OK?〉, 프레시안, 2016년 1월 13일.

다. 그들에게 주어진 실업과 빈곤, 과도한 노동과 끝없는 경쟁은 이 세계가 청년들의 생기를 빨아먹으며 지속된다는 표시다. 그리고 무엇보다 장강명의 청년들에게 주어진 가장 가혹한 굴레는, 어디로 굴러가는지도 모르는 톱니바퀴의 부품이 될 운명만이 부여될 뿐, 그 어떤 희망이나 성취감도 허락되지 않는다는 점이다.

물론 그렇다고 그가 그린 동시대의 청년들이, '어른'들이 흔히 말하는 대로 '학교 다니고, 연애하고, 컴퓨터 게임에 빠지는' 평범하고 무기력한 상태에 머무는 것은 아니다. 오히려 그의 인물들은 "자신의 가치 하락에 저항해 싸우고 행동하는"[2] 인물들이라는 점에서 그간의 '88만원 세대'에 대한 재현의 계보에서 이색적인 위치를 점한다. 청년 세대를 '불능'과 '미숙'의 (비)주체로 손쉽게 전형화한다는 것이 세대론의 가장 큰 약점[3]이라면, 적어도 장강명의 '청년소설'들은 정확히 그 지점을 상대화하는 데에 성공해왔다. '더이상 어떤 위대한 사상도 필요로 하지 않는' 이 "그레이트 빅 화이트 월드"(『표백』)에서 장강명의 인물들은 하나같이 분주하다. 그들은 자살하거나 이민 가기 위해 끊임없이 큰 그림을 그려 계획을 짜고, 구체적인 세목들을 점검하며, 필요한 정보들을 흡수·축적해나간다. 그들은 타인 혹은 개인의 내면과 갈등을 빚는 대신, 그가 속한 세계와 담론을 상대로 끈질기게 싸운다. 그리고 그 치밀하고도 격렬한 대장정을 묘사하기 위해 장강명은 늘 장편소설의 분량을 필요로

---

2) 정세랑, 「초인이 되고 싶다는 말을 거인이 되고 싶다는 말로 들었다」, 『세계의 문학』 2015년 가을호.

3) 천정환, 〈'헬' 바깥으로, 세대 담론을 넘어〉, 동국대학원신문, 2015년 12월 7일.

했고, 속도감 있는 문장과 완벽한 기승전결의 구성을 선호했다.

이제 살필 「알바생 자르기」가 특별한 것은 『뤼미에르 피플』(한겨레출판, 2012)에 실린 연작소설들을 제외하고는 이것이 그가 매우 드물게 발표한 단편들, 그중에서도 유일한 '청년소설'이기 때문이다. 이 작품에서 우리는 그가 이전의 장편소설에서 포착했던 한국의 정치경제와 사회문화의 병리적 단면들이 매우 요령 있게 암시되어 있음을 발견할 수 있다. 압축 성장을 통해 발생한 대기업과 중소기업의 위계, '사장' 및 '은영' 부부로 상징되는 1960~1970년대생과 '혜미'로 상징되는 1980년대생 사이의 세대 갈등, 정규직과 비정규직으로 나뉜 노동시장, 1호선의 열악한 환경을 매개로 드러나는 서울과 위성도시 인천의 불균등 발전, 여전히 지속되는 직장 내 권위주의와 요원한 양성평등,[4] 그리고 뿌리 깊은 여성 혐오……

그런데 이 작품의 가장 두드러진 특색은 은영과 혜미로 상징되는 '중간관리자'와 '알바생'의 뒤집힌 듯한 역관계를 보여줌으로써 '알바생 자르기'의 어려움을 강조한다는 것이다. 이 소설이 중후반에 이르기까지 공들여 묘사하는 것은 알바생 혜미의 "뚱한" 성격과 불성실한 근무 태도, 그리고 어떤 상황에서도 자기 잇속을 챙기는 영악하고 계산적인 면모다. 반면, 은영은 그런 혜미를 "불쌍"하게 여겨 해고를 지연시키거나, 저녁을 사주고 스카프를 선물하는 등 개인적 호의를 베푼다. 이는 흔히 갑을관계('중간관리자'라는 은영의 위치 역시 '갑'에 해당하는 것은 결코 아니지만)라고 할 때 상상

---

4) 장강명, 「창작노트」, 『ASIA』 2015년 가을호.

되는 '교활하고 권위적인 강자' 대 '선하고 유약한 피해자'라는 선입견을 배반하는 것처럼 보인다.

그러나 이처럼 문제를 개인의 '나쁜 인성' 혹은 '부족한 능력' 탓으로 돌리는 것은 '쉬운 해고'가 선진적인 노동유연화 정책으로 포장된 신자유주의 시대 이래 가장 강력하고도 악질적인 노동자 탄압의 논리로 사용돼왔다. 이 논리는 개인의 선의와 상관없이 구조적으로 자행되는 노동자 착취를 은폐하며, 노동자가 정당하게 자기 권리를 주장하는 것을 염치없고 부끄러운 일로 묘사한다. 이 논리는 혜미가 처한, "찻잔이랑 컵받침 세트라도 하나"(159쪽) 마음대로 살 수 없고, 대기업의 "불법파업 규탄대회"(160쪽) 같은 행사에 무시로 불려가는 반자율적이고 반노동적인 근무 환경에 대해서는 말하지 않는다. 심지어 은영 부부는 혜미가 보이는 일련의 언행들에 대해 "처음부터 다 계획이 돼 있던 거"(171쪽)냐고 의심하며, 오히려 "그런 바닥에서는" 자신들이 더 "약자"(170쪽)라고 인식하기까지 한다. 혜미가 회사에서 "그 아가씨" 혹은 "여자아이"라고 불리며, 언제든 더 싼 노동에 의해 손쉽게 대체될 수 있다는 현실이야말로 이 사태의 본질인데 말이다.

그러고 보니, 혜미의 이야기는 마치 『한국이 싫어서』의 '계나' 혹은 『열광금지, 에바로드』의 '종현' 같은 장강명의 다른 소설들에 등장하는 청년들의 전사(前史)처럼 읽힌다. "내가 무슨 일을 왜 하는지도 모르겠고 이 회사는 뭐하는 회사인지 모르겠고, 온통 혼란스러"워서 "회사에는 정을 주지 않고 뚱하니 앉아 있었"다는 계나, 혹은 "4대 보험에 가입시키지 않는" 회사에서 "밀린 월급을 한 번에 받아내는 법"을 익혔다던 종현의 술회는 이 소설에서 거의 한순간도 자신의 내면을 드러낼 기회를 갖지 못했던 혜미의 사정을 대신 말하고 있는 것처럼 보인다. 그러니 혜미의 '영악함'은 차라리 아무런 안전망도 없는 부당한 노동환경에 내몰린 비정규직 청년들이 어쩔 수 없이 체득한 '생존 기술'에 가까운 것이다. 혜미의 노동을 '의존적인 것' 혹은 '잉여적인 것'으로 간주하는 시스템이 건재하는 한, '기업적 합리'는 결국 '총체적 비합리'에 복무하는 기만적 수사일 수밖에 없다. 장강명의 「알바생 자르기」는 그 진실을 아주 간명하고 효과적으로 폭로한 세련되고도 씁쓸한 풍자소설로 읽혀야 한다.

이제 혜미는 어떻게 될까. 원하던 대로 삼 개월 치 임금과 4대 보험료, "어드미니스트레이터"로 수정된 경력증명서까지 얻었으니 그녀는 행복할까. 다친 발목, 밀린 학자금 대출금은 여전한데 일할 곳조차 잃은 그녀는 여전히 영어 단어를 막 외우고 스펙을 쌓으며, 또 다른 "아르바이트"를 찾아 전전할 것이다. 그게 아니라면, 그녀는 아마 장강명 소설의 다른 청년들처럼 자살이나 이민, 혹은 '덕질'로써 한국사회에 저항하기로 결심할지도 모른다. 그러나 이 소설은 여기서 멈췄고, 아직 '다음'은 말하지 않았다.

한 가지 지적해두고 싶은 것은, '88만원 세대' 담론이 청년 세대 내의 복잡성을 보지 못한 '위로부터의 관점'이라는 이유로 정작 이십대에게 외면받았듯, 장강명의 소설 역시 이삼십대의 현실을 '대신' 말해주는 것에 만족한다면, 이는 절반의 성공에 머물 것이라는 점이다. 2000년대 이후 소설들에서 보이는 청년들의 '자폐적 형상'에 질린 '어른'들이 '구조적 현실을 응시하는 청년을 발견'했다는 이유로 장강명 소설에 찬사를 보냈다면, 과연 이삼십대 독자들은 그의 소설에 그려진 자신들의 현실을 어떻게 받아들일까. 이미 그 현실을 살고 있는 사람이, 모종의 '대상화'를 경유해 '작품'이라는 양식으로 재현된 자신의 현실을 발견할 때의 그 익숙하고도 낯선 느낌(uncanny). 그건 장강명 스스로 잘 의식하고 있는 대로, 이십대에 대한 "옹호"로 여겨질 수도, 혹은 "모욕"(『표백』)으로 느껴질 수도 있다.

실제로 장강명은 "제가 이십대 후반~삼십대 초반이라는 나이에 꽂히는 건지, 80년대 초중반생에 꽂히는 건지 모르겠"다며, 그건 시간이 지났을 때 자신의 주인공들이 "사십대인지, 계속 이십대 후반인지"[5]를 보면 알 수 있을 것이라고 말한 바 있다. 이처럼 '청년'에 대한 장강명의 관심과 매혹은 언제 사라질지 모른다. 아니, 그의 페르소나가 영원히 '청년'이라 할지라도 '불혹의 아저씨'가 매우 드문 관심을 보여 써준 그 소설들은 결코 '우리 세대의 소설'은 아닐 것이다. 만약 당신이 장강명의 소설들을 읽고 왠지 모를 "모욕"을 느꼈다면, 그거야말로 좋은 신호다. 이제 우리가 할 수 있는 일이 있을 것이다.

---

4) 강양구·김종배·장강명, 같은 글.

오혜진
문화연구자. 젠더, 재현, 양식 개념을 바탕으로 근현대 문화정치에 대해 공부한다.

김솔

유럽식 독서법

작가노트 콜라와 맥주의 대위법

해설 노태훈 김솔식 소설법

김솔

1973년 광주 출생. 2012년 한국일보 신춘문예에 단편소설 「내기의 목적」이 당선되어 등단. 소설집 『암스테르담 가라지 세일 두번째』 『망상, 어』 『살아남은 자들이 경험하는 방식』, 장편소설 『너도밤나무 바이러스』 『보편적 정신』 『마카로니 프로젝트』, 중편소설 『모든 곳에 존재하는 로마니의 황제 퀴에크』가 있다. 문지문학상, 김준성문학상을 수상했다.

| 수상작 |

유럽식 독서법

"히치하이커 중 한 명은 흑인이고 다른 한 명은 백인이라면 당신은 누굴 태우겠어?"

그 순간 오른쪽 바퀴 아래에서 물컹한 무엇이 터지면서 자동차가 크게 흔들렸다. 다행히 아내는 핸들을 놓치지 않고 방향과 속도를 유지할 수 있었다.

"젠장. 뭔지 봤어? 쓰레기였을까? 아니면 고슴도치였을까?"

하지만 그때 나는 도로의 갓길에 서서 질주하는 자동차를 엄지손가락만으로 멈춰 세우려는 흑인과 백인 청년을 상상하고 있었기 때문에 아내의 말을 제대로 듣지 못했다. 만약 흑인의 엄지손가락을 무람하게 지나친다면 그의 산탄총에서 발사된 총알이 내 두개골을 관통하여 자동차를 앞지를 것이고, 백인의 엄지손가락을 바람칼로 잘라낸다면 갓길에 숨어 있던 경찰차가 튀어나와 역시 자동차 앞을 막아설 것이다. 그러니 내가 선택할 수 있는 가장 현명한 방법이라면 그들의 엄지손가락으로부터 가능한 한 멀리 떨어진 곳에다 자동차를 세우고 나의 인류애를 증명할 수 있을 만큼의 돈을 창밖으로 던진 다음 그들이 도착하기 전에 급히 자선(慈善)의 현장을 떠나는 것이리라.

"또 내 말 안 들었지?"

남쪽을 향해 시속 백이십 킬로미터로 흘러가던 세상을 아내가 강제로 멈춰 세우자 한기와 두통이 관성의 힘에 이끌려 내 몸속으로 밀려들었다. 아내는 비상등을 켜고 운전석의 안전벨트를 풀더니 자동차 앞을 돌아서 조수석의 문을 열었다. 그러고는 나의 안전벨트마저 풀어젖힌 뒤 소매를 거칠게 잡아당겼다. 하는 수 없이 운전석으로 옮겨 타고 자동차를 출발시킨 나는 갓길에 서서 수백만 개의 엄지손가락을 흔들어대고 있는 나무들의 공포와 권태 따윈 거들떠보지 않은 채 집까지 단숨에 내달렸다. 평소보다 이십 분이나 늦게 도착한 까닭은 아마도 아내와 내가 인식하고 있는 최대제한속도와 최소안전거리가 서로 달랐기 때문이리라. 식욕을 잃은 아내가 안전한 침대에 누워 생의 이면으로 떠나자 나는 집밖으로 나와 자동차에 들러붙은 살점과 핏자국을 고압분사기로 불어내면서 맥주를 마셨다.

고슴도치의 가시를 빼는 방법은 간단해요. 진흙을 두텁게 발라서 장작불에 구운 다음 망치로 두들겨가면서 진흙을 떼어내면 가시는 쉽게 떨어져나오죠. 진흙을 바르기 전에 올리브 오일과 육두

구를 미리 뿌려둬야 살갗에 기생하던 진드기들까지 제거할 수 있다는 사실을 명심하세요. 양념이 덜 밴 부분은 비릿하기 때문에 살사 소스나 올리브 오일을 뿌려 드시고, 퍽퍽한 살은 손으로 잘게 찢어서 야채와 함께 샌드위치를 만들어 먹을 수도 있지요. 그러면 가난한 사람들이 왜 고슴도치를 신의 오른손이라고 부르는지 이해할 수 있을 거예요.

소녀는 이웃에 사는 집시들로부터 고슴도치 요리법을 배웠다고 말했다.

사실 소녀는 그토록 유창하게 태국어로 말하진 못했다. 그녀는 말을 더듬었고 적확한 단어를 찾기 위해 침묵과 거위침 속에 혀를 오래 담가두었으며, 상대의 모호한 표정 앞에서 길을 잃을 때마다 이미 발설한 문장들을 통째로 폐기하곤 하였다. 게다가 이곳의 태국 이주민들이 자의적으로 주조하여 퍼뜨린 어휘들 또한 소녀의 이야기를 이해하는 데 방해가 되었다. 그런데도 내가 굳이 교양 있는 태국인들이 사용하는 표준어로 소녀의 이야기를 여기에 옮기는 까닭은 순전히 유럽에 대한 당신의 이해와 적응을 돕기 위함이다. 그러니까 독자인 당신이 흑인이든 백인이든, 외간 여자든 나의 아내이든, 백내장이나 난독증을 앓고 있든 아니든, 설령 여태껏 살면서 단 한 번도 고속도로 갓길에서 엄지손가락을 추켜올리며 질주와 일탈을 동경한 적이 없다고 하더라도 전혀 괘념치 않은 채, 나는 연민의 순도를 일정하게 유지하면서 이 소설 안에 당신을 싣고 목적지까지 데려다주려 한다. 어차피 그곳에 이르면 이 소설은 더이상 누군가를 싣고 달릴 수 없는 돌멩이 정도로 변해 있을 것이고, 돌멩이에 대한 당신의 독서 편력을 아무도 믿으려 하지 않을 것이다. 그러니 이 소설을 타고 질주하는 동안 차창 밖 풍경을 기억하려 하거나 인과를 해독해내려고 애쓰지 말고 그저 자신의 내부에 잠시 드러나는 인상과 감정에만 집중할 것을 권장한다. 이 기괴한 상황은 모두 그 정체불명의 소녀로부터 시작되었으니, 나 역시 이 소설을 어떤 속도와 방향으로 몰고 가야 하는지, 그리고 언제 어디서 어떻게 내려야 하는지 전혀 알지 못한다.

내가 오 년째 더부살이를 하고 있는 벨기에는 이웃의 프랑스나 네덜란드에 비해 매력적인 관광명소를 거의 발명해내지 못했기 때문에, 이곳에서 태국인 여행객들을 만나는 건 마치 북해에서 참치를 잡는 일만큼이나 드물다. 겨우 도착한 자들조차도 이국의 건물들과 음식을 순례하는 데 여행의 목적을 집중한 나머지 서점이나 가판대에 들러 책을 들춰보진 않을 것이다. 그러니 이곳에서 태국어로 완성된 소설에 최대제한속도나 최소안전거리를 굳이 설정해둘 필요는 없다. 하지만 연쇄적인 불운으로 생사의 경계까지 내몰렸다가 간신히 살아 돌아온 자의 노파심은 쉽게 제압되지 않아서, 나는 주위 사람들에게 이 소설의 줄거리를 들려주며 반응을 살폈는데, 이런 부류의 이야기는 이미 수백 년 전 유럽에서 발명되어 크게 유행하였으나 20세기 두 차례의 세계대전 이후로 더이상 독자들의 관심을 끌지 못하게 되었다는 대답을 여러 차례 들었다. 그래도 이 소설의 첫 페이지를 시작하기 위해선 무기력을 극복할 동기와 자기최면이 필요했다. 그때 갑자기 아내와 아이가 사라졌고 이어 소녀에게 자동차와 직업을 강탈당하게 되면서 이 소설은 비로소 합목적성을 갖추게 되었다. 당신이 지금 이 소설을 읽고 있다면, 그것은 나를 완전히 파괴한 소녀가 또다른 화자를 파괴하는 데 몰두해 있는 바람에, 또는 그녀가 나의 비극을 완벽한 수미상관 구조로 완성하기 위해 너무 세밀한 인과로 장식하는 데 정신이 팔려 있는 바람에, 정작 이 소설의 출판을 막아낼 적절한 조치를 미처 취하지 못한 덕분이리라. 그게 아니라면 한 편의 소설로 몇 명의 인간들과 시공간을 통째로 재현하고 이해하려는 나와 당신의 시도가 얼마나 부질없는 짓인지 각인시킬 목적으로, 소녀는 나와 당신이 이 소설에서 내릴 때까지 숨어서 기다리고 있는지도 모르겠다. 물론 당신은 언제 어디서라도 이 기괴한 소설에서 내릴 수 있다. 수많은 비문과 오탈자, 비논리와 몰윤리가 당신의 독서를 방해하고 있다는 사실을 나는 잘 안다. 하지만 이 소설의 유일한 독자인 당신이 독서를 멈추는 순간 나는 나의 아내와 아이를 영원히 잃고 어느 시공간의 크레바스에 처박히게 될 것이라는 사실을 당신도 잘 알아야 한다. 당신의 인내심이 이 소설의 연료이다. 나는 밥 먹고 잠자는 시간을 아껴 흰개미탑을 쌓아올리듯 이 소설을 조금씩 은밀하게 썼는데 소녀의 감시를 신경쓰느라 방금 전에 쓴 문장을 다시 읽고 극적 요소들을 세공할 엄두조차 낼 수 없었다. 마지막 문장이 완성되는 대로 인터넷을 통해, 마치 지구로 귀환할 방법이 마련되어 있지 않은 보이저 2호처럼, 이 소설을 사이버 공간으로 쏘아올릴 작정이다. 단

한 번도 고속도로 갓길에서 엄지손가락을 추켜올리며 질주와 일탈을 동경한 적이 없는 당신은 인터넷으로 포르노를 검색하다가 우연히 이 소설을 발견할 것이다. 그 소녀가 내게 시간을 좀더 허락한다면 나는 태국어 원고를 프랑스어로 번역하여 홀로코스트에 대비할 작정인데, 벨몽 붓나팽이란 원작자의 이름을 적어둘 것이다. 그는 갓난아이 시절에 태국에서 프랑스로 입양되어 정규교육을 받은 뒤 지금은 벨기에의 고등학교에서 철학을 가르치고 있는 선생으로 알려질 것이다.

꼭 고슴도치나 거미 때문은 아니야. 차라리 당신이나 당신을 반쯤 닮은 아이 때문이겠지. 아니면 오직 나의 생래적인 모순 때문이거나. 당신은 우릴 결코 찾아내지 못할 거야. 유럽은 당신이 상상하는 것보다도 훨씬 넓고 모호해서, 당신이 정면으로 마주하고 있는 세상은 당신이 등지고 있는 그것과 전혀 다르지 않을 테니까.

어느 날 아침 퇴근해보니 아내는 형광색 포스트잇 한 장을 냉장고에 붙여놓고 아이와 함께 사라졌다. 여름옷들만 챙겨간 것으로 짐작하건대 남부 유럽—터키까지 포함하여—에 숨은 게 분명했다. 그곳의 온화한 날씨는 거미공포증에서 벗어나는 데 도움이 될지도 모른다. 하지만 수중에 큰돈을 지니지 못한 아내가 아이를 키우기 위해서 그곳에서 합법적으로 시작할 수 있는 일이 뭐가 있을까. 결국 또다른 남자의 합법적 아내가 되는 일밖에 선택할 수 없다면, 거미보다 더 끔찍한 대상은 그녀의 여생에 언제든 등장할 수 있다. 왜냐하면 인간과 인간 사이의 틈은 환멸과 적의와 공포가 태어나고 자라나기 적당할 만큼 어둡고 습하고 비좁기 때문이다.

최초의 거미는 그 소녀로부터 거미여인에 대한 이야기를 듣고 난 다음날 아침 침실에서 발견되었다. 그리고 곧이어 아내는 구토를 하고 두통과 어지럼증을 호소하였다. 거미공포증이라고 진단한 두 명의 의사들은 별다른 처방전 없이 심리치료를 권하면서 진료비를 청구했지만, 세번째 의사는 코르티솔이란 알약 다섯 정을 처방해주었을 뿐만 아니라 진료비의 일부를 의료보험으로 처리해주었다. 그 의사의 지나친 호의가 의심스러웠던 아내는 집에 돌아오자마자 인터넷으로 알약의 효능을 확인해보았는데, 뇌에서 분비되는 호르몬의 일종인 코르티솔을 공포증 초기 단계의 환자가 단기 복용할 경우 탁월한 진정 효과를 얻을 수 있지만 장기 복용하면 기억력을 치명적으로 손상시킬 수 있다는 연구 결과를 찾아내었다. 더군다나 임신부의 경우 태아의 발달에 부정적인 영향을 미친다는 신문기사를 읽고 나자 아내는 알약에 대한 기대를 완전히 버려야 했다. 심리치료로 약물을 대체할 생각도 해보았지만, 정신과 의사와의 격의 없는 대화를 통해 카타르시스를 얻을 수 있을 만큼 아내가 프랑스어에 능숙한 것도 아니었으므로 망설여졌다. 결국 우리가 시도할 수 있는 응급처방이라곤 방역회사에 집안 전체의 소독을 맡기는 게 고작이었다. 소독약 냄새가 곳곳에서 감지되던 일주일 동안은 한없이 평온하였다. 하지만 큰비가 연이어 내리고 마른바람이 고샅을 더듬기 시작하자 거미들의 숫자는 기하급수적으로 늘어나서 집안의 거의 모든 곳이 피륙으로 뒤덮였고, 거미줄에 온몸이 묶여 연옥으로 끌려가던 아내는 간신히 구급차 안으로 피신하여 화를 피할 수 있었다. 사흘 만에 응급실에서 집으로 돌아온 아내는 침실의 모든 가구들을 거실로 끌어내었고 방안의 온도를 이십오 도로 유지하였으며 커튼을 떼어내는 것으로도 모자라 하루종일 전등을 켠 채 지냈다. 그녀는 출산을 이 주일쯤 앞두고 나 몰래 다섯 정의 코르티솔을 기어이 삼켰다.

그 소녀가 거미여인에 앞서 무슬림의 태교와 출산에 관한 이야기를 내게 들려준 직후 아내의 몸속에서 수상한 징후들이 발견되었다. 결혼하여 구 년 동안 나와 아내는 아이를 갖기 위해 수많은 방법을 시도하였으나 끝내 실패한 채 모국을 떠나야 했다. 나는 온실의 식물처럼 한곳에서 오랫동안 길러야 비로소 정상적인 인간이 되는 아이를 어려서부터 이국의 음지로 끌고 다니면서 불안과 절망을 가르치지 않은 것만으로도 최선을 다하는 것이라고 아내를 위로했지만, 불귀의 신분이 된 뒤에도 여전히 결혼생활을 유지시키는 것은 남편이 아니라 아이라고 생각하는 아내는, 아이가 제 어머니의 몸에서 한꺼번에 태어나서 자라는 게 아니라 여러 여자들의 몸에서 조금씩 태어나 자란 다음 제 어머니에게로 돌아오는 것 같다고 울먹였다. 하지만 자신의 자궁 속에서 오 개월 동안 자란 아이가 어느 날 오후 팔다리를 휘둘러 스스로 존재를 알리기 전까지 임신 사실을 전혀 깨닫지 못했다고 아내가 서툰 프랑스어로 말했을 때, 산부인과 의사는 곧이곧대로 믿을 수 없다는 표정을 지어 보였다. 초음파 사진을 들여다보면서 의사는 유럽에서 발견된 또 한 명의 불법체류자를 어떻게 처리해야 할지 고민했다.

벨기에와 프랑스의 국경 부근의 초콜릿 공장에서 일하고 있는 자들은, 사장을 제외하면 모두 나와 같은 불법체류자 신분이지만 나에겐 유일한 아시아 출신이라는 낙인이 하나 더 찍혀 있다. 나의 모국이 인도차이나 반도에서 유일하게 프랑스의 식민지가 아니었다는 역사는 이곳 생활에 전혀 도움이 되지 않는다. 정상적인 유럽인들이 퇴근을 하여 가족들과 저녁식사를 시작하는 시간에 초콜릿 공장의 문이 열렸고, 정상적인 유럽인들이 아이들을 학교에 데려다주는 시간에 맞춰 공장의 문이 닫혔다. 그래서 삼 년 전 처음 이곳에서 일을 시작할 땐 내가 만들어내는 초콜릿이 유럽에 미치는 부정적인 영향을 의심하지 않을 수 없었다. 하지만 합법적인 유럽인들도 자신들이 소비하는 초콜릿의 등급으로 사회적 계급을 드러낼 수 있다는 사실을 이해한 뒤부터, 초콜릿 공장 사장이 유럽인들의 편견과 의혹으로부터 직원들을 안전하게 보호하기 위해 일부러 그런 업무 환경을 마련했다고 여기게 되었다.

우리 부부가 벨기에를 은신과 갱생의 최적 장소로 선택한 이유에는 모국의 여행객들을 매혹시킬 만한 명소가 거의 없다는 사실 이외에도, 고작 태국의 십칠분의 일에 해당하는 국토에 세 가지의 공용어가 통용된다는 사실도 포함시켜야 한다. 그것은 곧 세 조각의 독립된 세계가 고작 한 가지의 동일한 세금 체계로 묶여 있다는 걸 의미했고, 이해관계에 따라 언제든지 이합집산이 가능한 만큼 중앙정부의 통제력은 미약할 수밖에 없었다. 높은 국민소득을 유지하면서도 유럽연합의 심장부답게 외국인들의 장기 체류에 관대하기 때문에 유럽의 도둑들에겐 천국과도 같다는 우스갯소리를 전해 듣고 나서, 우리 부부는 방콕에서 출발하는 항공기의 최종 목적지를 영국에서 벨기에로 바꾸었다. 그리고 이곳에서 오 년 동안 이웃의 모범이 될 만큼 제반 규칙들을 잘 지키면서 살고 있다. 하지만 이웃과 다른 언어와 생활 습관은 언제라도 오해와 갈등을 일으킬 위험이 있고, 그것이 무난하게 해결되지 않아 벨기에 경찰까지 개입한다면, 내가 모국에다 슬그머니 벗어놓은 허물이 이곳의 평화와 안락을 단숨에 파괴할지 모른다는 불안감은 조금도 줄어들지 않았다.

고향에 살고 있던 사람들의 십칠분의 일만이라도 충복한 소비자가 되어주었던들 나는 지금 성공한 사업가로서 태국에 불법체류중인 사람들에게까지 일자리를 제공해주고 있을 것이다. 하지만 시대의 유행은 나의 전망과는 전혀 다른 속도와 방향으로 흘러갔고, 모든 인간들 사이의 역학관계를 증명해줄 통일장 이론의 정립은 요원하기만 했다. 모래언덕 같은 자본주의 세계에서 항상 승리하는 쪽은 개미지옥 같은 사채업자들이었다. 그들은 타인의 성공보다 실패에서 더 많은 이익을 얻었다. 그리하여 나의 사업 역시 그들의 엄지손가락 아래 멈춰 서지 않을 수 없었다. 사업에 실패한 자에게 더이상 모국은 존재하지 않았고 목숨은 형벌과 같았다. 만약 아내에게 이런저런 공포증이 없었더라면 우리는 다정하게 서로의 시체를 발목에 매단 채 차오프라야 강 바닥에서 발견되었을 것이다. 아내의 공포증 덕분에 나는 브뤼셀 외곽에서 유럽 생활을 시작할 수 있었다. 훗날 나의 불행한 유산이 모국의 유행을 이끌고 있다는 소식을 들었을 때, 마치 급진적 정치사상에 경도되었다가 영구 추방된 망명객처럼 쓸쓸해졌다.

무능한 남편 때문에 일생의 전반기를 망친 아내에게 차마 이국에서까지 출퇴근길의 운전을 맡길 순 없었다. 게다가 운전석의 위치와 도로 주행의 방향이 모국과 반대로 설정되어 있어서—그래서 우리는 은신과 갱생의 최적 장소로 처음에 영국을 생각했던 것이다—운전에 익숙해지기 전까지 위험은 한밤중 고속도로의 고슴도치처럼 언제 어디에서라도 들이닥칠 수 있었다. 경찰의 단속을 피해 실핏줄처럼 좁은 길들만을 연결해서 다녀야 하는 것도 큰 부담이었다. 아내 덕분에 두번째 삶을 살게 된 나로서는 최소한의 윤리를 감당하지 않을 수 없었다. 그래서 운전석에 앉을 때면 마치 백병전에 투입되기 직전의 보병처럼 사뭇 비장해지기까지 했다. 반년쯤 지나고 이곳의 도로 체계와 운전 규칙에 익숙해지자 비로소 나는 운전중에도 이런저런 이야기를 떠들 수 있게 되었는데, 고리타분한 장광설이 조수석의 아내를 더욱 불안하게 만들었다.

"국왕이 사는 나라에서만 자동차들이 좌측으로 달린다는 설명은 아직도 이해할 수 없어."

"바벨의 탑이 무너지고 인간들의 언어가 수천 조각으로 나눠지지 않았다면, 우린 애써 여행을 하지 않아도 되었을 거야. 그렇다면 유럽 사람들이 가장 불행해졌겠지."

"내게 운전을 가르쳐주었던 사촌형은 이렇게 말했지. '초보 시절엔 중앙선에 가깝게 붙어서 운전하는 게 나아. 옆이나 뒤에서 나란히 달리고 있는 운전자들보다 반대쪽에서 달려오는 자들이 자신의 삶을 더 사랑하고 죽음을 더 두려워하니까.' 형의 말이 맞는 것 같아. 나를 앞질러 달려간 자들은 항상 내가 도달하려는 세계를 망쳐놓고 있어."

"오늘 아침에만 적어도 다섯 건의 로드킬을 보았어. 야생동물들은 자동차 도로를 만나면 따라 걷는 게 아니라 가로질러 달리고 싶은 충동에 사로잡히는 것 같아."

"만약 사슴하고 고슴도치가 동시에 도로로 뛰어든다면 당신은 어떤 걸 피하고 어떤 걸 짓뭉갤 수 있을 것 같아? 토끼하고 고슴도치라면? 어느 것과 마주치든지 선택을 머뭇거렸다간 더 큰 위험과 맞닥뜨리게 될 거야. 그런 면에서 최대제한속도나 최소안전거리는 그 사회의 관용의 정도를 측정하는 지표 같단 말이야."

익숙해지는 순간 위험이 태어난다. 자동차를 운전하는 나를 위태롭게 만드는 것은 법규를 어기면서 달려오는 자동차들이나 그것들을 뒤쫓는 경찰이 아니고, 혼란스러운 교통신호나 감시 카메라도 아니며, 도로의 갓길에서 엄지손가락을 흔들고 있는 흑인이나 백인도, 도로로 불쑥 뛰어든 사슴이나 고슴도치도 결코 아니다. 처음엔 도로의 차선과 신호를 숨기고 그다음엔 자동차 안팎의 풍경을 뒤섞더니 마침내 운전석을 소파로 착각하게 만드는 몽상이야말로 내겐 가장 치명적인 위험이다. 브뤼셀에서 몽스로 이어지는 19번 도로 위를 고작 시속 팔십 킬로미터로 달리다가 두 번씩이나, 마치 음속으로 날아가는 전투기의 조종사들이나 경험하는 블랙아웃 증상처럼, 갑자기 무중력과 무호흡 상태에 빠져들었는데, 한 번은 가로수를 들이받는 방법으로, 또 한 번은 중앙선을 가로질러 반대편의 밀밭에 추락하는 방법으로 간신히 목숨을 건질 수 있었다. 심적 충격도 막심했지만 경찰과 보험사의 도움 없이 사고를 처리하느라 금전적 피해는 더욱 컸다. 사고 경위를 추궁하는 아내 앞에서 나는 알츠하이머병을 앓고 있는 노인처럼 무력감을 느끼지 않을 수 없었다.—나중에 직장 동료로부터 몽유병(Sleepwalking)처럼 몽상병(Sleepthinking)도 있다는 이야기를 전해 들었다.*—그뒤부터 아내는 직접 호송차를 운전하여 나를 매일 초콜릿 공장까지 출퇴근시켰다. 죄수는 바늘방석 같은 조수석에 앉아 고해성사를 반복하고 갱생을 다짐했지만 그때마다 간수는 카 오디오의 볼륨을 높이거나 신경질적으로 경적을 울리다가 갑자기 속도와 방향을 바꾸면서 각자가 겪고 있는 불행을 끊임없이 상기시킬 따름이었다.

가끔 시시포스의 바위보다도 더 묵직한 통증이 관자놀이 부근

---

* 한나 아렌트는 『예루살렘의 아이히만』(한길사, 2006)이라는 책에서 스페인의 철학자 호세 오르테가 이 가세트(José Ortega y Gasset, 1883~1955)의 문장을 인용한다.

에 박혀서 일어날 수 없는 날이면 아내는 하는 수 없이 자동차 열쇠와 헤비메탈 음반을 유산처럼 넘겨주면서 상속자의 의무 조항들에 대해 장황하게 설명하였다. 그러면 나는 평소보다 일찍 집을 나서야 했고, 창문을 반쯤 열어젖힌 다음 헤비메탈의 볼륨을 차창 밖의 소음과 같은 수준으로 맞추어야 했으며, 화물열차처럼 이 차선에 늘어선 트럭들 사이에 끼어 달리면서 속도와 거리의 미세한 균형을 유지해야 했다. 몽상의 안개가 실내로 틈입했다고 판단되었을 땐 아내가 미리 준비해준 라임 조각을 씹었다. 그러면 적어도 반경 오 킬로미터 정도의 세계는 잠시나마 선명해졌다. 그런 방법 덕분에 유럽에서의 갱생은 순조롭게 진행되는 듯하였다. 적어도 어느 날 저녁 그 소녀의 엄지손가락이 내 자동차를 멈춰 세우기 직전까지는. 파국의 전조는 전혀 없었다. 나의 자동차는 트럭들 사이에 끼어 도로를 북쪽으로 밀어내고 있었다. 그러다가 앞선 트럭 한 대가 갑자기 일 차선으로 옮겨가자 흰고래 같은 시공간이 전방에 드러났고 나는 포경선을 전속력으로 항진시키며 그것을 뒤쫓았다. 하지만 그것은 곧 도로 아래로 자취를 감췄고 마지막 윤슬이 닿은 갓길에서 아시아계 소녀가, 마치 그 고래의 주인인 양 우아하게 엄지손가락을 들어 보이며 서 있었다. 헤비메탈의 거친 기타 리프와 찬바람이 유지해주는 현실 안에 한껏 웅크리면서 나는 흑인이나 백인도 아니고, 외간 여자나 아내도 아니고, 사슴이나 고슴도치도 아닌, 그저 그렇고 그런 소녀의 공포와 권태 따윈 거들떠보지 않은 채 지나치려고 했다. 하지만 거대한 힘—관성력과는 정확히 반대되는 개념의—에 붙들려 자동차는 속도와 거리의 균형을 급격히 잃더니 끝내 갓길에 멈춰 서고 말았다. 주머니를 더듬어 인류애를 증명할 수 있을 만큼의 동전을 찾아낼 겨를도 없었다. 소녀는 시속 삼십 킬로미터가 넘으면 안에서 저절로 잠기는 자동차 문을 밖에서 간단히 열더니 조수석에 앉아 안전벨트를 매는 게 아닌가.

집 앞이나 길가에 세워져 있는 빈 자동차를 옮겨다니면서 밤 동안 추위와 범죄를 피하는 사람들이 있지요. 그리고 그들에게 일종의 숙박료를 받고 자동차의 문을 열어주는 사람들도 있고요. 예전엔 만능열쇠 하나면 거의 모든 자동차들 안으로 쉽게 숨어 들어가서 공짜로 잠자리를 이용할 수 있었다는데, 요즘은 리모컨으로 문이 열리고 경보장치나 블랙박스가 실내에 설치된 자동차들이 많아서 예민한 전문가들의 도움이 필요하게 되었지요. 그들은 겉모습만 대충 훑어보아도 자동차 안에 설치되어 있는 장치들을 완벽히 간파해낼 수 있어요. 게다가 자신이 관할하고 있는 구역의 자동차들과 운전자들의 성향에 대해 자세하게 파악하고 있어서 한밤중에 무례하게 투숙객들을 깨우며 급히 대피시키는 일은 거의 없지요. 마음만 먹으면 수백 대의 자동차들을 훔쳐서 이웃나라에 장물로 팔아넘기고 부자가 될 수도 있을 테지만 그들의 직업윤리는 결코 자동차 주인에게 손해를 입히지 않아요. 그래서 투숙객들은 그들의 허락 없이 실내에서 히터나 전등이나 라디오를 켤 수가 없지요. 담배를 피우거나 음식을 먹어서도 안 되고, 마약 주사를 맞거나 사랑을 나누어서도 안 되죠. 애완동물들은 반드시 밖에 묶어두어야 해요. 신분을 확인하고 소지품을 검사하고 보증금까지 요구하는 전문가들도 있다고 들었어요. 저도 한때는 그들 밑에서 잔심부름을 하기도 했지요. 하지만 마약에 취한 투숙객 한 명이 규칙을 어기고 실내에서 담배를 피우다 자동차와 함께 불탄 뒤부터 더이상 그 일을 할 수 없게 되었지요.

그 소녀 특유의 말투와 억양을 단 한 단락만이라도 이 소설에 고스란히 옮길 수만 있다면 그녀의 정체를 알고 있는 누군가와 연락이 닿을 수도 있을 텐데. 내가 이런 소설을 쓰게 될 줄 미리 알았더라면 한번쯤은 옷 속에 녹음기를 숨긴 채 그 소녀의 이야기를 들었을 것이다. 하지만 그 소녀 역시 상대의 겉모습만 대충 훑어보아도 그의 불순한 음모를 완벽히 간파해내는 능력을 지닌 것 같았다. 나에게서 평소와 다른 반응을 감지하는 즉시 소녀는 이야기를 멈추었다. 게다가 시속 삼십 킬로미터의 속도를 넘어 자동차 문이 저절로 안에서 잠긴 다음에야 비로소 소녀는 이야기를 시작하였고, 자칫 최대제한속도나 최소안전거리를 벗어나기라도 하면 이야기를 멈추었기 때문에, 마그네틱 카세트테이프처럼 밀려오는 도로의 요철에 맞춰 속도와 방향을 예민하게 유지해야 했다. 하지만 예고도 없이 이야기는 끝났고 소녀는 완전히 사라졌다. 그리고 나는 지금 알츠하이머병을 앓고 있는 노인처럼 무력감 속에서 그 소녀의 외양이라도 기억해내려고 애쓰고 있다. 하긴 내일의 희망은커녕 오늘의 위안조차 지닐 수 없는 불법체류자들은 항상 보호색을 띤 채 어둡고 습하고 비좁은 틈새에 숨기 때문에 그들을 기억하는 건 결코 쉬운 일이 아닐 것이다. 그 대신 목소리나 냄새, 표정처럼 결코 글로 옮길 수 없는 특징만큼은 분명하게 기억난다. 하긴 붓나팽 분셍이라는 태국 출신의 불법체류자가 브뤼셀의 다락방에서 태국어로 쓴 소설은 세상 어느 곳에서도 출판될 리 없고, 다만 벨몽 붓나팽이라는 태국 출신의 입양아가 프랑스어로 쓴 소설만이 벨기에의 남부에서 출판될 가능성이 있기 때문에, 설령 그 소녀를 애써 태국어로 재현해낸다고 한들 프랑스어로 번역하는 과정에서 그 특징들은 거의 모두 거세될 터이니, 당신의 독서에는 별 도움이 되지 않을 것이다. 어쩌면 소설이라는 도구는 인간 군상 속에 매몰되어 있는 개인을 입체적으로 발굴해내는 흙손이 아니라 오히려 그 반대로 입체적 개인을 평면에 눌러 인간 군상 속에 숨기는 압착기인지도 모르겠다. 그 소녀에 대해 더욱 자세하게 묘사하고 사건의 개연성을 더욱 치밀하게 다듬을수록 당신은 이 소설의 작위성을 더욱 비난할 게 분명하다. 생각이 여기에 이르자 나는 더이상 종이 속에 물과 불을 담으려는 시도를 포기하기로 마음먹었다. 그래도 나는 그 소녀가 오랜 준법생활 끝에 벨기에 정부로부터 정식으로 체류 허가증을 받게 되리라고 확신한다. 그래서 합법적인 직장도 구하고 결혼하여 아이도 낳아 키우다가 연금을 받는 나이까지 늙어갈 것이며, 죽음에 앞서 자신의 삶을 언어와 몸짓으로 반추하는 순간이 있을 것이라고 기대한다. 그때 잠깐 누군가의 머릿속에서 벨몽 붓나팽의 소설이 유성처럼 반짝일지 누가 알겠는가.

저녁에 출근하자마자 나는 샌드위치 절반으로 요기하고 푸른색 작업복으로 갈아입는다. 그리고 자재 창고와 생산 라인을 오가면서 하루 생산량만큼의 재료들을 어깨에 메고 옮긴다. 잠시 땀을 식히면서 담배 한 대를 피운 다음 가마솥에 초콜릿 덩어리와 팜유와 설탕과 저질 탈지분유를 함께 넣고 주걱으로 저으면서 한 시간가량 약한 불로 끓인다. 사장이 다가와서 성분과 배합 비율을 알 수 없는 첨가물을 집어넣고 지나가면 나는 다시 재료들을 반시간 동안 젓고 정육면체의 틀에 붓는다. 이렇게 해서 사장은 한덩어리의 고급 초콜릿 원료로부터 세 덩어리의 저급 초콜릿 상품을 만들어내는 것이다. 대부분의 생산공정이 사람의 손으로 진행되기 때문에 우리가 만든 초콜릿도 당연히 벨기에산 수제 초콜릿으로 분류될 수 있다. 다만 우리의 상품이 아무런 포장 없이 아랍계 제과점으로 배달된다는 사실과, 특별한 추억을 담으려는 목적보다는 평범한 일상의 구색을 맞추기 위해 소모된다는 사실만이 특이할 뿐이다. 반죽이 단단하게 굳기를 기다리면서 남은 샌드위치 절반과 담배 한 대를 소비한다. 이 톤 분량의 초콜릿 덩어리를 냉장고에 차곡차곡 쌓아올리고 나면 비로소 정상적인 유럽인들을 위한 아침이 시작된다. 푸른 작업복을 벗고 손과 얼굴을 씻은 직원들이 사장의 책상 앞에 줄을 서면 사장은 그들에게 동일한 금액의 일당을 나누어준다. 그때 고용 연장 여부가 결정되기 때문에 무례하게 해석될 수 있는 언행은 일절 삼가야 한다. 소지품 속에서 초콜릿 조각이라도 발견된다면 온전한 일당마저 받을 수 없다. 무사히 내일의 노동을 보장받은 자들은 곧장 공장을 떠나지 않고 주변을 서성거리며 영원히 이별해야 하는 자들과 담배 한 대를 나누어 피운다. 운전석에 앉아 시동을 걸 때마다 허기와 피곤이 귀가를 종용하지만 나의 자동차는 안전한 곳에 이르기도 전에 소녀의 엄지손가락에 붙들려 무기력하게 멈춰 선다. 그러면 소녀의 이야기에 적합한 속도와 방향을 유지하느라 집에 도착하는 시간은 평소보다 한 시간가량 늦어지곤 하였다.

소녀는 미얀마를 탈출하는 과정에서 오른쪽 다리를 다친 뒤로 절룩거리게 되었다. 그러니까 다리 하나를 지불하고 자유를 얻은 셈이다. 하지만 자유를 유지하기 위해선 노동이 필요한데 불편한 다리는 노동에 부적합했으므로 자연히 소녀의 자유는 위태로웠다. 더욱이 보편적 세계사로부터 격리된 곳에서 태어나 자본주의식 경쟁에 유용한 지식과 경험을 거의 갖추지 못하고 있기 때문에, 소녀에게 유럽은 특이한 공포증을 주입하기에 충분할 만큼 모호했다. 그래도 벨기에 정부로부터 제공받은 임시 거처와 적응 교육 덕분에 소녀는 이탈리아 식당에서 하루에 여덟 시간씩 허드렛일을 할 수 있었다. 동료들에 비해 턱없이 낮은 월급을 받았지만, 체류 허가증을 취득하게 되면 상황이 나아질 것이라 믿고 소녀는 묵묵히 견뎠다. 나치는 노동만이 스스로를 자유롭게 만들 수 있다고 선전했지만, 정작 아우슈비츠 수용소에서 노동으로 자유를 찾은 자들은 거의 없었다. 그래서 유럽인들은 나치를 준엄하게 단죄한 뒤부터 자유만이 스스로를 노동하게 만든다고 배웠다. 명민한 소녀가 그 교훈을 스스로 깨닫는 데는 그다지 많은 시간과 고통이 필요하진 않았다.

한때 벨기에도 유럽의 다른 나라들처럼 아프리카의 일부를 식민지로 점령하고 있었지요. 콩고는 벨기에보다 칠십 배나 넓은 나라였지만, 콩고 사람들은 아마도 벨기에를 프랑스나 영국 같은 강대국으로 착각했거나 유럽을 하나의 나라로 여겼던 것 같아요. 그래서 조직적으로 저항하지 못했죠. 그저 상아만 넘겨주면 백인들이 조용히 떠날 것이라고 기대했지만, 그곳에서 상아보다 더 값비싼 천연고무가 발견되면서 벨기에 국왕은 더욱 탐욕스러워졌지요. 그의 군인들은 콩고의 아이들과 여자들을 볼모로 잡고 남자들에게 양동이를 나누어주었지요. 그리고 할당량을 채우지 못하거나 저항한 자들은 그들의 눈앞에서 가족들의 손목이나 발목을 잘랐대요. 고작 이십여 년의 점령 기간 동안 콩고 전체 인구의 절반인 천만 명이 살해되었다고 하니, 아우슈비츠의 발명보다도 더 참혹한 비극이었죠. 그렇게 벌어들인 돈으로 벨기에 국왕은 자신의 딸보다도 어린 정부와 연애를 즐겼다고 하니, 히틀러의 여성혐오증에 오히려 감사해야 할 것 같아요. 벨기에 국왕과 어린 정부에게서 태어난 아들 중 한 명의 손이 기형이었다고 하는데, 호사가들은 이를 두고 붉은 고무의 저주라고 부른다지요. 혹시 테르뷰렌에 있는 왕립 중앙아프리카 박물관에 가보신 적이 있나요? 유감스럽게도 그곳에서 벨기에 국왕의 악행을 확인할 수 있는 자료를 발견할 순 없어요. 그곳을 찾은 후세에게 과거의 영광을 기억시키고 식민지 지배를 역사의 정당한 발전 과정으로 이해시키려는 자료들로만 가득 채워졌지요. 심지어 방문객들에게도 그런 논리를 제공하지요. 그래서 이탈리아 식당의 주인 부부는 가끔 저를 그곳으로 데려가서 마치 벨기에의 국왕처럼 협

박했지요. 열심히 일하지 않으면 제 남은 다리 하나마저 쓸모없게 만들어버리겠다고. 반년이나 월급이 밀렸는데도 항의하지 못했어요. 그러고는 그 부부에게서 사내아이가 태어나자마자 곧바로 해고되었지요. 하지만 붉은 고무의 저주가 그 아이에게 노동만이 인간을 자유롭게 만든다고 가르치는 걸 원하진 않았어요.

편두통의 저주에서 깨어난 아내는 운전석에 앉아서 시동을 켠 채 내가 출근 준비를 마치길 기다렸다. 그러다가 글로브 박스 속에서 헤비메탈 음반을 발견하고는 나를 매처럼 쏘아보았다.

"당신은 정말 구제불능이야."

내가 조수석의 안전벨트를 매기도 전에 자동차를 출발시킨 아내는 시디를 카 오디오에 집어넣고 볼륨을 끝까지 올렸다. 헤비메탈의 기타와 드럼 소리는 자동차를 절반씩 분리시켰는데 아내가 도로를 소모하는 데에만 집중한 반면 나는 소모된 도로를 복원하는 데에만 온통 신경을 쏟았다. 그때 갓길에서 엄지손가락을 들고 있는 소녀가 보였다. 하지만 그 소녀의 충직한 애완견 같던 나의 자동차는 조금도 머뭇거리지 않은 채 아우슈비츠의 철조망을 통과하던 고압 전류처럼 맹렬하게 소녀 앞을 지나치는 게 아닌가. 자신의 몸 앞에 갑자기 생겨난 진공의 구덩이로 몸이 빨려들어 소녀는 하마터면 자동차 바퀴 아래에서 고슴도치처럼 터질 뻔하였다. 사이드 미러 속에서 작아지는 소녀를 확인하고 안도하고 있을 때 아내가 소리의 장벽을 걷으며 말했다.

"도로에서 집시나 아시아인들을 태워줘선 절대 안 돼. 특히 저런 소녀들을 조심해야 한다고. 자칫 오해받을 짓을 했다간 어마어마한 합의금을 뜯기고 말 거야. 저런 애들 뒤에는 늘 나쁜 어른들이 숨어 있기 마련이거든."

아내가 말한 나쁜 어른이 마치 나 자신인 것만 같아 아내와 소녀에게 동시에 미안해졌다. 소녀의 마른 엄지손가락이 불편한 오른쪽 다리를 대체해주지 못한다면 그 밤은 소녀에게 저녁식사와 잠자리를 허락하지 않을 것 같았다. 운전자가 미처 문을 잠그지 않고 갓길에 세워놓은 자동차를 운좋게 발견하기를 소망할 뿐. 그리고 내일 아침 퇴근길에 소녀의 건재함을 확인할 수 있다면 적어도 하루 분량의 죄책감을 덜어낼 수 있으리라.

"또 내 말 안 들었지?"

아내는 다시 소리의 장벽을 쌓아올리며 최대제한속도를 넘겨 달리기 시작했다. 블랙아웃의 위험 속에서도 나는 아내에게서 자유인의 표식과도 같은 자동차 열쇠를 빼앗을 방법을 궁리하였다. 멀리서 초콜릿 공장이 나타나자 나의 혀는 뇌의 명령 없이 움직이며, 내일부터 두 명의 동료들을 태우고 함께 출퇴근하기로 했기 때문에 더이상 호송차를 운전할 필요가 없다고 아내에게 말했다.

"그들도 우리처럼 이웃의 관심이 불편한 사람들이니까, 차비는 서운하지 않게 챙겨주겠다고 약속했어."

예상과는 달리 나의 어눌한 거짓말에 아내가 속자 나는 적이 당황했다. 마침내 정상적인 유럽인들의 생활방식대로 살 수 있게 되었다는 사실에 아내가 감격한 것일까. 그래서인지 다음날 아침 아내는 평소보다 일찍 공장에 도착하여 마치 은퇴를 앞두고 마지막

운행에 나선 조종사처럼 웅숭깊은 시선으로 공장 주변을 오랫동안 둘러보더니 휴대전화로 기념사진 몇 장을 남겼다. 그러고는 나를 태우고 시속 백 킬로미터 이하의 속도로 달리면서, 헤비메탈의 장벽도 없이 차창 밖의 계절을 감상하였다. 그러느라 아내는 소녀의 엄지손가락을 미처 발견하지 못하였고 나는 그 소녀의 실뚱머룩한 표정으로부터 지난밤의 상황을 대강 짐작할 수 있었다.

그 이후로 반년 동안 내가 저녁에 출근하는 방향으로 소녀는 퇴근했고, 내가 아침에 퇴근하는 방향으로 소녀는 출근했다. 어디서 누구와 함께 살고 어떤 일을 하는지 여러 번 물어보았으나 소녀는 끝내 대답하지 않았다. 여전히 불안정한 신분이었기 때문에 어느 누구도 완전히 믿을 수 없었으리라. 게다가 벨기에 국왕이 콩고에서 저지른 거대한 죄악과 이탈리아 부부에게서 얻은 상처가 그 소녀의 경계심을 벼리고 있는 게 분명했다.

소녀는 자신의 오른쪽 다리를 몽당연필이라고 불렀다. 소녀는 그 다리를 끌고 다니면서 유럽의 역사책에 밑줄을 긋고 편지나 일기에 그걸 옮긴다고 말했다. 걷지 않은 길은 그 소녀가 한 번도 읽지 못한 책들의 문장과도 같았다. 그렇다고 소녀에게 유럽의 모든 길과 책들이 필요한 건 결코 아니었다. 그저 단 한 줄의 문장을 완벽히 이해하는 것만으로도 소녀는 브뤼셀에서 몽스에 이르는 시간 동안 이야기를 멈추지 않고 들려줄 수 있었다. 아내가 그 소녀의 존재를 몰랐던 것처럼 나 역시 소녀가 들려준 이야기들의 출처를 전혀 알지 못했다. 책을 읽을 수 있을 만큼 안전한 밤이 희귀했을 그 소녀에게 독서란, 그저 우연히 발견한 광고 문구나 신문기사에서 시작하여 자신의 경험과 동료들의 이야기들을 뒤섞고 몽상으로 마무리 짓는 것이라고 생각했다. 그래서인지 소녀의 이야기는 전혀 귀에 설지 않았지만 그렇다고 딱히 원작을 떠올리는 것도 쉽지 않았다. 보편적 세계사로부터 완벽하게 격리되어 있는 곳에서 열다섯 살이 될 때까지 살았다는 사실을 감안한다면 의혹은 미궁에서 빠져나올 수 없었다. 하지만 아이로니컬하게도 그 미궁 덕분에 나는 훨씬 폭넓은 독서를 효율적으로 할 수 있었다.

타인과의 경쟁에 필요한 지식과 경험을 얻기 위해서 항상 독서가 권장되는 건 아니다. 이미 최대제한속도 이상으로 질주하고 있는 자본주의 체제에 짐짝처럼 실려가면서 한가롭게 독서를 하느라 한눈을 파는 사이 삶의 성패를 결정하는 중요한 신호를 자칫 지나칠 수도 있기 때문이다. 방콕에서 사는 동안 내가 신뢰한 지식과 경험은 순전히 대중매체나 인간관계를 통해 얻은 것들이었다. 일 년에 시사 잡지나 주식투자 가이드 서너 권쯤 읽는 게 고작이면서도, 훗날 사업에 크게 성공한다면 흔들의자가 있는 서재를 화려한 장정의 책들로 가득 채워놓고 자서전을 쓰겠다는 계획을 세우기도 하였다. 나의 초라한 독서 편력을 생각한다면, 이미 수백 년 전에 세상에 출간된 책들을 훑어보는 것만으로도 여생이 부족할 지경이었다. 하지만 나는 사업에서 실패했고 고작 시사 잡지나 주식투자 가이드 몇 권만을 챙겨 모국을 급히 떠나야 했다. 만약 내가 견고한 독서 습관을 지녔더라면 적어도 실패의 인과를 쉽게 이해하고 받아들일 수도 있지 않았을까. 책꽂이의 빈자리를 볼 때마다 영혼의 일부를 모국에 떼어두고 온 것 같아 씁쓸해졌다. 물론 인터넷 덕분에 언제라도 모국어로 된 뉴스와 저작물들을 읽을 수 있지만 목적과 출처가 모호한 정보들은 더욱 깊고 무거운 갈증을 일으킬 따름이었다.

조수석에 앉아서 소녀는 시사나 주식과 관련된 용어를 전혀 이해하지 못한 채 기계적으로 책들을 읽어갔기 때문에 마치 이미 오래전에 소멸해버린 외국어처럼 내게 들렸다. 그래서 처음엔 소녀가 더듬거린 용어의 발음을 고쳐주고 내용을 설명해주었으나, 소녀의 심드렁한 반응에 거듭 낙담하게 되자 나는 다시 위태로운 몽상 속으로 자동차를 몰았다. 결국 왼쪽 사이드 미러의 사각에서 갑자기 나타난 자동차를 피하다가 갓길 옆의 흙더미에 처박히는 사고가 일어나면서 운전중의 독서는 영원히 멈추었다. 소녀는 자신이 이해하지 못하는 책을 읽는 대신 자신이 명확하게 기억하는 이야기를 들려주기 시작했다. 그것은 『천일야화』를 유럽의 현실에 맞게 각색하고 태국어로 다시 번역한 판본이었다. 소녀는 자신의 이야기 속에 등장하는 인물과 배경은 물론이거니와 그것들 사이의 인과관계와 쓸모까지 완벽하게 이해하고 있었기 때문에 나의 몽상을 단숨에 제압할 수 있었다. 나는 진의가 의심될 때마다 문장부호를 찍듯 방향지시등을 켜고 차선을 바꾸면서 엉뚱한 질문을 해댔는데도 소녀는 이야기의 속도와 방향을 한결같이 유지하였다. 단 한 차례의 실수가 천일의 불면과 수고를 무위로 돌리고 자신과 가족들의 생명을 빼앗아갈 수 있다는 셰에라자드의 절박함이 꼭 이러하지 않았을까.

그리하여 어떤 날은 순전히 소녀의 이야기를 읽기 위해 운전을 했고 이야기의 결말을 듣기 위해 일부러 먼길을 돌아가느라 출퇴근 시간을 넘기기도 하였다. 아내는 나의 늦은 귀가를 불행의 전조로 여기고 자동차 열쇠를 돌려받을 적당한 때를 찾고 있었다. 하지만 퇴근한 뒤에도 이상한 열정에 사로잡혀 집안일을 스스로 해결하기 시작한 남편의 변화가 싫지만은 않은 것 같았다. 무슬림의 태교와 출산에 관한 이야기에 너무 심취한 나머지 소녀를 태운 채 룩셈부르크를 경유하여 평소보다 네 시간이나 늦게 귀가한 오후엔 마치 무쇠솥 속의 팥죽처럼 분노로 들끓고 있는 아내를 진정시키기 위해 또다시 거짓말을 해야 했다.

"알제리 출신의 동료가 오늘 출근하려다가 집 앞에서 경찰에게 붙잡혔대. 그래서 지난밤엔 부득이 공장 문을 닫고 직원들을 모두 외부에 숨겨야 했지. 미행을 당할까봐 집으로 곧장 돌아올 수도 없었어. 하지만 오늘 저녁엔 정상적으로 출근하라고 연락받았으니까 다행히 잘 해결된 것 같아. 미안해."

적절한 거짓말 덕분에 나는 느긋하게 정찬을 누릴 수 있었다. 그리고 출근을 위해 욕실에서 샤워를 하고 있을 때 벌거벗은 아내의 방문을 받았다. 나는 그저 한밤의 고슴도치처럼 웅크린 채 아내를 실은 몽마(夢魔)가 내 몸 위로 서둘러 지나가길 기다렸다. 우리가 목적지에 거의 도착했다고 생각할 무렵, 아내의 아랫배가 갑자기

부풀어오르는가 싶더니 단말마의 비명이 아내를 바닥에 쓰러뜨렸다. 젖은 머리카락에 실내복 차림으로 찾아온 환자를 한참 동안 살핀 의사는 산모에게 흔히 나타나는 현기증이라고 진단하였다.

임신진단 시약으로 제 몸의 상태를 다시 확인한 아내는 외출을 일절 삼가고 나의 출퇴근 따윈 신경쓰지도 않은 채 오로지 아이가 자신의 육신과 영혼 전체를 골고루 갉아먹으며 자랄 수 있도록 침대 위에 하루종일 누워서 지냈는데, 가끔은 마치 혼자만의 노력으로 얻어낸 횡재라도 되는 듯 나에게까지 배타적인 태도를 취함으로써 윤리성을 의심받은 적도 있었다. 하지만 아내의 무관심은 내가 유럽식 독서법에 더욱 열중할 수 있도록 도와주었고 자유가 스스로를 노동하게 만드는 나날이 지속되었다.

아내가 임신 삼십 주째 접어든 아침부터 나는 자동차 안에서 지린내와 향수 냄새를 맡기 시작하였다. 그래서 지난밤 내 자동차 안에서 일어났을지도 모를 사건들의 단서를 찾아보았다. 어느 날엔 바닥에 천조각과 낙엽이 떨어져 있었다. 어느 날엔 운전석 의자와 룸 미러의 각도가 미세하게 달라져 있었고 카 오디오의 볼륨도 평소보다 낮게 맞춰져 있었다. 히터에서 갑작스레 쏟아져나오는 뜨거운 바람에 놀라 하마터면 운전대를 놓칠 뻔한 적도 있었고, 뒷자리에 던져둔 담뱃갑이 트렁크 안에서 빈 채로 발견되었다. 아내는 자동차를 마치 독주나 마약처럼 여기고 병적으로 멀리하고 있었으므로, 정체를 알 수 없는 자들이 내 자동차로 은밀하게 드나들고 있다는 확신을 갖게 되었다. 그래서 나는 공장 앞에 자동차를 세우고 문틈마다 머리카락을 걸쳐 붙여놓았는데 다음날 아침에 확인해보니 머리카락들은 모두 끊어져 있었다. 이로써 주인 몰래 자동차 문을 열어주고 숙박료를 챙긴다는 전문가들과 그들의 고객에 대한 이야기를 믿지 않을 수 없게 되었다. 하지만 만약 주인에게 발각되었다는 사실을 알게 된다면 그들은 자신의 알리바이를 증명하기 위해서라도 자동차를 훔치거나 불태울 우려가 있었으므로, 게다가 그들은 자동차 주인이 불법체류자 신분인 이상 경찰에 쉽게 신고할 수 없다는 사실을 잘 알고 있었으므로, 나는 경보장치와 블랙박스를 즉각 설치하지는 않았다. 대신 자동차 안 곳곳에 그것들의 카탈로그를 놓아두어, 주인이 곧 적절한 조치를 취할 것이니 범법자로 낙인찍히지 않으려면 이쯤에서 그만두는 게 좋겠다는 메시지를 남겼다. 그랬더니 그 다음날부터 지린내와 향수 냄새가 사라졌다.

자동차에 오르려는 순간 경보음이 울리자 소녀는 힘없이 웃었다. 그리고 초콜릿 공장이 전방에 나타날 때까지 사이드 미러 속으로 사라지는 풍경들만을 들여다볼 뿐 아무런 말도 하지 않았다. 자동차가 멈추자 소녀는 나를 쏘아보며 비로소 입을 열었다.

"당신도 유럽의 인종차별주의자처럼 그들을 추방시켰군요. 그들이 당신에게 큰 손해를 끼친 것도 아닌데 말이에요. 오히려 그들은 숨어서 당신을 돕고 있었을지도 몰라요. 비록 숙박료를 당신과 나누진 않지만, 자동차를 점검하고 간단한 수리 정도는 당신 몰래 했을 수도 있으니까요. 당신이 추방한 사람들 중엔 초콜릿 공장에서 어제 해고된 당신의 동료들도 있었을 거예요. 그리고 다음엔 당신의 차례가 되겠죠."

다음날에 만난 소녀는 멕시코에 산다는 거미여인에 대한 이야기를 들려주었다. 그게 소녀의 마지막이자 천번째쯤 되는 이야기였다.

거미여인은 세상의 모든 곳에서 출발한 여행객들을 자신의 거처로 불러들인다. 침실 한가운데 놓인 흔들의자에 앉아서 그녀는 그들의 이야기를 조용히 듣는다. 그리고 몇 개의 인상적인 단어들은 직접 소리를 내어 뇌까린다. 그러면 놀랍게도 그 소리의 씨앗들 속에서 생명과 사물들이 태어난다. 생명이 있는 것들은 그녀 주위로 모여들고, 사물들은 그 증인들을 대신 보낸다. 물론 거미여인이 모든 생명과 사물을 창조하기만 하고 파괴하지 않는다면 그녀의 상상력은 전 우주적 재앙이 되었을 것이다. 하지만 주기적으로 찾아오는 두통 때문에 거미여인은 자신이 이미 상상했던 것들의 일부를 다시 상상해야 했는데, 그런 교정과정이 지닌 모순 덕분에 존재와 공백이 영원히 균형을 유지할 수 있다고 소녀는 말했다.

거미여인 이야기를 들은 다음날 아침 아내는 침실에서 손가락 크기만한 거미를 발견하였다. 그리고 자신에게 거미공포증이 있다는 사실도 처음으로 알게 되었다. 방역회사를 불러 집안 전체를 소독했지만 효과는 오래가지 못했다. 큰비가 지나가자 집안 곳곳에서 수십 마리의 거미들이 발견되었다. 아내는 구급차에 실려 응급실을 다녀오기도 했다. 만약 아이가 예정일보다 하루라도 더 늦게 태어났더라면 나 역시 탈진하여 구급차에 실려갔을지도 모른다. 진통은 하루종일 계속되었다. 결국 나는 산모의 배를 갈라 아이를 꺼내자는 데 동의했다. 아이는 건강했지만 아내의 회복은 더뎠다. 그래서 나는 나흘 동안이나 초콜릿 공장에 출근할 수 없었다. 알제리 출신의 사장에게 전화로 일러두었지만 그의 호의가 진심을 내포하고 있지는 않은 것 같아서 나흘 내내 마음이 편하지 않았다. 게다가 불법체류중인 부모에게서 태어난 아이가 유럽의 합법적인 시민이 되기까지 얼마나 처절하게 투쟁해야 할지 상상하니 몸이 저절로 옹송그려졌다. 그때 갑자기 소녀의 말이 떠올랐다.

"상상이란 아주 위험한 화학물질이기 때문에 잘못 취급하면 돌이킬 수 없는 상황을 초래하지요. 당신도 곧 그 사실을 깨닫게 되겠지만, 그렇다고 달라지는 것도 없겠죠."

나흘 밤이 거의 끝나고 있을 무렵 사장으로부터 전화를 받고 나는 감격하였다. 그래서 평소 출근시간보다도 한 시간이나 일찍 집을 나섰는데 공장에 거의 도착할 무렵에야 소녀의 엄지손가락이 떠올랐다. 그래서 나는 오 년여의 준법생활을 단숨에 수포로 만들 수 있는 위험을 무릅쓴 채 불법 유턴을 하고 최대제한속도 이상으로 달렸다. 그리고 소녀가 늘 서 있던 도로의 갓길에 자동차를 세운 뒤 외부를 닦고 매트를 털고 실내를 환기시켰다. 휘파람까지 불면서 나는 비로소 유럽식 독서법의 미덕을 인정하게 되었다. 소녀에게 진심으로 사과하고 싶었다. 그리고 그녀가 보는 앞에서 기꺼이 경보장치를 떼어낼 작정이었다. 하지만 소녀는 나타나지 않았다. 혹시

내가 엉뚱한 곳에서 엉뚱한 시간에 그녀를 기다리고 있는 건 아닌지 의심되어 내비게이션과 시계를 연신 확인했지만 기억과 다른 점을 찾을 순 없었다. 나를 앞질러 달려간 자들이 더이상 내가 도달하려는 세계를 망쳐놓지 못하도록 나는 다시 최대제한속도 이상으로 달렸지만 출근시간보다 한 시간이나 늦게 도착한 나를 보자 사장은, 호의가 지나치면 독이 된다는 알제리 속담을 곱씹었다.

파국의 전날 아내는 아이가 잠든 틈을 타서 저녁식사를 준비했다. 마지못해 식탁 앞에 앉긴 했으나 러시아워의 도로 정체가 걱정되어 음식에 집중할 수 없었다. 게다가 내 옷에 밴 음식 냄새가, 어쩌면 오늘 저녁 출근길에 극적으로 다시 만나게 될 소녀의 이야기를 방해할 것 같아서 걱정되기도 했다. 하지만 출산 이후 거의 한 달 만에 재개된 아내와의 저녁식사를 미루거나 중지시킬 명분은 내게 없었다. 모국의 음식들이 그릇의 크기에 따라 원형 식탁에 대칭적으로 배치되고, 그날의 요리를 완성하는 음식 하나가 용의 눈동자처럼 중앙에 놓였다. 하지만 냄새나 형태가 너무 생경하여 나는 그 음식의 재료를 묻지 않을 수 없었다.

"고슴도치에 진흙을 발라서 구운 거야. 너무 퍽퍽하면 살사 소스를 뿌리고 야채나 토마토를 곁들여서 먹어봐."

그 순간 나는 고슴도치 공포증에 사로잡힌 사람처럼 연신 헛구역질을 해댔고 식탁 위에 놓인 모든 음식들을 쓰레기통에 쏟아부은 다음에야 겨우 진정할 수 있었다. 그러자 아내는 마치 잠에서 깨어난 듯 소리쳤다.

"난 분명 닭 요리를 준비하고 있었어. 서랍 속에 마트 영수증이 있을 거야. 내가 결코 미치지 않았다는 증거는 그것으로 충분해. 누군가 슬쩍 바꿔친 게 틀림없어. 난 고슴도치를 어떻게 요리하는지도 모른다고. 이게 다 코르티솔 때문에 일어난 일이겠지, 여보? 말 좀 해봐. 그걸 오래 복용하면 기억력을 해친다는 건 당신도 잘 알고 있잖아?"

아내의 비명에 잠을 깬 아이가 새되게 울기 시작했다. 하지만 출근시간에 쫓긴 나는 아내와 아이를 그 자리에 그대로 놔둔 채 자동차 시동을 걸어야 했다.

아내는 다음날 아침 내가 퇴근하기도 전에 형광색 포스트잇 한 장을 냉장고에 붙여놓고 아이와 함께 사라졌다. 그리고 설상가상으로 그날 저녁 집 앞에 세워둔 내 자동차마저 찾을 수 없었다. 하지만 나는 경찰을 곧장 찾지 않았다. 그 소녀에 대한 이야기를 장황하게 늘어놓는다고 한들 그들이 곧이곧대로 들을 리가 없기 때문이었다. 오히려 최초의 목격자가 가장 유력한 용의자라는 선입견에 따라 경찰들은 나의 신원을 조사할 것이고, 모국에다 숨겨놓은 죄악이 알려진다면 나는 그 자리에서 체포되어 아내와 아이를 찾아 나설 기회를 영원히 잃게 될 수도 있다. 초콜릿 공장의 동료들마저 파멸시키지 않으려면 더욱 신중하게 판단하고 행동해야 했다. 그래서 나는 일단 집안에 머물면서 아내로부터의 소식을 기다려보기로 했다.

조수석에 앉아서 퇴근하던 나는 도로의 갓길에 서서 엄지손가락을 치켜들고 있는 소녀를 발견한다. 그 소녀를 미처 발견하지 못한 아내는 그녀의 엄지손가락 아래를 지나치려는데, 내가 슬그머니 손을 뻗어 핸들을 내 쪽으로 힘껏 당긴다. 그러자 자동차가 갓길로 뛰어들고 소녀 위를 덮친다. 일 초쯤 지나자 오른쪽 바퀴 아래에서 물컹한 무엇이 터지면서 자동차가 크게 흔들린다.

"젠장. 또 고슴도치를 터뜨렸나봐."

아내는 아무렇지도 않게 말하며 속도와 방향을 조정하고 나는 집에 도착하자마자 고압분사기로 자동차 바퀴에 묻은 살점이며 핏자국을 불어내며 맥주를 마신다. 죄의식은 유럽인들의 발명품에 불과하고, 소녀 한 명 사라진다고 한들 인류가 통째로 휘발하는 것도 아니다. 게다가 유럽은 내 상상보다도 훨씬 넓고 모호하기 때문에 살인자를 찾아내는 게 쉽지 않을 것이다. 어디서든 나는 여전히 자유로울 것이고 그 자유가 스스로를 노동하게 할 것이다. 하지만 이런 몽상도 자동차와 직업이 사라진 내겐 더이상 자극적이지도, 오래 지속되지도 않았다.—자동차가 먼저 사라지고 그다음에 직업이 사라졌다.—오른쪽 다리를 저는 소녀가 정말로 내게서 자동차와 직업을 훔쳐간 것일까? 조수석에 앉아서 반년 동안 나를 관찰하는 것만으로 소녀는 운전 방법을 배웠을 수도 있고 내게서 추방당한 전문가의 도움을 받았을 수도 있다. 더 극적인 상상도 얼마든지 가능하다. 즉, 고무나무 수액의 할당량을 채우지 못해서 손발이 잘린 콩고 사람들의 이야기를 소녀로부터 전해 들은 거미여인이 세상의 모든 비극과 죄악을 없앨 목적으로 인간에게서 자동차와 직업을 없앤 것이라고 상상할 순 없을까. 자동차와 직업이 사라진다면 당연히 독서도 불가능해진다.

초콜릿 공장으로 출근하기 위해 나는 고속도로 입구까지 걸어나가 엄지손가락을 치켜들어보았지만 단 한 대의 자동차도 멈춰 세울 수 없었다. 유럽의 운전자들은 엄지손가락을 치켜들고 있는 태국인 앞을 그냥 지나쳤을 경우 어떤 일이 일어나는지 이미 알고 있거나, 아니면 전혀 모르고 있는 것 같았다. 그래서 나는 한두 시간가량 서성거리다가 러시아워가 끝날 무렵 집으로 돌아와야 했다. 닷새째 되던 날 드디어 자동차 한 대를 멈춰 세우긴 했으나, 빈약한 독서 편력과 불완전한 언어 때문에 운전자의 인내심을 오래 유지시킬 수 없었다. 결국 고속도로 한복판에 버려진 나는 집으로 돌아가기 위해 도로를 가로지르다가 유성처럼 달려드는 자동차의 앞바퀴에 하마터면 짓눌려 터질 뻔했다.

이제 나의 비극에서 당신은 다음과 같은 교훈을 얻어야 한다. 첫째, 운전중에 책을 읽는 것은 대단히 위험하다. 그러므로 만약 경찰이 아닌 낯선 이가 도로의 갓길에 서서 엄지손가락을 치켜든 채 당신에게 독서를 권한다면, 결코 자동차를 멈춰 세우거나 방향을 바꾸어서는 안 되며 관성력과도 같은 체념의 힘으로 가능한 한 멀리까지 나아가야 한다. 둘째, 운전중에 읽은 책의 내용을 누군가에게 이야기하는 것도 대단히 위험하다. 운전과 독서는 시공간과 죽살이의 경계를 왜곡하기 때문에 작가와 독자, 등장인물들 사이의 난삽

한 관계를 정의하거나 통제할 수 없다. 인과율이 사라진 현실은 더 이상 당신을 필요로 하지 않는다. 셋째, 운전중에 읽은 책의 내용을 어쩔 수 없이 누군가에게 이야기하였다면 반드시 그것을 기록해두어야 한다. 운전과 독서는 어리석은 자들을 오만하게 만들어 운전대와 브레이크가 달린 책, 또는 낭독으로 속도와 방향을 제어하는 자동차를 발명해낼 위험성이 있으므로 이를 방지하기 위해선 명확한 지침을 문자와 이미지로 단단히 새겨두어야 한다. 유럽처럼 모호한 시공간에서는 기록의 중요성을 아무리 강조해도 지나치지 않는다.

이 소설의 목적지에 이르러 나는 그 소녀의 목소리나 냄새, 표정이라도 당신에게 말해주는 게 좋겠다고 생각하여 첫 문장부터 여러 번 반복해서 읽어보았지만, 독서가 거듭될수록 소녀는 아내에서 아이로, 그다음엔 거미로 변해가더니 나중엔 검고 작은 돌멩이의 모습에 수렴되었다. 그리고 당신의 얼굴이 어쩐지 나와 닮아 있을 것이라는 몽상이 안개처럼 밀려들었다. 그러니 이것은 소설이 아니라 차라리 청동거울에 가까울지도 모른다.

| 작가노트 |

콜라와 맥주의 대위법

콜라는 태양신 아폴론을 숭배하고 맥주는 달의 여신 셀레네를 사모한다. 콜라는 한낮의 나른함을 다스리고 맥주는 한밤의 피곤함을 누그러뜨린다. 콜라는 잠을 깨우지만 맥주는 꿈을 늘린다. 콜라는 행동을 기획하고 맥주는 기억을 자극한다. 침묵의 바위를 뚫기 위해 콜라는 혀를, 맥주는 목구멍을 열광시킨다. 콜라가 아폴론적 사유에 어울린다면 맥주는 디오니소스적 상상을 이끈다. 콜라는 잎에서, 맥주는 열매에서 태어나지만 역설적이게도 콜라에선 동전의 경쾌한 소리가 배어나고 맥주는 오래된 지폐의 냄새 속에서 익는다. 콜라는 책을 읽고 맥주는 텔레비전을 본다. 콜라의 탄산가스가 소화를 돕는다면 맥주의 그것은 대화를 돕는다. 콜라는 위선으로 독을 숨기고 맥주는 독으로 위선을 숨긴다. 콜라는 사람들을 방으로 밀어넣지만 맥주는 방에 갇힌 사람들을 광장으로 불러모

은다. 마지막 한 모금까지 콜라는 달콤한 맛을 남기지만 맥주에는 첫맛뿐이다. 콜라는 탐욕스런 연금술사가 비밀 공장에서 만들어 퍼뜨리지만 맥주는 문맹자의 주방에서도 쉽게 만들어진다. 금주법이 콜라를 발명하고 조세법이 맥주를 보급했다. 콜라는 만날 때의 인사를 준비시키고 맥주는 헤어질 때의 인사말을 발명해낸다. 콜라는 시계의 배터리이고 맥주는 휴대전화의 액정이다. 콜라는 여행자들에게 충동을 주입시키지만 맥주는 거주자들에게 습관을 재갈처럼 물린다. 콜라는 삼키고 맥주는 마신다. 콜라에선 래퍼들의 울분이 느껴지고 맥주에선 재즈 뮤지션들의 우울이 씹힌다. 콜라는 어른들을 아이들로 만들고 맥주는 아이들을 어른들로 변신시킨다. 콜라는 뼈에 작용하고 맥주는 살에 작용한다. 굴욕의 역사에 숨어 콜라가 수입되고 혁명의 역사를 타고 맥주가 귀환한다. 콜라를 흘린 자국에선 얼룩이 자라나고 맥주가 스민 자리에선 무늬가 번진다. 콜라는 빨리 마실수록, 맥주는 느리게 마실수록 갈증에 유리하다.

가령 당신이 미국 애틀랜타의 거리를 걷다가 갈증을 느낀다. 다행히 가까운 곳에서 드럭스토어를 발견하고 뛸듯이 기뻐한다. 금발의 점원 앞에서 주머니의 동전을 만지작거리면서 무엇을 주문해야 할지 고민할 때, 당신은 그곳에 코카콜라의 본사가 있다는 걸 한 번쯤은 기억해야 한다. 그리고 코카콜라가 금주법의 산물이라는 사실에 안도해야 한다.

만약 당신이 브뤼셀의 거리를 걷다가 또다시 갈증을 느끼고 노천카페로 들어갔다면, 당연히 당신은 이 나라에서 오백여 종류 이상의 맥주가 생산되고 있다는 사실을 간과해서는 안 된다. 더욱이 이 나라가 고작 한국의 경상도 크기에 불과하다는 사실까지 떠올린다면, 당신이 무심코 걸어간 삼십 분 동안 적어도 한 종류의 진기한 맥주를 마실 기회를 잃게 되는 것이 분명하다.

혹시 당신이 지금 메뉴판을 받아들고 있고, 알고 있는 맥주라곤 호가든이나 레페밖에 없다면, 당신의 현학을 내세우지 말고, 당장 트라피스트 맥주를 주문하길 권한다. 수도원의 수도사들이 신의 공식 허가를 받아 발명한 것이라 풍미가 깊다.―그리고 그것은 프랑스 혁명의 산물이기도 하므로 역사적 공인을 받았다고도 말할 수 있다.―그걸 한 잔 들이켜고 나면, 왜 신적 존재가 인간에게 끊임없이 갈증을 일으키는지 이해하게 되는 순간도 있을 것이다. 단, 트라피스트 맥주를 마시려거든 운전은 애당초 포기하는 게 좋다. 베스트블레테렌의 알코올 도수는 무려 십이 도에 이르러서 그걸 들이켜는 순간 인간이 다닐 수 있는 길과 도덕을 모두 지운다. 허위는 잠이 들고 진실이 잠시 깨어난다.

자동차 없이는 어디에도 갈 수 없는 이곳에서, 노천카페 어느 곳에서도 매혹적인 맥주를 팔고 있다는 아이러니. 이게 탄탈로스의 고통이기도 하다.

김솔식 소설법

노태훈

소설가의 오래된 꿈 중 하나는 '경계'를 지우는 것이다. 작가와 독자 또는 허구와 현실을 구분지을 필요 없이, 국적과 언어와 인종을 넘어서, 소설을 구성하는 그 모든 것의 한계에 구애받지 않고 오로지 소설 그 자체로만 남는, '무경계의 텍스트'를 만드는 것. 포스트모더니즘의 이름을 달고, 혹은 메타픽션이라는 형식으로 얼마나 많은 작가들이 보르헤스의 후예가 되고자 했나. 이제 우리는 그 끝자락에 김솔이라는 이름을 새겨넣어야 할 것 같다. 새겨넣되 이 작가의 방식을 손쉽게 명명하려 시도하지는 말자. 그는 서사를 '해체'할 생각도 없고, '소설가 소설'을 쓸 생각도 없어 보이니까. 굳이 말하자면 '소설의 소설'을 쓴다고 해야 할까.

김솔은 확실히 알고 있다. 소설이라는 장르가 가진 여러 경계를 허무는 방법은 오직 소설 내적으로만 가능하다는 사실을, 그리고 단순한 형식적 실험으로는 불가능하며, 결국 소설은 '이야기'라는 명제를 인정해야만 함을 말이다. 그러므로 "유럽식 독서법"이라는 소설의 제목은 여러모로 김솔의 의도를 정확하게 보여준다. 이 작품은 꽤나 새로운 방식의 '소설'이면서 동시에 너무도 낯익은 종류의 '이야기'이다.

기본적으로 이 소설은 한 소녀에 관한 이야기이지만, 화자의 말을 빌리자면 소설의 목적은 "유럽에 대한 당신의 이해와 적응을 돕기 위함"(189쪽)이다. 하나이면서 여럿이고 또 여럿이면서 하나인, 언어와 인종, 불법과 합법이 마구 뒤섞이는 유럽이라는 시공간은 모호하고, 혼종적이다. 김솔은 이 공간을 교묘히 소설이라는 장르와 겹쳐 보이게 만드는데, 그것은 다시 '운전'이라는, 어떤 곳을 출발해 도착지까지 질주하는 모습과도 연결된다. 이때 독서는 인과를 해독해낼 수 없는 차창밖 풍경처럼, 믿을 수 없는, 그래서 차라리 기괴한 행위가 된다. 이 차에 올라탄 우리가 할 수 있는 일이란 "자신의 내부에 잠시 드러나는 인상과 감정"(190쪽)만을 따라 결말에 도달하는 것이다. 물론 우리는 언제든지 중간에 내릴 수 있고, 달리던 차가 방향을 잃고 곤두박질칠 수도 있다. 그러므로 중요한 것은 "이야기에 적합한 속도와 방향을 유지"(205쪽)하는 일이며, 그것은 온전히 이야기 자체의 매력으로부터 온다.

이 소설을 설명해야 한다면 "발견"이라는 단어를 제시할 수밖에 없을 것 같다.[1] 오 년 전 벨기에로 이주해 불법체류자로 살아가던

---

1) 흔히 창조(creation)와 발명(invention)으로 명명되는 두 창작관 간의 긴장관계를 떠올려보자. 주지하듯 전자는 작가의 영감과 재능이라는 예술가적 관점으로, 후자는 서사의 배치와 조합이라는 기술자적 관점으로 작품을 바라본다. 이때 발견(discovery)은 창조에도, 발명에도 가깝지 않은 제삼의 어떤 형태가 아닐까.

한 태국인이 어떤 소녀에 관한 이야기를 "교양 있는 태국인들이 사용하는 표준어"(189쪽)로 옮겨적었다. 그리고 "붓나팽 분셍"이라는 이름으로 작성된 이 태국어 원고를, 혹은 "벨몽 붓나팽"이라는 이름으로 쓰인 프랑스어 원고를 김솔이 "발견"했고, 그것을 다시 한국어로 옮겼다.[2] 그런데 이렇게 말하는 것으로 충분할까. 만약 이 소설이 '발견의 발견'이라면, 혹은 여러 차례의 발견을 거듭한 텍스트라면? 그렇더라도 우리는 능숙한 독자로서, 당황하지 않고 상황에 적응했을 것이다. 우리는 소설의 "발견"을 곧이곧대로 믿을 만큼 순진하지 않으며, 이것은 단순한 번역이 아니라 명백히 김솔이라는 작가의 창작임을 알고 있다. 그리고 동시에 이 "발견"을 용인하지 않고서는 소설 속으로 진입할 수 없다는 모순적인 사실도, 역시 잘 알고 있다. 결국 창작과 발견 사이에서, 허구와 현실 사이에서 우리는 늘 그래왔던 것처럼 능숙하게, 그 모호함을 그대로 안은 채 소설에 진입한다. 그 '모호함'이 바로 김솔이 건드리고자 하는 지점이다. 기다렸다는 듯이 몰려드는 이야기들, 즉 아내와 아이가 사라져버린 남자의 이야기와, 이 남자의 "몽상"과, 소녀가 들려주는 매력적인 이야기들을 우리는 대체 어떻게 받아들이고 있는 것인가. 재차

2) 눈 밝은 독자라면 이 소설에 사용된 어휘들 중 몇몇이 꽤 독특하게 쓰이고 있음을 알아챘을 것이다. 특히 "최대제한속도" "최소안전거리" 같은 표현이 그러한데, 다소 어색하고 부자연스럽게 반복되는 이 어휘들은 이 소설이 일종의 '번역'임을 은연중에 드러내는 장치라고 봐도 좋을 것이다. 또한 묘하게 중복되는 여러 문장들은 이 소설이 소녀의 감시 아래 몰래 조금씩, 은밀하게 쓰여서 "다시 읽고 극적 요소들을 세공할 엄두조차 낼 수 없었"(191쪽)음을 효과적으로 보여주는 서사 전략이기도 하다.

강조하건대 이 이야기들에서 허구와 현실을 구분하려 한다든가, 유럽 불법체류자들의 삶을 이해해보려는 시도는 모두 부질없다. 목적지를 향해 자동차를 운전하는 일처럼, 소설을 읽는 것은 그저 결말에 다다르기 위한 일일 뿐이다. "독서가 거듭될수록 소녀는 아내에서 아이로, 그다음엔 거미로 변해가더니 나중엔 검고 작은 돌멩이의 모습에 수렴되었다"(221쪽)는 문장은 이 소설이 흔히 말하는 시공간의 "재현"이나 인간에 대한 "이해"와는 별로 관련이 없음을 보여준다. 유럽에 관한 여러 정보들은 이 소설의 관심사가 아니다. 오로지 그것이 이야기를 이어가는 데 필요할 경우에만 중요하다. 또 이 소설가는 다른 사람을 이해하는 일에는 관심이 없다. 아니, 타인에 대한 이해라는 막연한 것을 추구하지 않는다고 말해야 할 것 같다. 그저 소설이 달려가는 일, 그러니까 인물이나 사건이 아니라 소설이라는 장르 자체의 문제만이 그에게는 중요하다.

이런 질문들을 던져보자. 이 소설은 사라진 아내와 아이, 강탈당한 자동차와 직업을 되찾기 위해 쓰인 것일까. 혹시 이 소설이 쓰이기 위해 그 모든 사건이 일어났던 것은 아닐까. 소녀가 "무슬림의 태교와 출산에 관한 이야기"(194쪽)를 들려준 직후, 구 년 동안 온갖 시도에도 실패했던 임신이 이루어지고, "거미여인"의 이야기[3]를 들은 다음날, 침실에 거미가 나타나 아내의 공포증이 발발한 것

3) 여기에서 마누엘 푸익의 『거미여인의 키스』(민음사, 2000)를 떠올리지 않기란 어려운 일이다. 직조되는 텍스트의 상징으로서의 '거미', 이야기를 '전달'하는 과정에서 발생하는 무한한 의미의 재생산 등은 김솔이 구현하고자 하는 소설의 전범 중 하나가 이 작품임을 명백히 암시한다.

은 어떻게 이해해야 할까. 아마도 이 소설에서 가장 흥미로운 이야기라 할 수 있을, 소녀가 들려준 자동차 숙박에 관한 이야기는 사실일까. 자기도 모르게 고슴도치를 요리했다고 말하는 아내는 소녀의 이야기와 무슨 관계가 있는 것일까. 아내와 아이는 왜 사라진 것일까. 소녀가 존재하기는 했었나.

이 물음들은 일견 무용해 보이지만 소설의 종착지를 위해서라면 유용하다. 결국 이 소설이 보여주는 것은 소녀라는 이야기의 신이 있고, 작가는 그저 하나의 화자에 불과하다는 사실이다. 그 소녀는 보잘것없는 존재이면서, 동시에 전지전능한 거미여인이다. 이야기를 만들어낸다는 속성에서 다시, 거미여인은 남자이기도 하고, 김솔이기도 하다. 하지만 소설에서 우리가 확인할 수 있는 존재는 거미여인이 내뱉는 이야기를 받아쓰는 '서술자'뿐이다. 흔히 소설가의 것으로 여겨지는 특권적 "몽상"은 소설가가 아니라 서술자의 것이다. 서술자가 이야기를 전달할 때, 소설가인 그가 할 수 있는 일이란 도대체 소설이 무엇인지를 끊임없이 묻는 일밖에 없다. 김솔의 이 위태로운 운전은 오직 한 가지만 증명할 수 있을 뿐이다. 소설이라는 장르는 마치 유령처럼, 이렇게나 모호하다.

노태훈

1984년생. 서울대 국문과 졸업. 동대학원 박사과정 수료. 2013년 중앙신인문학상 평론부문에 「우리가 만날 수 있는 단 하나의 가능성, 소설—김연수의 근작들에 관한 몇 가지 독법」이 당선되어 등단.

최정화

인터뷰

작가노트 모든 초고는 걸레다

해설 전철희 몰(沒)윤리의 미학

최정화
1979년 인천 출생. 2012년 창비신인소설상에 단편소설 「팜비치」가 당선되어 등단. 소설집 『지극히 내성적인』 『모든 것을 제자리에』, 장편소설 『없는 사람』 『흰 도시 이야기』, 중편소설 『메모리 익스체인지』가 있다.

| 수상작 |

인터뷰

일기예보에서는 내일 새벽이나 되어야 비가 오기 시작할 거라고 했지만 옥상에는 테이블마다 파라솔이 펼쳐져 있었다. 펜션은 섬의 한가운데 있어서 옥상에서 섬 전체를 내려다볼 수 있었다. 북쪽에는 숙박업소와 카페촌이, 남쪽 해안에는 횟집들이 모여 있었다. 배가 드나드는 선착장 쪽에 소나무숲이 하나, 서쪽으로 그리 멀지 않은 해안 근처에 또하나 있었다. 앞치마를 두른 주인이 철통에 숯불을 담아왔다. 석쇠 위에 돼지고기가 올라갔다. 그들은 숯불에 익어가는 돼지고기를, 가끔은 서로의 얼굴을 바라보며 고기가 익기를 기다렸다. 하늘에는 회색을 띤 구름이 묵직하게 내려앉아 있었고 얼굴에 달라붙는 공기는 기분좋을 정도로 축축했다. 장인은 적당히 흐리고 습도가 높은 이 날씨에 어울리는 적갈색 알파카 스웨터를 입고 있었다. 아내는 다리를 꼬고 앉아 무릎에 숄을 두른 채 대꾸하기 귀찮은 듯 보이는 장인에게 자꾸 말을 걸었다. 답변의 폭이 그리 넓지 않은 이런저런 질문에 대해 장인은 짤막하게 대답했다. 둘이 대화를 나누는 사이 그는 잘 익은 비곗살 위에 향이 좋은 허브를 뿌렸다. 버섯에 맑은 물이 고였다. 집게를 들고 고기를 뒤집자 석쇠 모양으로 갈색 자국이 새겨져 있었다. 그는 고기를 덜어 장인과 아내의 접시 위에 놓아주었다.

"다음주면 이이의 다섯번째 책이 나와요."

아내가 장인에게 말했다. 장인이 그를 바라봤다. 무얼 궁금해하는지 한눈에 알 수 있었다.

"두번째 책을 낸 이제이 쪽이랑 하게 되었습니다."

장인이 고개를 끄덕였다.

"그쪽에서 요즘 과학 분야 책들을 제대로 홍보하는 것 같던데. 마침 잘되었네."

장인은 그의 대학 시절 은사였다. 학창 시절부터 그를 총애했고, 가정 형편이 좋지 않은데도 망설임 없이 자신의 딸을 소개했다. 그가 바람을 피웠을 때도 화를 내지 않았고 어찌어찌 대처하면 좋겠다고 침착하게 조언했을 정도로, 냉정한 사람이었다. 장인을 실망시킨 것은 가난도, 절제력을 잃어버린 것도 아니라 그의 무능이었다.

그는 한순간의 실수로 삼 년이라는 긴 휴지기를 가져야 했고 그 공백을 메우기 위해 치열하게 재기를 준비했다. 그리고 이제 기회가 왔다. 그는 개가 부메랑을 잡아채듯 기회를 놓치지 않았다. 출간 날짜에 맞추어 강연이 세 타임 잡혔고 종합편성채널에 출연하기로 되어 있었다. 그 소식을 가족들에게 전하려고 준비한 자리였다. 그동안 고생한 아내를 위로하고 싶기도 했고 장인의 기분을 풀어주고도 싶었다.

그는 계획하고 있는 일들을 몇 가지 더 얘기했다. 아내는 미소를 지으며 경청했다. 장인은 다른 생각에 잠긴 듯 시선을 멀리 두었지만 웃는 대신 인상을 찌푸리거나 가끔씩 고개를 끄덕이는 걸로 봐서 그의 이야기에 집중하고 있다는 걸 알 수 있었다. 그는 이번에 출간하는 책에 대해 독일에서도 관심을 보여, 해외 출간을 하게 될지도 모른다고 말했다. 거리낄 내용이 전혀 없는 이야기를 나눈 것이 얼마 만인가. 그는 배에 힘을 주고 고기를 씹었다.

"강연 들어가기 전에 몸을 좀 만들어두는 게 좋겠지."

장인이 버섯을 접시에 덜며 나지막하게 말했다.

"그렇잖아도 한 달 전부터 운동을 시작했습니다."

그가 대답했다. 장인이 천천히 고개를 끄덕였다.

"프로필 사진은 찍었어?"

아내가 끼어들었다.

"강연용은 모레 찍게 될 거야."

"당신은 정장이 잘 어울려. 알지?"

"요즘은 자유로운 분위기를 연출하는 게 유행인 거 같던데."

"그래도 난 정장이 좋다고 생각해."

"좀 귀찮아져서 저번에 찍어둔 걸 그냥 쓸까 하는 생각도 있는데 아무래도 새로 찍어야겠지."

"그게 낫겠지."

그들의 대화는 요철 없이 미끄러져내리는 도자기의 표면처럼 반들거렸다. 즐거운 소식과 함께 모처럼의 외식이 식욕을 돋웠다. 석쇠 위의 고기를 다 비우고 그들은 국수를 주문했다.

식사를 마친 뒤에는 인근 해안으로 나갔다. 지는 해를 바라보는 여유로운 상황 또한 오랜만이었다. 그는 이제 숨통이 트이는 것 같았다. 붉은 볕이 피부 안쪽으로 스며들며 몇 년간 움츠러들었던 마음을 천천히 녹였다. 찐득거리는 개펄 위로는 조그만 구멍들이 나 있었다. 가끔 그 위로 작은 거품이 올라왔다가 순식간에 터졌다. 손톱만한 게들이 구멍에서 기어올라와 옆으로 잰걸음을 걸었다. 주홍빛 노을 아래 어깨를 펴고 수평선 너머를 바라보는 장인의 얼굴이 밝았다. 아내도 모처럼 즐거워 보였다. 그는 머리카락을 쓸어 올렸다. 바닷바람을 맞은 머리카락이 소금기 때문에 끈적거렸다. 그의 입에서 오랫동안 맴돌던 말이 툭 튀어나왔다.

"다들 그동안 힘들었다는 걸 압니다. 하지만 난,"

아내가 그를 향해 고개를 돌렸다. 지는 해의 은은하고 푸근한 기운 아래서 그녀의 눈빛은 평소보다 부드러워 보였다. 그러나 그를 향한 시선은 점차 또렷해졌다.

"그러니까 그 일은, 제가 저번에 말한 것처럼,"

장인이 의아해하는 눈으로 그를 바라봤다.

"여보."

아내가 입을 열었다. 그는 아내의 말문을 막고 말을 이었다.

"눈을 가격하려고 했던 게 아니라,"

아내가 그에게 다가왔다.

"이제 그 얘길 꺼낼 이유는 없어. 아무도 그 얘길 하지 않아. 모두가 그 일을 잊었어. 이미 다 지나간 일이라고."

하지만 그는 잊지 못했다. 그는 매일 그 꿈을 꿨다. 그 일에 대해서 스스로에게라도 설명이 필요했다.

"난 누구보다 당신이 나를 믿어줬으면 했고."

아내는 단호한 태도로 대답했다.

"믿어, 여보. 난 당신을 믿는다고."

"일부러 그런 게 아니라."

"일부러 그랬다고 생각한 적 없어. 나도 그렇고 아버지도 마찬가지야."

아내가 그의 말을 막았다. 그는 아내의 눈을 쳐다보지 못하고 시선을 떨어뜨렸다.

아내는 그 사건 이후로 그를 단 한 번도 마주보지 않았다. 그저 가끔 한심한 눈으로 흘겨볼 뿐이었다. 안경을 쓴 여자의 얼굴을 향해 정면으로 카메라를 던지다니 비겁하고 졸렬하며 생각이란 게 없다고 속으로 치를 떨면서 말이다.

"우리가 아니면 누가 자네 말을 믿겠나? 그 얘길 다신 꺼내지 말게."

장인이었다. 자기가 보는 앞에서 둘이 말다툼을 벌이는 것이 영 언짢다는 듯 헛기침을 했다. 아내가 어깨 위에 숄을 두르고 목을 움츠렸다. 바람이 점점 거세어졌다. 장인은 주차장 쪽으로 돌아서 걷기 시작했다. 아내가 장인을 따라 뛰어갔다.

일부러 그러지 않았어.

기자가 안경을 쓰고 있다는 생각을 할 겨를도 없었어.

말이 되지 못한 문장들은 그의 머릿속을 둥둥 떠다녔다.

슈퍼에서 생수를 사서 차에 올라탔다. 아내는 어린 시절 얘길 떠들고 장인은 시큰둥한 얼굴로 듣고 있었다. 아내는 시트에 몸을 깊숙이 묻고 고개를 뒤로 돌린 채 표정에 변화가 없는 장인에게 계속 말을 걸었다.

지평선 끝으로 푸른 벽돌로 지은 펜션이 보이기 시작하고 아내는 그에게 오늘 저녁이 정말 즐거웠다고 말했다.

"당신과 결혼하길 잘했어."

아내가 기어를 쥔 그의 손 위에 자기 손을 얹었다. 그가 별 대꾸를 하지 않자 다시 핸드백 위에 손을 올려놓고 잠자코 있었다.

그는 아내가 그러는 게 장인어른이 보고 있기 때문이라고 생각했다. 최근 삼 년간 아내는 한 번도 그를 보고 웃지 않았다. 개념 없는 회사 후배나 이혼한 것을 무기로 늦은 밤에 술에 취한 채 전화를 걸어 그녀를 짜증나게 하는 대학 동창, 서른이 넘었는데도 자리를 잡기는커녕 갓 스물을 넘긴 여자애랑 어울려 다니면서 문제를 일으키는 남동생에 대한 이야기들을 떠들어대며 인상을 썼다. 물론 아내는 정말 그들 때문에 스트레스를 받았을지도 모른다. 그래서 미간을 찌푸린 채 어깨에 힘이 들어가고 낯빛이 그토록 어두웠는지도. 그를 바라보는 시선에서 온기라고는 찾아볼 수 없었던 건지도. 그러나 그는 아내의 표정이 너무나 분명한 경계심을 드러내고 있고, 그건 그녀의 이야기에 등장하는 다른 이들의 무례함이나 자기중심적인 태도, 또는 방종한 삶 때문이 아니라고 생각했다. 그녀의 표정은 그에 대한 아주 본능적인 반응이라고 믿었다.

아내는 그를 믿지 않는다고.

식탁에서 그녀는 절대 그의 맞은편에 앉지 않았다. 그의 대각선 건너편에 떨어져 앉아서 마치 말이 끊기면 큰일이라도 날 듯 아들에게 계속해서 잔소리를 퍼부어댔다. 그는 아내가 자기와 말을 섞기 싫어서 일부러 그러는 거라고 생각했다. 그는 되도록 빨리 식사를 끝내려고 노력했다. 아내에게 말을 거는 것을 포기하자 그녀는 조금 안심한 것처럼 보였다. 하지만 어쩌다 아들이 자리를 비우고 둘이 마주봐야 했을 때 먼저 고개를 숙인 것은 그 자신이었다.

그도 아내도 분명 잘 지내보려고 노력했다. 하지만 그렇다고 이미 일어난 일이 사라지는 것은 아니었다. 그는 아내를 조심스럽게 대했고 아내는 그에게 전보다 더 친근하게 굴었지만 그건 어딘가 연기 같은 구석이 있어서, 그녀는 마치 감독에게 오케이 사인을 받기 위해 억지 미소를 짓는 여배우처럼 보였다.

장인을 방 앞까지 모셔다 드리고 그들은 아래층으로 내려왔다. 아내는 방에 들어오자마자 침대에 누웠다가 욕실로 들어갔다. 아내가 샤워를 끝내고 나와 수건으로 머리를 말리고 있을 때 그는 각방을 쓰는 게 어떠냐고 제안했다. 아내는 대답 대신 울음을 터뜨렸다. 그녀의 눈물이 순전히 방 때문만은 아닐 거라고 그는 생각했다. 같은 방을 쓰는 걸 더 불편해하는 쪽은 아내였으니까. 다 울고 났을 때 아내는 너무 멀쩡해 보였고, 그는 산책을 하고 오겠다고 말하고 다시 점퍼를 입었다.

삼 년 전 그날도 날씨가 흐렸다. 일기예보에서는 비가 온다고 했지만 구름만 묵지근하게 내려앉아 있었다. 그는 오전에 강의를 하나 끝냈고 삼십 분 후에는 호텔 라운지의 커피숍에서 잡지사 기자와 인터뷰가 잡혀 있었다. 택시를 탔지만 도로 사정이 좋지 않아서 약속시간에 늦을까봐 좀 불안했다. 인터뷰를 하는 일은 언제나 신경이 쓰였다. 사진을 찍는 건 더 싫었다. 그는 차창에 얼굴을 가까이 대고 입을 크게 벌려 아, 에, 이, 오, 우를 발음하며 얼굴근육을 풀었다. 이어 환하게 웃어보았고—그러나 전혀 즐거워 보이지 않았다. 그다음에는 겸손한 듯 미소를 지었고—시큰둥해 보였다. 그리고 무표정일 때 눈빛이 너무 강하지 않은지 살폈지만 그래도 어딘가 찡그린 얼굴 같았다.

약속시간보다 오 분 정도 일찍 커피숍에 도착했다. 그는 계산대에서 가장 멀리 떨어진 자리에 앉았다. 오가는 사람들의 태도에서 여유가 느껴졌고 덕분에 그도 긴장을 풀 수 있었다. 테이블은 대부분 비어 있었다. 창가 쪽에만 한 자리, 삼십대 초반으로 보이는 여자 하나가 앉아 있었다. 여자는 계속 전화 통화를 했다. 피부가 곱고 방금 다림질한 듯한 재킷을 걸치고 온도를 전혀 짐작할 수 없는 미소를 짓고 있었다. 그 미소는 고정되어 있었다. 그는 그것이 삶에 대한 만족감인지 아니면 순간순간 엄습하는 불쾌감을 내비치지 않으려는 습관화된 위장막인지 구분할 수 없었다. 그렇게 생각하니 호텔 전체가 자신과 마찬가지로 거짓 웃음을 짓는 것처럼 느껴졌다.

세시 정각, 기자가 그가 앉아 있는 테이블을 향해 걸어왔다. 오른쪽 이마 부근에 올라온 새치 때문에 까다로운 느낌을 주는 사십대 여자였다. 기자는 환히 미소지으며 그에게 오른손을 내밀었다.

그는 아까 택시 안에서 연습한 환한 미소를 되돌려주며 손을 마주 잡았다. 기자의 손은 생각보다 크고 축축했다. 그는 손바닥을 바지에 슬쩍 문질렀다.

기자가 명함을 건네며 자기 이름을 말했다. 그러나 귓속으로 흘러들어온 건 기자의 것이 아닌 창가 쪽 테이블에 앉은 여자의 목소리였다. 여자는 어디론가 전화를 걸어 지나치게 정확한 발음으로 자기가 처한 상황의 부당함을 토로했다. 그는 얼른 명함을 내려다봤다. 다행히 발음하기도 기억하기도 어렵지 않은 이름이어서 능숙하게 첫인사를 건네고 문장의 끝에 기자의 이름을 덧붙였다.

기자는 그에게 이번 포럼에서의 강연이 매우 인상적이었다고 말하며 일정이 바쁠 텐데 인터뷰를 허락해줘서 고맙다고 했다. 그는 인터뷰에 기꺼이 응할 것이고 오히려 감사해야 할 쪽은 자기라고 말했다. 이런 식의 대화에 익숙했지만 한편으로는 신물이 났다. 사람들이 앞에서는 웃어 보이지만 뒤에서는 자기를 질투하며 험담한다고 생각했다. 눈가에 가벼운 경련이 일어 그는 잠깐 멈칫했다.

기자가 녹음기를 테이블 위에 올려놓고 수첩을 꺼내자 그의 겨드랑이에 땀이 고이기 시작했다. 강연 내용과 관련한 첫번째 질문을 했을 때 그는 순간 멍해져 기자의 질문을 놓쳤다. 그는 사과하며 질문 내용을 되물었다. 기자가 다시 친절하게 질문을 반복했지만 그는 또다시 정신이 흐트러졌다. 불필요한 추문을 만드는 대신 잠시 화장실에 다녀오겠다며 자리에서 일어났다.

그는 숨을 고른 후에 손을 씻고, 좀더 편안해진 얼굴로 다시 기자 앞에 나타났다. 네댓 개쯤의 질문과 대답을 순조롭게 주고받았다. 하지만 시간이 지나자 다시 집중력이 흐려졌다. 시간이 얼마나 지났는지 알고 싶었다. 커피숍의 안쪽 벽에 걸린 무소음 시계를 바라봤다. 소리 없이 움직이는 초침이 오히려 마음을 조급하게 했다. 다시 기자를 바라봤을 때, 그는 기자가 자기의 눈을 너무 빤히 쳐다본다는 느낌이 들었다.

"이후 활동에 대해서 간단히 소개해주셨으면 합니다."

그는 일단 다음 책이 인쇄에 들어간 상태이고, 책이 나올 때까지는 다른 스케줄을 미루려고 한다고 말했다. 기자는 그의 대답이 끝나기 무섭게 다른 질문을 던졌다. 입가에 미소를 띠우고 턱을 살짝 앞으로 내민 채 고개를 끄덕이는 모습이 그의 눈에 거슬렸다. 마치 자기를 비웃는다는 생각이 들었던 것이다. 그는 또다시 질문을 놓치고 말았다.

"아, 뭐라고요?"

"사진이요. 사진을 찍는다는 걸 미리 말씀드린 걸로 아는데, 불편하신 건 아니죠?"

"아아, 아닙니다."

그는 테이블 위에 한 손을 얹고 어깨의 긴장을 풀었다. 카메라에 한쪽 눈이 가려진 기자의 표정은 지나치게 일그러져 있었다. 그는 조금씩 기분이 나빠졌다. 기자는 셔터를 몇 번 눌러댔지만 사진을 확인하곤 고개를 갸웃거렸다. 그의 표정이 밝지 않다며 다시 찍겠다고 했다.

그는 환한 표정을 지을 수 없었다. 얼굴이 점점 더 딱딱하게 굳었다. 그는 볼 위에 손등을 댔다. 기자가 다시 카메라를 들이댔다.

눈가가 실룩거리기 시작했다. 처음에는 아주 가는 실오라기처럼 미미한 느낌이었는데 점점 증폭되더니 오른쪽 뺨 전체가 욱신거렸다. 그는 두 손으로 얼굴을 감싸고 고개를 숙였다.

"괜찮으세요, 선생님?"

기자는 카메라를 든 채 그에게 달려왔다. 그는 자기도 모르게 카메라를 손등으로 쳐냈다. 렌즈가 불룩 튀어나온 묵직한 검은 카메라가 기자의 얼굴을 때리고 바닥에 떨어졌다. 둘 다 놀라서 아무 소리도 못했다.

"괜찮습니다, 선생님. 전, 정말 괜찮아요."

안경이 깨졌고 기자의 왼쪽 눈에서 피가 흘러내렸다. 기자는 자신의 왼쪽 눈을 싸쥐었다가 붉게 젖은 손바닥을 바라봤다. 피를 생전 처음 보는 사람들처럼 둘은 서로를 바라봤다.

근처에 가까운 병원이 있었다. 그는 기자를 택시에 태워 병원에 데려다줬고, 응급처치를 하는 것까지 지켜봤다. 기자는 자꾸만 괜찮다고 말했다. 자기는 괜찮으니 그냥 가라고 했다.

그다음 주 월요일 식탁에 앉아 늦은 아침을 먹고 있을 때 아내가 식탁 위에 신문을 올려놓았다. 그는 폭행범으로 묘사되어 있었다. 기자는 전치 삼 주의 부상을 입었고 안정을 찾는 대로 왼쪽 눈의 시력을 회복하기 위한 수술을 할 예정이라고 했다. 그는 병원에도 나타나지 않은 파렴치한이 되어 있었다. 아울러 기사의 말미에는 그가 두번째 강연 이후 잠깐 신경정신과 치료를 받은 것이 언급되어 있었다. 그는 이미 잊은 일이었다. 고작 이 주 분량의 안정제를 받았을 뿐이다. 하지만 누군가 그 사실을 기억하고 있었다. 그게 누굴까? 그는 젓가락을 쥔 채 멍하니 생각에 잠겼다.

그는 며칠간 휴대폰을 꺼놓은 채 지냈고 이 주 후 뉴스에서는 그가 위협적으로 휘두른 주먹에 성실하게 경력을 쌓아오던 기자의 눈이 실명되었다는 보도가 나왔다. 그들 부부는 뉴스를 끝까지 보지 못하고 TV를 껐다.

그는 해변을 따라 걷다가 방파제 근처에서 호프집을 발견했다. 소나무숲 옆에 있는 그 호프집은 통나무를 쌓아 만든 이층짜리 건물로, 면적은 넓지만 아늑한 느낌을 줬다. 조도가 낮은 조명이 실내를 밝히고 있었고, 테이블마다 양초가 타들었다. 스피커에서 흘러나오는 허스키한 여자 보컬이 곳곳에 생기를 불어넣었다. 그는 구석자리와 소파에 파묻히는 안락함을 좋아했지만 오늘은 바 한가운데에 허리를 꼿꼿이 세우고 앉았다. 글렌피딕을 시켰다. 의식을 잃을 정도로 취하는 걸 싫어했지만 오늘은 그러고 싶었다.

네 잔째 비웠을 때 옆자리에 커플이 앉았다. 커플은 삼십대 초반으로 보였다. 여자는 서른 살, 남자는 서른넷 정도로. 둘 다 외모가 훌륭했고 그에 어울리는 근사한 미소를 짓고 있었다. 여자는 몸에 딱 달라붙는 검은 원피스를 입었는데 군살이 하나도 없는 미끈한 몸매였다. 이를테면 영화는 보지 않아도 괜찮지만 매일 운동을 하고 칼로리를 계산해서 정해진 식사만 하는 타입.

남자는 여자와 몹시 잘 어울렸다. 키는 좀 작았지만 온몸에 적당하게 근육이 붙었고 긴 목에 바다색 머플러를 두르고 있었다. 머리카락의 웨이브는 펌을 한 것 같았다.

커플은 한참 다정하게 수다를 떨었다. 그러다 여자가 벽에 걸린 TV 화면으로 시선을 돌렸다. 그때 그와 눈이 살짝 마주쳤다.

둘은 무슨 일인가로 서로 의견이 엇갈린 듯 목소리를 높였다. 화가 난 것 같진 않았고 장난을 치는 걸로 보였다. 여자는 고개를 저으며 사람들에게 물어보자고 말했고 남자는 웃으며 여자의 손을 잡았다. 여자는 옆을 돌아보고 그를 향해 씩 웃더니 페기 리를 좋아하느냐고 물었다. 그는 페기 리가 누군지 몰랐지만 고개를 끄덕였다.

"지금 이 노래, 페기 리 맞죠?"

여자가 그에게 동의를 구했다. 그는 별생각 없이 또 고개를 끄덕였다.

"맞잖아, 어떻게 페기 리 목소리를 헷갈릴 수가 있지?"

그들은 자연스럽게 말을 섞었다. 그가 술을 따라 남자와 여자에게 한 잔씩 건넸다. 그들은 결혼한 지 이 년이 지났고, 알게 된 지는 십 년이 넘는다고 했다. 처음 사귀기로 한 날을 기념하기 위해 놀러 왔다고 했다.

여자는 전등을 만드는 일을 한다고 자기를 소개했고 그가 무슨 일을 하는지 궁금해했다. 그는 자신이 출간한 책과 인터넷에 올라온 몇 개의 강연 동영상을 보여줬다. 여자는 이쪽 분야에 대해서는 전혀 알지 못한다며 그게 마치 부끄러운 일이라도 되는 양 얼굴을 붉혔다.

여자는 휴대폰으로 그의 이름을 검색했다.

"젊었을 때인가봐요."

여자가 휴대폰에 뜬 그의 사진을 내밀었다. 사진 속의 그는 짧은 머리에 정장 재킷을 입고 있었다. 대학 졸업 사진을 찍을 때 당시 형편으로는 거금을 들여 장만한 회색 정장이었다. 그 옷을 입고 있다는 건 적어도 십 년이 넘은 사진이라는 걸 뜻했다. 그는 사진 속의 자기 얼굴이 마음에 들지 않았다. 분명 젊어 보이긴 하지만 욕심과 치기가 느껴져서 촌스러웠다. 누가 봐도 요즘 사진이 아니라는 걸 알 수 있는데 기자는 어디서 이 사진을 구했을까. 악의가 있는 게 아니라면 최근 기사에 왜 이런 사진을 썼는지 모를 일이었다. 그는 손바닥으로 화면을 가렸다.

여자의 입술에 기분좋은 미소가 감돌았다. 누가 찍어줬는지 기억나지도 않는 옛날 사진 한 장과 겨우 몇 줄의 기사만으로 그는 신뢰와 존경심과 호감을 얻은 것 같았다. 여자가 남자의 귀에 대고 뭐라고 속삭이자 남자의 얼굴이 밝아졌다. 그들 셋은 대화를 나눴고 시간이 좀더 지나자 함께 테이블로 자리를 옮겼다. 그는 낯선 사람들과 합석을 하는 건 처음이었지만 남녀는 그런 자리가 익숙해 보였다. 마음에 그림자라고는 전혀 없고, 모든 이들을 공평하게 대하는 밝은 기운이 차고 넘쳤다. 그는 그들과 함께 있는 것만으로도 마음이 가벼워졌다.

여자는 또다시 휴대폰을 꺼내 만지작거리다가 남자에게 화면을 보여주고, 또 다른 걸 찾아 다시 내밀었다. 이번에도 그에 관한 기사였다. 여자는 휴대폰을 계속 붙들고 있었고 남자는 그에게 이런 저런 질문을 했다. 남자는 과학 전문 잡지를 구독하고 있을 정도로 이쪽 분야에 관심이 많았다.

휴대폰을 만지작거리던 여자가 인터넷에서 최근 기사를 찾아냈을 때, 그보다 여자가 더 당황해하는 것 같았다.

"아아, 이런, 안 좋은 일이 있었네요."

여자는 이마를 찡그렸다. 남자가 휴대폰을 건네받아 기사를 읽었다. 그는 술잔을 비웠다. 그리고 뭔가 설명하려고 했다. 어쩌면 처음으로, 그날 진짜 있었던 일을 누군가에게 털어놓을 기회가 온 것 같았다. 하지만 너무 흥분한 나머지 그는 제대로 말을 잇지 못했다.

"아, 그건, 그러니까, 그날 내가,"

"괜찮아요."

남자가 그를 바라봤다.

"이해합니다."

여자가 그의 빈 잔에 술을 따랐다.

"모두가 그런 순간을 겪어요. 누군가는 들키고 운이 좋은 누군가는 들키지 않을 뿐이에요."

여자의 얼굴이 붉어졌다. 목소리에는 화가 묻어났다. 그 화가 그에게 향한 것이 아니라는 것은 모두 알고 있었다. 여자는 더웠는지 머리카락을 귀 뒤로 넘겼다. 왕관 모양의 14K 귀고리에 작은 담수진주가 두 개 달려 있었다. 귀고리는 검은 원피스와 꽤나 잘 어울렸다. 여자가 귀고리를 보여준 것이 마치 그에게 마음을 열었다는 사인처럼 느껴졌다.

그가 처한 불행 때문인지 그들은 그에게 더 친절하고 따뜻하게 굴었다. 그녀는 테이블 위로 몸을 숙였다. 팔꿈치를 괴고 이마 위에 가볍게 손을 올렸다. 남자는 꼿꼿이 등을 세우고 있었지만 세상의 모든 인간을 이해할 수 있다는 듯 너그러운 미소를 지었다. 그는 그들이 보기보다 어리석을지도 모른다고 생각했다. 그들이 발견한 그에 관한 정보가 더 참혹한 것일수록 그에게 더욱 강하게 이끌릴 것 같았다. 그리고 그들이 그의 모든 걸 받아들이기로 작정한 이상 그가 굳이 이 상황을 거부할 이유는 없었다.

그녀가 그의 얼굴을 천천히 들여다봤다. 아주 오래, 마음을 담아서 그렇게 했다. 그는 상처받은 짐승처럼 고개를 숙이고 등을 말았다. 작년에 있었던 인터뷰 사고가 사실은 일부러 저지른 짓이었다고 생각해봤다.

"처음 보는 순간부터 그 기자가 거슬렸어요."

"나도 그런 사람들과 마주친 적이 있어요. 그건 그 사람 탓도 당신 탓도 아니에요. 그럴 땐 그저 피하는 게 상책이죠. 하지만 당신은 나처럼 피할 수 없는 상황이었으니까."

"인터뷰 내내 기분 나빠서 숨이 막힐 정도였죠. 난 이성을 잃었어요."

그는 또 한 잔을 마셨다.

"불쾌한 상황에 모두가 그렇게 반응하진 않죠. 그래선 안 되었어요. 실은 참으려고 노력했어요. 화장실까지 가서 손도 씻고 세수도 하고. 진정해보려고 노력했지만 잘 되지 않았어요."

그는 다시 그날의 기억이 되살아난다는 듯 주먹으로 테이블 위를 두드렸다. 사실과 허구를 뒤섞으니 감정이입을 더 잘할 수 있었다. 그는 상상한 것을 점점 더 자연스럽게 설명할 수 있었다. 그는 불운의 주인공이 된 것처럼 눈을 가늘게 뜨고 쓸쓸한 미소를 지어 보였다.

"병원에 기자를 데려다줬는데 그 사람은 날더러 자꾸 가라고 했어요. 자기는 괜찮다고. 근데 그렇게 날 돌려보내려고 했던 게 내가 무서워서였을지도 모른다는 생각을 하자 나 자신을 견딜 수가 없었어요. 그 생각이 아직도 나를 힘들게 해요."

그는 그런 말을 하면 분명히 그들에게 위로받을 수 있다고 생각했다. 그리고 그의 예상은 맞아떨어졌다. 그들은 처음보다 더 그의 말에 귀를 기울였고, 이해하려고 더 애를 썼고, 무엇보다 따뜻한 시선으로 그를 쳐다봤다.

그는 기사에 실린 내용을 기억해내려고 애썼다. 그 내용이 모두 사실이라고 상상한 뒤 기사에 실린 인물—자기 자신—이 어떤 감정이었을지 느끼려고 노력했다. 카메라를 내던진 일이 실수가 아니라 만약 고의였다면. 그가 신문에 묘사된 것처럼 콤플렉스에 시달리는 저열한 폭력배이고 대중에게 비난받아 마땅한 비열한이라면. 의사와 약의 도움으로 일상을 버티는 나약하고 불안정한 신경증자라면.

지금 그의 옆에는 그를 이해해주는 두 사람이 그의 이야기에 귀를 기울이고 있었다. 그를 벼랑으로 내몰고 악몽 속에 빠져들게 했던 상황이 이제 오히려 그를 돋보이게 했다. 자신에게서 낯선 괴물을 발견한 대가를 묵묵히 견디는 중년의 남자. 그는 재킷 주머니에 작은 손수건을 꽂듯 그동안 그토록 거부하려고 애썼던 사건으로 자신을 치장했다.

그는 자기가 그동안 얼마나 외로웠는지 깨달았다. 그들의 시선을 즐기면서, 자신의 교활함을 깨달으면서도 그는 마음 한구석이 편안

했다. 사람들의 시선을 잡아챈 고양이가 만족스런 표정으로 아주 천천히 눈을 감듯이. 서서히 긴장이 풀렸다. 그들 커플은 그를 배려해서 조심스럽게 말을 건넸고 그는 그 순간을 만끽했다. 삼 년간의 고통을 한꺼번에 위로받는 시간이었다.

계산대 앞에서 그와 남자가 동시에 주머니를 뒤적였으나 지갑을 먼저 꺼낸 건 그였다. 그가 영수증을 받아든 뒤에도 남자는 계속 주머니를 뒤적였다.

"지갑을 잃어버린 것 같아."

"잘 찾아봐."

여자가 자기 핸드백을 살폈다. 하지만 어디서도 지갑은 나오지 않았다.

"아까 횟집에서 계산을 하고 그냥 두고 나왔나봐."

"아."

"금방 갔다 올게. 여기서 기다리고 있어."

남자가 뛰어나갔다.

여자와 그는 창을 보고 나란히 섰다. 밤바다는 컴컴해서 색을 구별할 수 없었다. 시커먼 파도가 해안선을 갉아먹기 시작하자 모래사장의 면적이 차츰 줄어들었다. 모자를 눌러쓴 젊은이 하나가 해안선을 따라 걷고 있었다. 젊은이는 걷다가 멈춰 서서 도로변을 한번 돌아보고 다시 되돌아 걸었다.

"먼저 들어가세요. 저 혼자 기다릴 수 있어요."

"아니에요, 오시는 거 보고 같이 나가죠."

"그럴까요?"

말투는 여전히 친절했지만 여자는 그를 흘끗 쳐다보더니 한 걸음 떨어져 섰다. 가까이서 보니 그녀의 눈가에는 주름이 져 있었고 아까보다 열 살은 더 많아 보였다. 여자치고는 장신이었다. 어깨가 넓고 다리가 길었다.

"나도 남편도 당신을 이해해요."

그녀는 그를 쳐다보지 않고 말했다.

"하지만 시력을 잃게 되었다는 건 끔찍한 일이네요."

그는 대화가 흐르는 방향이 마음에 들지 않았다. 그들 사이를 둘러싸고 있던 온유하고 따뜻한 기운은 어디론가 사라져버리고 여자는 신경이 곤두선 듯 힐을 신은 발에 힘을 주고 몸을 꼿꼿이 세웠다.

"좀 앉을까요? 피곤해 보이네요."

"괜찮아요."

여자는 어깨를 움츠리며 팔짱을 꼈다. 조금 쌀쌀맞은 말투로 취기가 올라서 빨리 숙소로 들어가고 싶을 뿐이라고 했다.

"길을 잃어버린 건 아니겠죠. 소나무숲 옆이라서 분명 찾기 쉬울 텐데."

섬에는 소나무숲이 두 군데 있다는 걸 그는 알고 있었다. 하나는 이쪽이고, 나머지 하나는 선착장이 위치한 섬의 입구 쪽에. 여자는 어디론가 전화를 걸었다. 상대는 전화를 받지 않았다. 여자의 낯빛이 어두워졌다.

"이런 곳에 강도가 있진 않겠죠?"

그는 고개를 저었다.

"금방 돌아올 거예요."

"그렇겠죠."

여자의 말투에 가시가 돋아 있었다. 두 사람의 눈이 마주쳤다. 그는 여자가 자기를 쏘아본다고 느꼈다. 마치 남편이 불한당에게 붙잡혔고 자기가 그 질 나쁜 패거리와 연관되어 있다는 듯이. 그의 눈가가 실룩거리기 시작했다.

여자는 문득 생각났다는 듯이 고개를 돌리고 그를 바라봤다.

"여자였나요?"

"네?"

"그 기자 말이에요."

축축한 손바닥의 감촉이 아직도 생생했다. 여자치고는 손이 크고 두꺼웠다.

"아니, 남자였습니다."

모든 초고는 걸레다

「인터뷰」의 초고 제목은 '미래는 찬란하다'였다. '미래는 찬란하다'는 한때 인기를 끌었던 미래학자가 우연한 사고로 인해 난관을 겪다가 재기를 위해 새책을 준비하게 되기까지의 전 과정을 담고 있다. 소설은 주인공이 강연을 하는 장면으로 시작하는데, 그 장면을 묘사하는 데 꽤 공을 들였기 때문에 지금은 출력본조차 갖고 있지 않지만 언젠가 내가 보았던 것처럼 생생하게 기억하고 있다. 강당 입구에 드리워진 자줏빛 커튼의 채도와 연단 위에 떨어져내린 선명한 그림자, 객석을 채우고 있는 밝은 조명의 분위기까지를 모조리 떠올릴 수 있다.

이야기가 진행되는 속도는 예전에 쓴 다른 소설들에 비해 빠른 편이었다. 첫 장면과 마지막 장면 사이로 칠 년이라는 시간이 흐르고 있었다. 나는 시간이라는 요소가 적극적으로 움직이면서 주인공이 처한 상황을 바꾸고 인물들 사이의 관계를 바꾸며 소설 전체를 일사불란하게 움직이는 것을 보았다. 강연에 이어 바로 편집자와의 미팅이 이어지고, 바로 그 페이지 내에서 편집자와의 결혼과정이 소개된다. 다음 장면에는 그들 사이에서 태어난 아이가 다섯 살짜리 꼬마가 되어 있고 한두 장을 더 넘기면 이들 부부는 이미 이혼한 상태이다. 마지막 장면에서 새로 낼 책의 담당 편집자가 그에게 전화를 걸어 책 제목을 바꾸자고 제안하는데, 그는 숙취 상태에서 책의 제목을 들으며 머리가 맑게 개는 듯한 기분을 느낀다. 그 제목이 바로 '미래는 찬란하다'다.

나는 이 소설이 아주 빠르게 플레이되는 동영상에서 꽃봉오리가 펼쳐졌다 시드는 과정을 보는 것처럼 흥미롭다고 생각했고 마지막 장면을 읽을 때는 마음이 뭉클해지기까지 했는데, 초고를 읽은 친구—나는 소설을 발표하기 전에 꼭 친구들에게 보여준다—의 반응은 그리 탐탁지 않았다. 그는 내가 아이러니에 대해서 잘못 이해하고 있는 것 같다고 말했다. 그리고 아이러니에 대해서 꽤 재미있는 비유를 들어가며 설명해줬다(아마 수식이 동원되었던 것 같은데 그게 뭔지는 잘 기억이 안 난다). 소설의 어딘가에 문제가 있는 모양이었다. 그 문제의 지점은 친구가 지적한 부분이 아닐 수도 있지만 이 소설을 고쳐 써야 한다고 생각했다. 나는 초고를 보아준 친구들의 의견에 꽤 적극적으로 반응하는데, 독자를 만족시키고 싶다는 욕망 때문일 것이다.

'미래는 찬란하다'의 상당 부분을 잘라내고 새로운 부분을 더 써 넣었다. 나는 주인공이 우발적으로 폭행 사건을 저지른 이후에 한

번 더 폭행을 저지르는 것으로 이야기의 진행 방향을 바꾸었다. 그는 사건 이후 자기도 모르게 아내를 향해 또 한번 주먹을 날리게 되고, 그래서 이번에는 단순히 우연한 실수라고 말할 수 없는 상황에 맞닥뜨린다. 당혹스러운 나머지 도망치듯 집에서 나온 그는 동네 술집에서 혼자 술을 마시고 있는 여자와 합석하고, 둘은 취해서 모텔로 향한다. 그는 침대에서 잠든 여자의 귀에서 귀고리를 발견하는데, 그 귀고리를 떼내어 화장대 위에 올려놓으면서 좀 전에 자기가 아내를 때린 것이 우발적 사건이 아니었음을, 아주 예전부터 아내를 한 대 치고 싶어했다는 것을 깨닫는다. 나는 수정본의 제목을 '귀고리'로 고쳐 달았다.

이번에 원고를 읽은 또다른 친구는 내게 이 소설이 포르노에 가깝다고 말했는데, 모텔 신 때문이 아니라 다른 이유 때문인 것 같았다. 그는 '미래는 찬란하다'를 좋아했는데 '귀고리'는 영 마음에 들지 않는 눈치였다. 조언의 내용은 당연히 주의깊게 듣지만 그 내용보다 내게 더 영향을 미치는 건 원고를 읽고 난 친구들의 목소리 톤이다. '귀고리'를 읽고 난 친구의 감정 상태는 정확하게 '불만족'을 나타내고 있었고 나는 이 두번째 버전을 다시 고쳐 쓸 수밖에 없었다.

'미래는 찬란하다'처럼 남자의 과거 전부를 서술할 필요가 전혀 없고, 그와 아내 사이를 지켜볼 다른 누군가가 필요하며, 그들이 살고 있는 집이 아닌 다른 공간으로 이동해서 또다른 인물들을 만나는 게 좋겠다고 생각했다. 장인어른의 아파트가 작은 섬의 펜션 옥상으로 바뀌었고, 동네 근처의 바 대신 섬에 있는 호프집으로 인물을 데려갔다. 귀고리를 달고 있던 여자는 남편을 대동시키고, 전보다 좀더 부유층의 여인으로 설정했다. 술집에 흐르는 음악은 빌 에번스의 〈Someday My Prince Will Come〉에서 페기 리의 〈Summertime〉으로 바꾸었다. 여자와 주인공은 이제 모텔에 가는 대신 호프집에 앉아 어색한 대화를 나누고 있었다. 여자가 폭행을 당한 기자의 성별을 묻자, 주인공은 거짓말을 한다. "아니, 남자였습니다." 이 대사가 떠오르자 나는 이제야 이야기가 완성되었다는 것을 알았다. 나는 「인터뷰」가 자연스러우면서도 뻔하지 않고, 예상대로 움직이지 않으면서도 설득력을 갖춘 이야기라는 생각이 들었고, 이제 더 고칠 필요가 없다고 확신할 수 있었다.

'미래는 찬란하다'와 '귀고리'에서 저지른 실수는 내가 주인공에게 너무 감정을 이입했다는 것이다. 지나치게 인물에게 이입하게 되면 이야기가 갈 길을 잃어버리기도 하는 것이다. 때로는 사랑하는 인물에게 가혹해야 할 필요가 있다. 등장인물을 사랑하기보다는 이야기를 사랑하는 편이, 결국에는 인물까지도 살리는 결과를 낳는다. 그쪽이 언제나 더 나은 소설을 탄생시킨다.

주인공이 인터뷰 도중 기자를 다치게 하는 사건을 제외한 나머지 부분이 초고와 완전히 달라졌기 때문에 이 세 편의 소설은 모두 다른 소설이나 마찬가지다. 이중 두 편은 사라지고 말았지만, 그 두 편의 사라진 소설이 아니었다면 분명 「인터뷰」도 없었을 것이다. 나는 「인터뷰」에서 술집에 간 주인공이 낯선 부부와 합석하는 장면을 꽤 흡족히 여기고 있는데, 만약에 '귀고리'에서 혼자 술을 마시고 있는 여자를 등장시키지 않았더라면 이 부부 역시 나타나지 않았을 것이다.

이런 과정을 거쳐 결국 「인터뷰」는 '미래는 찬란하다'의 단 한 장면, 인터뷰 도중 기자를 폭행하는 장면만 남겨둔 채 모조리 바뀌었다. 때로 작가는 엉뚱한 인물을 끼워넣어 인물에게 엉뚱한 짓을 시키기도 하고 인물들을 전혀 엉뚱한 장소에 데려가기도 한다. 친구들이 조언해준 내용에는 동의하지 못하면서도 굳이 계속해서 고쳐 쓴 이유는 무엇보다 나 스스로 만족하지 못한 지점이 있었기 때문일 것이다. 좋은 동료들은 그런 지점들을 지적해준다. 그러나 그러한 실수는 누구보다 작가 자신의 눈에 거슬리기 마련이다.

무엇보다도 방향이 잘못되었다는 생각이 들었을 때 과감하게 버리는 것, 그리고 다른 방향으로 움직이는 것, 이야기가 완성될 때까지 그러기를 포기하지 않는 태도가 필요하다. 완성된 이야기가 사랑스러워 보일 때까지 수정은 계속되어야 한다. 헤밍웨이는 후대의 작가들에게 '모든 초고는 걸레다'라는 문장을 유산으로 남겨주었다. 그가 남긴 뛰어난 작품들보다 때로 그 한 문장에 더 감사할 때가 있다. 나는 다른 글쓰기의 과정들, 모티브를 발견하고, 구상을 하고, 구상한 것을 구체화하는 작업들과 마찬가지로 수정이라는 과정을 사랑한다. 「인터뷰」는 수정하는 과정에서 가장 몸을 많이 바꾸었던 작품이고, 그 과정을 즐기는 법을 알게 해준 작품이기도 하다.

몰(沒)윤리의 미학

전철희

「인터뷰」는 우연한 사고로 범죄자 취급을 받게 된 지식인의 이야기다. 아무도 그의 결백을 믿어주지 않았다. 가족도 예외는 아니었다. 모처럼 그가 아내와 장인에게 억울함을 호소했을 때 돌아온 것은 냉랭한 무시뿐이었다. 어느 날 그는 초면인 부부와 대화를 나눌 기회가 생긴다. 그는 자신을 변호해보려던 찰나에 부부는 남자의 말을 끊고 "이해합니다"라거나 "모두가 그런 순간을 겪어요. 누군가는 들키고 운이 좋은 누군가는 들키지 않을 뿐이에요"(247쪽) 같은 위로로 응대한다. 온정에 굶주렸던 남자는 따뜻한 말을 계속 듣고 싶단 마음에 자신이 폭력을 저지른 전력이 있는 척 연기를 하게 된다.

여기에서 '그'와 부부의 모습은 몇 년 전 한국을 뜨겁게 달군 힐링 열풍을 떠올리게 한다. 물론 이 열풍에 편승한 콘텐츠들은, 사람들을 힘겹게 만든 사회적 조건에 대해 일절 침묵한 채 문제의 원인과 해결책을 개인의 정신적인 심급으로 환원했다는 점에서 얼마간 기만적이었다. 이렇게 얄팍한 용어가 일종의 시대적 현상으로 부상한 것은 청년 세대가 그런 지청구라도 필요로 할 만큼 극심한 스트레스에 시달려왔음을 증명한다. 「인터뷰」의 '그'가 거짓말을 하면서까지 위로를 받으려 했던 사정도 이와 같을 것이다. 물론 오늘날의 청년 세대가 마주한 현실에 비해 '그'의 고민은 사치스럽게 느껴지는 감이 있다. 그는 누명을 쓴 사안에 대해 법적 처벌을 받지 않았(던 것 같)고, 몇 년의 자숙기를 거친 뒤 쉽게 재기했다. 하지만 남들이 자신을 믿어주면 좋겠다는 '그'의 염원은 거의 강박적인 수준이다. 타자의 평가에 민감하다는 것은 자존감이 부족하다는 증거다. 자신의 판단을 믿는 사람은 남들의 시선으로부터 자유롭다. 그런 사람들은 언론이나 타인으로부터 부당한 비난을 받을 때 당당하게 항변할 수 있었을 것이다. 그런데 「인터뷰」의 '그'가 할 수 있는 일이라고는 불안에 떨며 자신을 소극적으로 방어하는 것밖에 없다.

이 대목에서 나는 슬라보예 지젝의 재담 하나를 인용해보고 싶다. 자신이 옥수수라고 믿던 남자가 있었다. 그는 정신병원에서 치료를 받고 퇴원한다. 며칠 후 그는 다시 입원해서 상담을 요청하며 "닭이 저를 쪼아먹으려고 해요"라고 말한다. 의사가 "이제 당신은 옥수수가 아니라 인간이라는 사실을 알게 되지 않았습니까?"라고 반문하니 돌아오는 대답은 이런 것이었다. "네, 저는 물론 제가 옥수수가 아니라는 것을 알지요. 하지만 닭도 그 사실을 알까요?" 이 환자가 미친 것이라면, 딱 그만큼 「인터뷰」의 '그'도 미쳤다고 해야 할 것이다. 그의 주장을 요약하면 이런 것이다. "저는 물론 제가 무죄라는 것을 알지요. 하지만 다른 사람들(언론)도 그 사실을 알까요?" 이렇게 주체적인 사유를 방기하고 세간의 평가에 연연하는 사람은 불안으로부터 벗어날 수 없다. 사회(언론)가 유포하는 정보나 세설 따위가 꼭 합리적인 것만은 아니기 때문이다.

이 지점에서 다시 오늘날의 현실에 관한 이야기로 넘어가보자. 근래의 청년 세대가 불안감을 느끼게 된 이유는, 사회가 그들에게 자기계발을 강요하면서도 어느 정도의 '스펙'을 쌓으면 안정적인 생활을 영위할 수 있을지에 대해 명시하지 않았기 때문이다. 얼마나 노력하면 성공할 수 있는지가 명확했다면 취업을 준비하는 세대가 불안에 떨 이유는 없었을 것이다. 하지만 오늘날의 청년들이 감내해야 할 '노오력'의 양에는 상한선이 없다. 그들은 언제든 자신이 도태될 수 있다는 막연한 불안감에 시달리며 기업의 간택만을 기다려야 하는 처지로 전락했다. 요컨대 이들의 불안은 자신의 미래가 불확실하다는 사실에서 비롯된 것이다. 「인터뷰」에서 '그'가 느끼는 감정 역시 타자의 시선에 굴종한 결과라는 점에서 현시대가 만들어낸 억압적 기제와 구조적으로 닮은 구석이 있다.

「인터뷰」의 등장인물들은 사회가 만들어낸 기준과 언론이 유포한 정보에 예속된 노예이다. 이들 중 누구도 '그'가 범죄자라는 언론의 선고에 감히 의심을 품지 못했다. 한편 그의 아내와 장인이 '폭력범'으로 추정되는 남성과 가족의 연을 끊지 않은 까닭은 오직 그의 사회적 위상과 능력 때문이었다. 이렇게 타자의 평가에만 집착하는 속물들 사이에서는 공감이나 연대 같은 고상한 가치가 생겨날 기미가 보이지 않는다. 작품을 끝까지 읽었을 때 우리는 부부가 '그'를 위로해줬던 것조차 순수한 선행이라기보다는 속물적 가식이 아니었을지 의심해보게 된다. 범죄자에게 몇 마디 덕담을 던지는 것은 사실 쉬운 일이다. 따라서 그런 온정 베풀기는 스스로가 얼마나 선량한 사람인지를 재확인하고 도덕적 나르시시즘을 강화시키는 의전이 될 수도 있다. 부부는 짐짓 친절한 태도를 견지했지만, 아내가 '그'와 단둘이 남는 상황이 되자 분위기는 급변한다. 새삼 자신이 폭력범과 독대하고 있음을 깨닫게라도 된 건지, 그녀는 노골적으로 불편한 기색을 보이기 시작한다.

이를 감지한 '그'는 자신이 폭력을 가했던 피해자가 남자였다고 거짓말을 한다. 아마 자신이 여성에게 위해를 가한 적이 없다고 말함으로써 상대방을 조금이라도 안심시키기 위한 공언(空言)이었을 것이다. 끝내 타인에게 잘 보이고 싶다는 욕망을 포기하지 못한 '그'의 행색을 담담하게 비추며 「인터뷰」는 희극적으로 끝을 맺는다.

이 지점에서 우리는 작가의 이론적 반인간주의(Anti-Humanism)를 감지하게 된다. 최정화의 소설 속에서 인간은 내면과 사유가 결여된 공허한 존재이다. 그들은 정합성 없는 사회(언론)를 신봉하고, 타인들의 환심을 사는 데만 신경을 곤두세운다. 키르케고르는 불안이 실존의 전제조건이 된다고 했지만, 최정화가 그려낸 불안한 현대인들에게는 개심이나 구원의 여지가 남아 있지 않다. 이런 회의주의로 말미암아 최정화는 이전 시대의 대표적 작가들과 구별된다. 표준적 문학사에 따르면 1990년대의 한국소설은 사회로부터 분리된 개인의 내면을 묘파하는 작업에 주력했다. 2000년대의 작가 중 일부는 억압적 현실을 초월하고자 환상의 영역으로 넘어갔고, 다른 일부는 사회로부터 독립한 소규모 공동체를 정초하는 실험에 돌입했다. 그간 문단에서는 진정성이나 윤리라는 용어가 유행했다. 사회적으로 형성된 도덕에 길항하며 자율적인 기율을 수립하고자 분투한 소설 속 인물들을 치하하기 위해 고안된 말이었다. 그런데 최정화는 그런 고상한 덕목과는 거리가 먼 속물들을 한국소설의 무대 위에 올렸다. 과거의 많은 소설이 윤리적 개인을 형상화함으로써 비루한 현실을 살아가는 독자들이 대리만족하거나 탄복하게 만들었다면, 최정화는 즉물적으로 살아가는 현대인들의 초상을 박진감 넘치게 조형해냄으로써 기존의 작법과 결별한다. 따라서 그녀의 작품을 온전히 평가하기 위해서는 새로운 독법이 필요하다. 하지만 평단은 아직 '윤리'를 대체할 이론적 용어를 제출하지 못한 상태다. 솔직히 말하면 나도 대안은 없다. 이 작가가 "지극히 내성적인" 인물의 심리를 대담하면서도 섬세하게 묘사해냈다거나, 처연하면서도 유머러스하게 현실을 풍자하는 재기가 있다거나, 현실을 예리하게 직시하는 눈이 돋보인다거나, 그러면서도 히치콕식의 서스펜스를 능수능란하게 조율해내는 감각을 겸비했다거나, 서사적 개연성을 방기하지 않을 만큼 치밀하다거나, 현대인의 불안을 조밀하게 포착해내는 솜씨가 발군이라거나, 삶의 아이러니를 포착하는 재능이 놀랍다는 식의 헌사를 나열할 수야 있겠지만, 이중 어느 것도 그녀의 작품이 개척한 미학적 영토를 오롯이 설명한 것이라고는 생각되지 않는다. 그러니 지금의 시점에서 내가 내릴 수 있는 최대한의 결론은, 이 작가가 재래의 소설 독법을 의심하게 만들 만큼 새로운 '젊은 작가'라는 것이다.

전철희
2010년 대산대학문학상 평론부문에 「87년 체제의 문학적 증명 및 항변—박민규론」이 당선되어 등단.

오한기

새해

작가노트 무질서

해설 이은지 당신은 어쨌든
패러디에 불과할 뿐입니다

오한기
1985년 경기 안양 출생. 2012년 『현대문학』 신인상에 단편소설 「파라솔이 접힌 오후」가 당선되어 등단. 소설집 『의인법』, 장편소설 『홍학이 된 사나이』 『나는 자급자족한다』 『가정법』이 있다.

| 수상작 |

새해

새해가 밝았을 때 내 머릿속에 떠오른 생각은 두 가지다.

코뿔소의 평균수명은 칠십 세다
납치나 해볼까

나는 잠에서 깼을 때 머릿속에 불현듯 스쳐지나간 이 두 문장에 대해 침대에 누운 채 한동안 생각했다. 별다른 이유 없이 머릿속에 떠오른 문장들이어서 좀처럼 무슨 의미인지 알 수 없었다. 이른 아침 기운이 퍼져 있는 침침한 방과 옆에 누워 곤히 잠든 아내의 차분한 표정은 작년 그대로였기 때문에 나는 금세 현실세계로 돌아오고 말았다. 새해에 떠오른 생각이 무언가 의미 있을 거란 기분이 들어서 허겁지겁 적어두지 않았다면 금방 잊어버렸을 것이다.

그 메모를 다시 본 건 얼마 전이었다. 나는 소설을 쓴답시고 보습학원 국어 강사 일을 그만둔 뒤 반년을 흘려보내고 있었다. 아내에게 미안하기도 하고 그냥 놀기도 불안해서 지인의 소개로 정수기 대여 사업을 하는 기업가의 자서전을 대필한 게 내가 쓴 유일한 완성본이었다. 돈을 벌지 않으면 영감이 몰아닥치거나 직장이 없으면 글 쓸 시간이 솟아날 것 같았지만 겪고 보니 둘 다 아니었다. 삶은 의미 있지도 않고 무의미하지도 않다. 그동안 내가 깨달은 거라곤 이게 유일했다. 3월이 되고 경칩이 지났지만 너무나 추웠고, 나는 이 나라가 알래스카나 모스크바, 아니 잘하면 북극보다 추울 수도 있다는 망상에 사로잡혀 있었다. 그러자 머지않아 지구가 진짜 멸망할 수도 있겠다는 생각이 들었고, 그전에 서둘러 유작이라도 하나 남겨야겠다는 생각도 들었다. 그렇게 작품을 구상하던 차에 메모를 뒤적거리다가 새해 아침에 우연히 떠오른 두 문장과 다시 만난 것이었다.

일단 첫번째 문장은 사실이 아니다. 코뿔소의 평균수명은 사십 년으로 알려져 있다. 조금 더 생각해보니 이 문장은 작년 연말에 본 뉴스에서 파생된 것으로 추정된다. 이유를 알고 나자 약간 시시해졌다. 그날 뉴스에는 이례적으로 팔십삼 년을 산 코뿔소가 출연했다. 그 코뿔소의 이름은 자이언트였고, 무려 제이차세계대전도 겪었다. 자이언트는 지난해 크리스마스 무렵 호주의 애들레이드 동물원에서 죽었다. 자이언트와 가장 친했던 코뿔소는 현재 그 동물원에 살고 있다. 이름은 칠리이며 육십 세이다.

칠리, 나 먼저 가겠네. 저세상에는 가만히 있어도 밥도 주고 짝짓기도 시켜주고 잠도 재워주는 동물원은 없을걸세. 여생을 마음껏 즐기다가 곧 따라오게나.

자이언트의 유언을 상상하는 데 이르자 어느덧 첫번째 문장은 내 머릿속에서 사라져버렸다.

두번째 문장은 첫번째 문장과 다르다. 난데없이 불쑥 떠오른 생각이기 때문이다. 나는 이 문장에 조금 더 관심이 갔다. 아무리 생각해봐도 뉴스 같은 근거도 없고 평소 단 한 번도 생각해보지 않은 주제여서 더욱 궁금했다.

(　　　　　) 납치나 해볼까

이 문장은 괄호 안에 '달리 할 일도 없는데'나 '심심한데' 같은 구절을 생략한 것일 수도 있다. '날씨도 흐린데'나 '배가 너무 고픈데'라는 구절도 괄호 안에 들어갈 수 있다. '오늘 화가 좀 나는데'라는 구절도 들어갈 수 있다. '돈벌이나 할 겸' '담배를 피우는 대신' '저 여자가 마음에 드는데'…… 이렇게 끝도 없이 만들 수 있다. 몇 번 해보니까 꽤 재미있었다. 이 생각이 떠오른 이유 따위는 아무래도 상관없다고 여겨졌다. 그런 김에 몇 문장을 더 생각해냈다.

(물구나무도 섰는데) 납치나 해볼까

(스파게티를 먹은 김에) 납치나 해볼까

(저 개구리처럼 생긴 작자가 마음에 안 드는데) 납치나 해볼까

하루종일 괄호 안을 채우며 놀다가 다음날 아침이 돼서야 아내에게 내 생각을 털어놓았다. 나는 침대에 누운 채였고, 아내는 화장대에 앉아 출근 준비를 하고 있었다. 그녀의 얇은 등이 보였고, 그 너머 거울 속에 그녀의 상반신이 보였다. 그녀의 시선을 피해 내가 달아날 곳은 없다는 생각이 스쳐지나갔다. 나는 나도 모르게 이불을 추켜올렸다.

납치?

아내가 마스카라로 속눈썹을 빗어올리며 물었다. 나는 고개를 끄덕였다. 아내는 왜 갑자기 그런 생각을 하게 됐냐고 물었다. 나는 생각을 해봤는데 잘 모르겠다고 했다. 그리고 이제 그게 중요한 게 아니라 그 생각이 계속 이어지고 있는 게 중요하다고 했다.

지금 소설에 대해 이야기하는 거지? 당신이 좋아하는 소설들처럼 누굴 붙잡아서 괴롭히거나 죽이는 걸 쓰려고 말이야.

아내가 말했다. 나는 소설이 아니라 진짜 납치에 대한 이야기라고 했다. 아내가 심각한 표정으로 나를 돌아보았다. 여기는 소설이 아니라 현실이라며 내 눈앞에 손을 휘휘 젓기도 했다.

당신 작년 이맘때는 뭐라고 말한 줄 알아?

아내가 물었다.

당나귀가 된 거 같아. 어떻게 하면 다시 거북이가 되지?

기억을 더듬고 있는 사이 아내가 내 목소리를 흉내냈다.

이렇게 말했어. 그리고 다섯 시간 동안 울었다고. 무려 다섯 시간이나. 나는 속으로 빌었어. 당신을 달래주느니 내가 당나귀가 되는 게 낫겠다고.

아내가 말을 이었다. 아내의 이야기를 듣고서야 기억이 조금 되살아났다. 그 무렵에는 전업작가가 되기 전인데도 심각한 우울증에 시달렸으니 그럴 만도 했을 것이었다.

당신은 진짜 당나귀야. 마음만 먹으면 거북이도 될 수 있어. 하지만 소설쓰기를 그만두지 않는 이상 사람이 될 순 없지.

내 우울증이 심해지자 언젠가 아내가 이렇게 하소연하기도 했다. 어쨌든 지금 나는 당나귀도 거북이도 아니지 않은가. 나는 아내와 인간의 언어로 대화도 나눌 수 있고, 직립보행으로 산책도 할 수 있으며, 마음만 먹으면 직업을 구하고 돈도 벌어 사람 노릇도 할 수 있다. 나는 인간이고, 이걸로 만족한다.

혹시 그새 다른 여자가 생기기라도 한 거야?

이런저런 생각을 하고 있을 때 아내가 물었다. 나는 그게 무슨 뜻이냐고 되물었다.

나를 이렇게 납치하고도 만족하지 못하는 거야?

아내가 포박된 듯 자신의 몸을 양팔로 감싸고는 익살스런 표정을 지었다. 나는 진지했지만 아내는 나를 놀리는 게 재미있는 모양이었다. 나는 약간 의기소침해졌다.

그럼 어떤 여자를 납치하면 만족할 거 같은데?

아내가 양팔을 푼 뒤 히죽대며 물었다. 나는 아내의 눈치를 보며 머리를 굴렸다. 글쎄, 젊은 시절의 이자벨 아자니라면 나를 성적으로 만족시켜주지 않을까…… 그런데 이제 그녀는 너무나 늙어버렸고…… 조이스 캐롤 오츠라면 그래도 배울 게 있지 않을까?

나는 아내가 출근한 뒤 침실에서 벗어나 노트북 앞에 앉았다. 소설을 쓰기 위해서였다. 그러나 그것도 잠시였다. 하얀 모니터를 바라보고 있으니 사방이 트인 설원 한가운데 혼자 서 있는 것 같은 기분이 들어 숨이 막혔다. 나는 글을 쓰지 않기 위해 머릿속에서 뒷걸음질을 치다가 납치라는 단어와 맞닥뜨렸다. 그 이후에는 다시 납치에 대해 생각하느라 단 한 문장도 쓸 수 없었다. 잠시 뒤엔 공상만 늘어놓고 막상 행동하진 않는 나 자신이 무기력하게 느껴졌다. 내가 하고 있는 모든 일들도 무의미하게 여겨지기 시작했다. 이럴 때 애완동물이라도 있으면 쓸데없는 생각도 줄어들고 기분도 좀 나아질 텐데. 순간 이런 생각이 들었다. 이왕 납치범이 될 바에야 개나 한 마리 훔쳐볼까. 이런 생각도 들었다. 그때 로트바일러라는 커다란 독일 견종이 유독 강한 충성심을 지니고 있다는 이야기를 들었던 게 기억났다. 나는 평소 개의 충정에 대한 환상을 갖고 있었고, 나도 모르는 사이 대저택에서 초콜릿색 로트바일러를 훔치는 장면과 로트바일러의 목줄을 잡고 산책하는 장면을 상상하고 있었다.

애완견이 참 멋있네요. 무척 비싸 보이는데, 어디에서 난 거예요?

납치했습니다.

동네 사람들이 물으면 이렇게 답한다. 로트바일러는 고개를 꼿꼿이 세우고 또각또각 걸으며 자신을 뽐내느라 바쁘다.

그나저나 로트바일러에게 이름을 붙여줘야 하는데…… 사르트르나 장 주네는 어떤가? 아니, 로트바일러의 충정은 고전적이고 낭만적인 구석이 있어서 시인이 어울려. 그래, 릴케가 좋겠군.

바로 이 로트바일러를 잃어버렸다는 신고가 들어왔소. 당신을 납치범으로 체포하겠소.

웃기는 소리! 릴케가 나를 납치한 거예요. 봐요, 이렇게 내가 릴케에게 끌려다니지 않습니까.

경찰이 물으면 내가 답한다. 나는 목줄을 움켜쥔 채 릴케에게 질질 끌려가고 있다. 경찰이 다짜고짜 내게 수갑을 채우려고 한다. 릴케가 컹컹 짖으며 달리기 시작한다. 힘이 얼마나 센지 나는 공중에 뜬 채로 릴케에게 딸려간다.

내가 당신들을 수간계의 전설로 만들어줄게요.

인간처럼? 개처럼? 아니면 다른 동물처럼? 어떤 체위를 원하십니까?

에로 영화감독이 물으면 내가 말한다. 그다음은 나와 릴케가 침대 위에서 서로를 물고 빠는 장면이다. 그런데 이웃이나 경찰은 그렇다 치더라도 갑자기 왜 에로 영화가…… 문득 너무 터무니없는 상상을 한 것 같아 이제 뭘 하더라도 해야겠다고 생각했다. 나는 지구로 납치돼 온 외계인이 아니었고, 건강한 지구인인 이상 몸을 움직여야 했다.

그뒤 내가 한 건 책장에서 그날 읽을 책을 고르는 일이었다. 책장 앞에서 한참을 서성이다가 집어든 책은 레이먼드 카버의 『대성당』이었다. 예전에 읽었던 몇몇 작품이 기억났다. 레이먼드 카버는 나이를 먹을수록 점점 좋아지는 작가 중 하나였다. 전에는 카버가 술주정뱅이에 성격파탄자라는 선입견이 있었지만 소설을 읽으면 읽을수록 그가 가정적이고 온순한 성격일 거라는 생각이 들었다. 그리고 왠지 그 사실이 슬퍼졌다. 나는 그 자리에 선 채 단편 두 개를 읽었다. 소설이 좋다는 생각보다 레이먼드 카버를 납치해 그의 재능을 빼앗고 싶다는 생각이 먼저 들었다. 레이먼드 카버. 나는 머릿속 납치 목록에 그의 이름을 적었다. 그러고 보니 내가 납치범이 된다면 돈을 벌기 위해 직업적 납치를 하는 것보다, 보다 순수하게 사랑하거나 증오해서 아무 조건 없이 납치하는 쪽일 거라는 생각도 들었다. 쉽게 말하자면 미저리에 가깝달까.

이 이야기가 하고 싶어져서 아내에게 전화를 걸었다. 아내는 내가 말을 꺼내기도 전에 중요한 회의가 코앞이라 너무 바쁘다고 했다. 그리고 방구석에서 공상만 하지 말고 소설이 잘 안 써지면 사람을 좀 만나거나 운동이라도 하라고 했다.

이상한 사람들이 괴롭히면 언제든지 전화해, 달려갈 테니.

전화를 끊을 때 내 입에서 왜 이런 말이 나왔는지 모르겠다.

당신이나 이상한 사람들은 만나지 마. 증상이 더 심각해질 수도 있으니.

전화기 너머로 아내의 목소리가 들렸다. 이상한 사람들이란 내 주위에 있는 작가들을 두고 하는 소리 같았다. 내가 당나귀라느니, 거북이라느니, 납치라느니, 이상한 소리를 하는 게 모두 그들 때문이라고 생각하는 거 같았다. 그들의 아내나 애인이 나를 멀리하라고 한다는 사실을 나는 알고 있었다. 그 이야기를 아내에게 하지는 않았지만 말이다.

4월이 다가왔지만 서울은 여전히 추웠고, 묵동인가 공릉동에는 잠깐이지만 국지적으로 눈이 내렸다는 이야기도 들렸다. 그즈음 나는 한창 면접을 보러 다니고 있었다. 혼자 집에 틀어박혀 있으니 허황된 상상을 하는 거라며 제발 직업을 갖고 사람들과 어울려보라고 아내가 애원했기 때문이었다.

그러던 어느 날이었다. 그날도 나는 작은 출판사에 면접을 보러 갔다. 출판사 편집장은 알 만한 사람은 알고 있는 소설가였다. 예전에 몇몇 문학상 선집에 실렸던 게 기억났다. 평소 인물 묘사에 큰 의미를 두진 않았지만 그의 평범한 외모는 묘사할 의욕을 더욱 잃게 만들었다. 창 하나 없는 작은 사무실에는 그 혼자 앉아 있었다. 그의 소설처럼 미학에만 집중하는 자폐적인 분위기가 물씬 풍겼다. 편집장은 내게 자리를 권한 뒤 한동안 나를 주의깊게 바라봤다.

나를 알죠?

침묵 끝에 그가 물었다. 나는 고개를 끄덕였다. 그는 내 눈빛을 보는 순간 그럴 줄 알았다고 하며 껄껄 웃었다. 영문을 모르니 그저 그를 따라 웃는 수밖에 없었다.

내 소설에 대해 어떻게 생각하죠?

이게 그의 두번째 질문이었다. 나는 예상하지 못한 질문들에 당황해서 주저했지만 그는 계속해서 괜찮으니까 대답해보라고 했다. 나는 잠시 고민을 하다가 솔직하게 이야기해도 되냐고 물어봤다. 그가 인자한 미소를 지으며 고개를 끄덕였다. 나는 다른 건 모르겠지만 역사에 남지 않을 소설이란 건 확실하다고 했다. 그가 내 말의 의미를 생각하는 듯 잠시 미간을 모았다. 그리고 특별한 대꾸 없이 내 이력서를 읽어 내려가기 시작했다. 이력서를 다 읽은 뒤에는 학원 강사와 자서전 대필이 경력의 전부냐고 혀를 찼고, 아무 이유 없이 직장을 그만뒀다는 건 태만의 증거라고 꾸짖듯이 몰아붙이기도 했다. 나는 소설을 쓰기 위해서였다고 했지만, 그가 어떤 소설을 썼냐고 묻자 입을 다물 수밖에 없었다. 소설을 쓰는 작자가 나를 이해하지 못한다면 누가 나를 이해할 수 있는지 의문이 들어 약간 서글퍼졌다. 나는 딱히 할말도 없어서 얼른 면접이 끝나기만을 기다리고 있었다. 솔직히 말해 이 볼품없는 출판사에서 죽을 때까지 자신의 작품이 별 볼 일 없다는 것을 깨닫지 못할 게 분명한 작가의 비위를 맞추고 싶지는 않았다. 그가 내게 기회를 주기로 결정했다고 말한 건 내가 왜 이 작자에게 훈계를 듣고 있어야 하나 의문이 들 즈음이었다. 그는 마침 특별한 경력이나 특기가 없어도 충분히 할 수 있는 아르바이트 자리가 하나 있다며 내게 운이 좋다고 했다. 나는 어디 이야기라도 들어보자 싶어서 그 일이 무엇이냐고 물었다. 그는 현재 기획단계에 있는 책의 기초자료를 수집하는 일이라고 했다. 그의 말에 따르면 그 책은 외국인들이 바라본 이 나라를 문학적으로 그려내는 고귀한 작업이었다. 그 책은 세 부분으로 나누어져 있었다.

1. 고조선
2. 조선
3. 북조선

그 작자에 의하면 고조선은 과거, 조선은 현재, 북조선은 미래를 뜻했다. 나는 고조선은 그렇다 치더라도 조선과 북조선이 왜 현재와 미래냐고 물었다. 그러자 그는 조선의 유교사상은 현재 우리나라의 근간을 이루고 있으며 미지의 세계에 대한 꿈과 환상이 북조선이라는 단어에 함축돼 있다고 했다. 그래서 현재와 미래라는 것이었다. 내가 이씨 왕조와 현재, 삼대 세습과 미래의 상관관계에 대해 생각하는 동안 그는 그렇게 일일이 따지면 진행이 더디다며 나머지는 알아서 할 테니 간단한 일만 해주면 된다고 했다. 모든 자료를 뒤져 우리나라를 방문했던 외국인들의 목록을 수집하고 시기별로 구분하라는 것이었다.

과거, 현재, 가능하면 미래까지.

그가 덧붙였다.

미래라니요?

내가 물었다.

미래가 가장 중요하다. 먼 미래일수록 문학에 가깝다.

그가 책을 읽듯이 또박또박 말했다. 나는 가까운 미래라면 뉴스에 나오거나 신문에 실릴 수도 있겠지만, 먼 미래에 이 나라를 방문하는 사람을 어떻게 알고 쓰냐고 물었다. 그는 상상해서 써도 무방하다고 했다. 한술 더 떠서 이미 죽은 사람도 되고 허구의 인물도 된다고 했다. 나는 그게 무슨 의미가 있냐고 했다. 그는 별다른 설명 없이 고조선과 조선이 역사와 리얼리즘이라면 북조선은 그 자체로 문학이 될 거라고 했다. 자신의 의도대로만 된다면 역사에 길이 남을 작품이 될 거라는 호언장담도 했다. 노벨상은 물론 문학과 관련된 전 세계의 상이란 상은 다 휩쓸 수 있다며 이 책을 위해 인생을 헌신하는 것을 큰 영광으로 여기라고도 했다. 그뒤 그가 무슨 말을 했는지는 기억나지 않는다. 아무리 생각해도 그때 내가 왜 이

일을 하기로 했는지도 잘 모르겠다. 다만 그리 끌리진 않았지만 무언가 얻을 게 있을 거란 생각에 그의 소설을 끝까지 읽어 내려가던 예전의 내 모습이 떠오를 뿐이었다.

면접을 끝내고 밖으로 나오자 해는 저물어 있었다. 지하철을 타고 응암역에 내려 집이 있는 역촌동까지 걸었다. 저멀리 북한산이 보였고, 북한산이 있어서 봄이 돼도 이 동네가 이렇게 추운 거구나 생각했다. 아무리 추워도 전세 계약이 끝날 때까지는 여기에 살아야 한다는 데 생각이 이르자 더이상 생각할 게 없었다.

그날 이후 나는 매일 도서관에 들락거렸다. 일반인과 유명인, 침략자와 선교사, 사업가와 예술가, 영화배우와 대통령. 이 나라를 찾은 외국인들은 너무나 많았다. 언젠가는 한국전쟁에 참전한 것으로 알려져 있는 영국의 영화배우 마이클 케인의 흔적을 찾아 헤맨 적도 있었다. 그는 한국전쟁을 배경으로 한 영화 〈한국의 언덕〉에도 출연했는데, 얼마나 찾기를 간절히 바랐던지 그 영화에서 그를 발견하고는 환호성을 지르기도 했다. 그날 밤 나는 마이클 케인에게 납치당하는 꿈을 꿨다. 마이클 케인은 군복을 입은 채 근엄한 표정으로 서 있었고, 나는 바지를 벗은 채 엎드려 있었다. 내가 왜 이곳에 엎드려 있는지 생각을 하는 동안 마이클 케인은 혁대를 끌렀다.

자네, 내가 이렇게 쓸모없는 책을 출간하라고 이 빌어먹을 전쟁통에 뛰어들었는 줄 아나.

마이클 케인은 혁대로 내 엉덩이를 때리며 이렇게 꾸짖었다.

나는 마이클 케인 외에도 독자들이 궁금해할 만한 명사들을 선별했다. 아내의 말대로 일을 하니까 납치에 대해서는 생각할 겨를도 없었다.

고조선과 조선이 거의 다 마무리됐을 무렵이었다. 나는 편집장에게 보고를 했다.

중요한 걸 하나 빼먹었는데?

내가 작업한 걸 검토한 뒤 편집장이 말했다. 나는 그게 뭐냐고 물었다.

공룡.

그가 대답했다. 한반도에 살던 공룡들도 방문객이라는 것이었다. 나는 공룡은 사람이 아니지 않냐고 물었다.

의인법. 문학의 기초적인 수사법이지.

그가 덧붙였다.

다음날부터 나는 도서관에 틀어박혀 공룡 도감을 뒤적거리기 시작했다. 꿈에서는 여전히 마이클 케인이 나를 꾸짖었고, 마이클 케인이 나오지 않는 날에는 발톱을 세운 공룡들에게 쫓겼다. 도서관에서 한상경을 만난 건 그 무렵이었다. 공룡 도감에 파묻혀 있을 때 누군가 내 어깨를 두드렸다. 고개를 들어보니 한상경이 활짝 웃으며 서 있었다. 놀라운 건 그가 아이를 안고 있다는 사실이었다. 한 손엔 자신의 시집, 한 손엔 갓난아이. 나는 살아가면서 이보다 괴기스러운 장면을 본 적이 없었다. 처음에는 조카겠거니 생각했다. 한상경에게 아이가 있을 거란 건 상상도 하지 못했던 터였다. 한상경은 반평생 시만 쓰느라 여자 손 한 번 잡지 못했고, 동성애자라는 소문도 나돌았다. 심지어 술에 취해 내게 같이 자자고 덤빈 적도 있었다. 나는 한상경이 어서 사라지길 원했지만 그는 계속 내 옆에서 있었다. 불현듯 섹스에 대한 온갖 환상을 담은 그의 시들이 머릿속에 스쳐지나갔다.

결국 우리는 휴게실로 자리를 옮겨 안부를 주고받았다. 나는 금세 이야깃거리가 떨어졌지만 신변잡기부터 문학관의 변화에 이르기까지 한상경의 이야기는 끊이지 않았다. 나는 한상경의 이야기를 흘려들으며 아이를 바라봤다. 아이는 곤히 잠들어 있었다.

그 아이는 누구지?

한상경의 이야기가 끝난 뒤에야 나는 그에게 유일하게 궁금한 것을 물을 수 있었다.

피츠제럴드.

한상경이 대답했다. 나는 그 이름을 듣고는 이 아이가 외국인인가 살펴보다가 소설가 피츠제럴드를 떠올리곤 한상경을 바라봤다. 한상경은 내 마음을 읽었는지 고개를 힘차게 끄덕였다. 그때까지도 나는 피츠제럴드가 한상경의 아이일 거라고는 생각하지 못하고 있었다.

그러니까 내 말은 네 품에 안긴 그 피츠제럴드라는 아이가 너와 무슨 관계냐는 거지.

내가 또 물었다.

내 아들, 피츠제럴드.

한상경이 대답했다. 아들이라니…… 이름도 그토록 그가 동경해마지않던 피츠제럴드라니…… 문학의 신이 있다면 그에게 축복을 내렸을까 저주를 내렸을까…… 내가 충격에 휩싸여 있는 동안 한상경은 이 아이가 자라서 엄청난 예술가가 될 거라고 했다. 육아를 잉마르 베리만의 영화와 마르크스의 저서로 하고 있다면서 말이다. 나는 잉마르 베리만과 마르크스에게 시달리느라 피곤한 나머지 깊은 잠에 빠져든 피츠제럴드를 가만히 들여다보았다. 자세히 보니 갓 돌이 지난 듯한 사내아이였고, 목에는 피츠제럴드라는 이름이 새겨진 목걸이도 걸려 있었다. 묘사하고 싶을 만큼 아기로서는 특이한 인상이었다. 솔직히 말해 그렇게 예쁜 얼굴은 아니었다. 얼굴에는 술에 취한 듯한 붉은빛이 감돌았고, 입은 개구리처럼 툭 튀어나와 있었다. 이마에는 벌써 주름이 가득했으며 입술은 심술궂게 굽어 있었다. 가느다란 머리칼은 마름모꼴로 생긴 머리 위에 듬성듬성 솟아 있었다. 아내가 봤다면 저렇게 못생긴 아이는 생전 처음이라고 했을 것이다.

피츠제럴드, 인사해야지.

한상경이 피츠제럴드에게 속삭였다. 피츠제럴드는 미동도 없었다.

스콧 피츠제럴드, 인사해야지.

한상경의 목소리가 높아졌다. 나는 그가 아이를 때리기라도 하는 건 아닌가 싶어 가슴을 졸였다. 그때 피츠제럴드는 피츠제럴드라는 이름이 별로 마음에 들지 않는 듯 인상을 찌푸리며 잠에서 깨어나 칭얼거리기 시작했다.

어때? 잘생겼지?

한상경이 물었다. 나는 고개를 끄덕여주었다. 한상경은 한번 쓰다듬어보라고 했다. 나는 마지못해 아이의 작은 머리통을 쓰다듬었다. 피츠제럴드는 하품을 하며 내 눈을 뚫어지게 바라보았다. 피츠제럴드의 눈은 순진무구를 가장한 채 그 심연에 무시무시한 욕망을 숨기고 있는 것 같았다. 나는 소름이 돋아 시선을 피했다. 그러자 피츠제럴드는 두 팔을 벌려 내게 안기려고 버둥댔다. 나는 아이를 피해 뒷걸음질치다가 벽에 다다랐고, 눈을 질끈 감고 팔을 뻗어 피츠제럴드를 안아들었다. 첫 느낌은 괜찮았다. 생면부지의 생명체가 주는 감각이 그리 나쁘지만은 않았다.

피츠제럴드, 너도 이 아저씨가 좋구나.

한상경이 속삭였다. 평소 낯을 많이 가리는데 이상하게 나를 따르는 거 같다는 것이었다. 피츠제럴드는 내 품에 기대 한껏 잠투정을 부리다가 다시 졸기 시작했다. 나는 울음과 잠밖에 모르는 이 희한한 생명체를 안아든 채 어쩔 줄 몰라하다가 다시 한상경에게 건넸다. 한상경이 안으려고 하자 피츠제럴드는 잠에서 깨어나 자지러지듯 울기 시작했다. 나는 할 수 없이 피츠제럴드를 도로 안아 재우며 한상경에게 결혼은 언제 했고 아이는 언제 낳았느냐고 물었다. 한상경은 질문에는 대답도 하지 않은 채 내 눈앞에 자신의 시집을 내밀었고, 오랜만에 도서관에 왔는데 아직도 자신의 시집이 꽂혀 있다며 뿌듯한 표정을 지었다. 또 요새 엄청난 시를 한 편 썼는데, 그게 다 피츠제럴드 덕분이라고 했다.

피츠제럴드 덕분이라니?

내가 물었다. 한상경은 애정 어린 손길로 피츠제럴드를 어루만지면서 이 아이와 함께 있으면 걸작을 쓸 수 있을 것 같은 자신감이 생긴다고 했다. 실제로 피츠제럴드를 곁에 두고 그 엄청난 시를 썼다는 것이었다. 나는 잠시 마음이 동해서 이유를 물었다.

글쎄, 굳이 따지자면 양육에 대한 책임감 같은 게 아닐까.

한상경이 말했다. 나는 아이를 무릎 위에 올려둔 채 무언가에 홀린 듯 시를 쓰는 한상경을 떠올렸다. 별안간 몸이 으스스해졌다. 굳이 따지자면 그건 책임감이 아니라 일종의 광기라는 생각이 들었다. 그때였다. 한상경이 내 귓가에 입을 붙이고 여태 자신을 무시한 이들을 열거하며 욕설을 내뱉기 시작했다. 내가 아는 사람들도 있었고, 모르는 사람들도 있었다. 글을 쓰는 사람들도 있었고, 글을 쓰지 않는 사람들도 있었다. 한상경은 그들을 가둔 채 십 년이고 백 년이고 자신의 시집을 교재 삼아 문학을 가르치고 싶다고 했다. 그 와중에도 한상경은 계속 피츠제럴드를 쓰다듬었는데, 그 장면은 몹시 기괴한 분위기를 풍겼다. 피츠제럴드, 귀를 막아. 나는 속으로 중얼거렸다.

한상경은, 아니 피츠제럴드는 나를 무작정 자신의 집으로 끌고 갔다. 피츠제럴드가 끝끝내 내게서 떨어지려 하지 않았기 때문이었다.

불쌍한 피츠제럴드, 사람 보는 눈이 없구나.

한상경이 집에 가는 내내 중얼거렸다.

나는 한상경의 집에 피츠제럴드를 눕힌 뒤에야 악몽에서 벗어날 수 있었다. 그러나 또다른 악몽이 곧 시작됐다. 한상경이 피츠제럴드에게 자신의 시를 자장가 삼아 낭독해주기 시작한 것이었다. 개똥지빠귀로 프리섹스를 은유한 시였는데, 화자가 개똥지빠귀였는지 프리섹스라는 낱말 그 자체였는지 지금은 잘 기억나지 않는다. 그날 방안에는 나와 한상경과 곤히 잠든 피츠제럴드뿐이었고, 너무 고요한 나머지 한상경의 시는 신의 계시처럼 방안에 울려퍼졌다.

아내는 어디 있어?

내가 물었다. 한상경은 잠시 시 암송을 멈추고 뜸을 들이다가 결혼은 하지 않았다고 했다.

그럼 피츠제럴드는?

나는 입양 같은 것을 떠올리며 이렇게 물었다. 한상경은 짐짓 모르는 척하며 다시 시를 암송하기 시작했다. 동시에 피츠제럴드의 작은 성기를 만지작거리기 시작했다. 나는 흠칫 놀라 무슨 짓이냐고 물었다. 피츠제럴드는 몸을 움찔거렸고, 한상경은 계속해서 아이의 성기를 매만졌다. 아이의 성기는 점차 단단해지고 있었다. 나는 〈악마의 씨〉의 한 장면이 연상되는 이 상황이 섬뜩했고, 한상경이 도무지 인간처럼 느껴지지 않아서 아예 눈을 감아버렸다. 어디에선가 바로 이게 문학의 근원이라고 하는 한상경의 목소리가 들렸다. 피츠제럴드의 울음소리도 들렸다. 나는 대체 이 아이의 정체는 무엇이냐고 소리쳤다.

주웠어.

그가 대답했다. 나는 눈을 떴다. 한상경은 성가신 듯한 표정으로 얼마 전 집에 오는 길에 지하철역 화장실에서 주웠다고 했다. 나는 믿기지 않아서 같은 질문을 다시 했다.

주웠다고.

그가 대답했다. 한상경은 피츠제럴드를 멍하니 바라보고 있었다. 그의 눈에는 사랑도 증오도 들어 있지 않았다. 그 외에 살아가는 데 필요한 그 어떤 감정도 들어 있지 않았다. 오직 문학적 성공에 대한 열망뿐이었다.

(한상경처럼) 납치나 해볼까

자정이 다 돼 집에 오니 아내가 잠들어 있었다. 내가 옆에 눕자 아내는 잠결에 나를 안으려고 했다. 나는 아내 품에 조금 안겨 있었다. 처음에는 안정감이 들었지만 금세 답답해졌다. 나는 아내의 품에서 떨어져나왔다. 그러자 아내가 눈을 떴다. 아내는 이렇게 늦게까지 어디 다녀왔냐고 했다. 나는 도서관에서 일을 하다가 한상경을 만났다고 했다. 아내는 그 괴상한 시인은 잘 지내고 있냐고 물었다. 나는 한상경의 아이도 봤다고 했다. 아내는 한상경이 게이인 줄 알았는데 언제 결혼을 해서 애까지 낳았냐고 물었다. 나는 한상경이 결혼을 한 게 아니라 아이를 주워서 남몰래 키우고 있다고 했다. 아내는 깜짝 놀라면서 그건 범죄라고 했고, 경찰에 신고해야 하는 거 아니냐고 했다. 내가 범죄라고 할 것까지는 없지 않냐고 하자 아내는 그런 사람하고 어울리지 말라고 했더니 왜 만났냐고 화를 냈다. 나는 아내가 감정적으로 격양된 것 같아서 잠자코 누워 있었다. 아내는 오늘 회사에서 너무 일이 많아서 피곤한데 당신까지 왜 말썽을 피우냐고 울먹였다.

이게 바로 납치야.

내가 아내에게 속삭였다. 아내는 제발 정신 좀 차리라며 지금은 너무 졸리니까 내일 다시 이야기하자고 했다.

이게 진짜 납치라고.

얼마 뒤 내가 또 말했다. 나도 모르는 사이 흥분했는지 목소리가 높아져 있었다. 아내는 그사이 잠들었는지 아무 반응도 없었다.

(롤러코스터를 타는 대신) 납치나 해볼까
(나체가 된 김에) 납치나 해볼까
(손가락도 열 개고 발가락도 열 개인데) 납치나 해볼까

그날 나는 잠이 오지 않아 밤새 문장 만들기 놀이를 했다. 그러나 피츠제럴드를 본 이상 모든 게 시시하게 느껴졌다. 나는 아내에게 아이를 갖고 싶다고 속삭였다. 아내는 그 말을 들었는지 몸을 뒤척이더니 나를 안아주었다.

그로부터 열흘 뒤였다. 나는 공룡 목록을 정리해 편집장에게 넘겼다. 편집장은 수많은 사우루스와 케라톱스를 살펴본 뒤 이제 문학의 기본인 인문학적 상상력과 구성력을 평가할 차례라며 북조선에 들어갈 명단을 작성하라고 했다.

납치하고 싶은 사람들을 적어도 되나요?

그때 내 입에서 왜 이런 말이 나왔는지 모르겠다. 그는 잠시 생각해보더니 좋을 대로 하라고 했다.

좋아하는 작가들? 소설 속 인물들? 사춘기 때 하룻밤만 같이 자고 싶다고 염원했던 외국 여배우들? 첫사랑? 나를 따돌리던 직장 상사들이나 동성애자 취급하던 학교 동창들? 나라면 누구를 납치할 것인가. 진짜 납치 말이다. 나는 일단 백지 위에 납치하고 싶은 인물들을 죽 나열했다. 당신들이 아는 이름도 있을 것이다. 어쩌면 당신의 이름도.

나는 그중 책에 실릴 만한 외국인들을 추려 편집장에게 보냈다. 그러자 왠지 마음이 허전해졌다. 피츠제럴드를 손에 쥐고 있는 한상경이 부러웠다. 정신을 차리고 보니 어느 순간부터 나는 생각을 계속 이어나가고 있었다. 납치한 다음에는 장소가 필요했다. 납치한 인간들을 가둘 장소 말이다. 축축한 창고나 으슥한 하천 다리 밑, 지하에 수백 개의 감옥이 있는 요새나 밤마다 유령이 떠도는 저택. 이런 장소들이 제격이겠지만 내게는 기껏해야 아내와 공유하고 있는 비좁은 전세방뿐이지 않나. 이 모든 게 새해에 떠오른 생각에서 비롯됐다니 헛웃음이 비집어나왔다.

생각해보니 병원도 납치 장소로 그럴듯했다. 하얀 유니폼, 수술도구들, 알코올 냄새. 병원과 납치는 왠지 아주 잘 어울렸다. 나는 한상경의 병문안을 가서 새삼 그 사실을 깨달았다. 그 무렵 한상경은 폐결핵에 걸려 병원에 입원해 있었다. 한상경은 내게 전화를 걸어 다 죽어가는 목소리로 신세한탄을 했고, 피츠제럴드를 돌볼 사람이 없다며 병문안을 와달라고 했다. 전화를 끊기 전에는 병문안을 올 때 자신의 시집을 꼭 갖다달라고 신신당부를 했다.

한상경은 처참한 몰골로 병실에 누워 있었다. 각혈을 했는지 환자복 군데군데 피가 묻어 있었고, 마약중독자처럼 온몸을 벌벌 떨고 있었다. 한상경은 나를 보자마자 시집을 찾았다. 나는 한상경의 머리맡에 그의 시집을 두었다. 그제야 그는 안심한 표정을 지었다. 그는 온몸으로 피의 시를 쓰고 있었다.

한상경의 상태를 보니 피츠제럴드가 저절로 걱정됐다. 나는 한상경에게 피츠제럴드는 어디 있냐고 물었다. 한상경은 턱으로 병실

구석을 가리켰다. 그가 가리키는 방향에는 피츠제럴드가 앉아 있었다. 옷은 꾀죄죄했고 뼈만 남아서 앙상했다. 피츠제럴드는 어디에서 구했는지 수술용 메스를 쥐고 있었다. 메스 날은 손을 살짝 대기만 해도 베일 것처럼 날카로워 보였다. 자칫 잘못해서 메스 날을 잡는다면 피츠제럴드의 얇은 피부에 깊은 상처가 날 것 같았다.

피츠제럴드, 조심해.

내가 다급하게 소리쳤다. 피츠제럴드는 나를 알아봤는지 메스를 움켜쥔 채 기어오기 시작했다. 나는 피츠제럴드에게 위험하니까 움직이지 말라고 했다. 그러나 피츠제럴드는 내 목소리를 듣고 신이 났는지 더 빠르게 기어왔다. 문득 그 모습이 피츠제럴드가 나를 찌르기 위해 다가오는 것처럼 느껴졌다. 피츠제럴드가 한상경에게 메스를 겨눈 채 위협하는 장면도 연상됐다. 한상경이 피츠제럴드를 납치한 게 아니라 피츠제럴드가 한상경을 납치한 게 아닐까. 점차 가까이 다가오는 피츠제럴드와 날 선 메스를 보며 나는 이렇게 생각했다.

(피츠제럴드처럼) 납치범이 돼볼까

피츠제럴드가 메스를 떨어뜨린 건 그때였다. 피츠제럴드는 그 자리에 멈춰 선 채 메스를 물끄러미 바라보았다. 나는 피츠제럴드의 시선을 빼앗기 위해 갖은 노력을 다했지만 아이는 손가락으로 메스를 만지며 장난치기 시작했다. 이윽고 아이는 메스를 집어 이리저리 살피다가 입안에 넣으려 했다. 나는 그때를 놓치지 않고 얼른 달려가 아이를 안아들었다. 아이는 내 품에서 꿈틀거리더니 목놓아 울기 시작했다. 메스를 빼앗으려 했지만 힘이 어찌나 센지 숨이 넘어갈 듯 울면서도 절대 놓지 않았다. 나는 한참 동안 피츠제럴드를 달랬다. 한상경은 그런 나를 보곤 애아빠가 다 되었다고 낄낄대다가 숨이 차서 기침을 내뱉으며 괴로워했다. 피츠제럴드는 예전처럼 내게 꼭 달라붙어 있었다. 한상경은 네게 엄청난 영감이 존재해서 피츠제럴드가 떨어지지 않으려 하는 것 같다며, 그런 김에 자신이 다 나을 때까지 피츠제럴드를 돌보는 건 어떻겠냐고 물었다. 어쩔 수 없었다. 피츠제럴드는 이미 내 품에 꼭 붙어 떨어질 생각을 하지 않았다. 앙증맞은 손에 쥔 메스로 내 목을 겨눈 채 말이다.

다행히 병원을 벗어나기 전에 피츠제럴드는 잠이 들었다. 나는 그제야 메스를 빼앗을 수 있었다. 나는 피츠제럴드를 안아든 채 지하철을 탔다. 다음 정거장에서 한 여자가 자그마한 요크셔테리어를 애견가방에 넣고 내 옆으로 다가왔다. 강아지는 내게 코를 킁킁댔다. 나는 별생각 없이 강아지를 쓰다듬었다. 강아지는 나를 경계하며 으르렁대기 시작했다. 여자가 달랬지만 강아지는 더 크게 짖기 시작했다. 엎친 데 덮친 격으로 피츠제럴드도 깨어나 울기 시작했다. 그러자 강아지가 더욱 거세게 짖어댔다. 사람들의 시선이 모두 내게 쏠렸다. 때마침 정거장에 다다라 문이 열렸다. 나는 피츠제럴드를 품에 안고 문밖으로 달리기 시작했다. 뒤에서 사람들이 이렇게 소리치는 것 같았다.

납치범이다!

집에 와서 제일 먼저 한 건 피츠제럴드에게 새 이름을 지어준 것이다. 피츠제럴드를 그다지 좋아하지 않았기 때문이었다.

나보코프는 어때? 곰브로비치나 보르헤스는? 너무 노땅들인가? 그럼 미셸 우엘벡이나 이상우는?

나는 피츠제럴드를 침대에 눕힌 뒤 끊임없이 질문을 해댔다. 피츠제럴드는 모두 성에 차지 않는 듯 시큰둥한 표정을 지었다. 문득 어린아이의 이름으로는 왠지 친친나트가 어울릴 것 같다는 생각이 들었다.

피츠제럴드, 친친나트는 어떠니?

아이에게 속삭였다. 아이도 친친나트라는 이름이 마음에 드는 듯 살짝 웃었다.

그래, 넌 이제부터 친친나트야.

친친나트를 안아올리며 말했다. 친친나트가 소리내서 웃기 시작했다. 그뒤 내가 친친나트와 무엇을 했는지는 정확히 기억나지 않는다. 어렴풋이 기억나는 건 무슨 이유에선지 신이 나서 친친나트를 안고 온 집안을 돌아다닌 것과 어느 순간 친친나트와 함께 잠든 것뿐이었다.

나는 친친나트도, 피츠제럴드도 아니야. 너희들이 제멋대로 이름을 붙인 거지. 염병할 문학 따위에는 관심도 없다고.

잠에서 깼을 때 누군가의 목소리가 들렸다. 굵고 낮은 남자의 목소리였다. 집에는 나와 친친나트밖에 없다는 사실이 떠올랐다. 무서워져서 벌떡 일어나 주위를 둘러보았다. 아무도 없었다. 꿈인지 현실인지 잘 구분이 되지 않았다. 나는 친친나트를 바라보았다. 친친나트는 죽은듯 잠들어 있었다.

그뒤 나는 친친나트를 책상 위에 올려둔 채 소설을 쓰기 시작했다. 친친나트는 노트북 옆에 몸을 꼭 붙인 채로 잠들어 있었다. 그 어느 때보다 편안해 보였다. 좋은 꿈을 꾸기라도 하는지 가끔 실실거리기도 했다. 나 역시 친친나트 때문인지 글이 잘 써지는 기분이 들었다. 소설을 쓰다 막히면 친친나트를 쓰다듬었다. 신기하게도 그럴 때마다 어디에선가 해답이 들려오는 것 같았다.

아내가 온 건 정신없이 글을 쓰고 있을 때였다. 방문을 연 아내가 친친나트를 보고 비명을 질렀다. 충분히 예상한 결과여서 별로 놀라지 않았다. 아내는 이 괴상하게 생긴 아이는 대체 누구냐고 기겁을 했다. 나는 지난번에 말한 한상경의 아들이라고 했다. 아내는 어이없는 표정으로 그 아이를 왜 데려왔냐고 했다. 나는 한상경이 병원에 입원해 아이를 돌볼 수 없는 상황이라고 했다. 아내는 허튼소리하지 말라며 당장 한상경에게 도로 데려다주라고 했다. 나는 며칠만 시간을 달라고 했다. 아내가 절대 안 된다고 했다. 나는 글자로 가득한 노트북 화면을 보여주며 친친나트 때문에 글이 잘 써지기 시작했다고 사정했다.

친친나트는 누군데?

아내가 이렇게 물으며 나를 쏘아보았다. 나는 이 아이의 이름이라고 했다. 원래는 피츠제럴드였는데, 마음에 들지 않아 새로 지어준 이름이라고 덧붙였다. 아내의 표정이 점점 일그러졌다. 나는 친친나트가 피츠제럴드보다 훨씬 낫지 않냐고 물었다. 아내는 한상경이나 나나 모두 제정신이 아니라고 했다. 당장 한상경에게 데려다주지 않으면 경찰에 신고할 거라고 소리도 질렀다. 나는 한상경이 완쾌될 때까지만이라도 우리가 데리고 있자고 했다. 아내가 도대체 왜 그러냐며 서럽게 울기 시작했다.

소원대로 납치범이 되니까 좋아?

아내가 악을 썼다. 친친나트도 소란스러운 소리에 잠에서 깨 울기 시작했다. 그러자 아내는 눈물을 멈추고 친친나트를 안아들었다. 친친나트는 아내의 품에 푹 안겼다. 아내는 친친나트의 귀에 대고 이제 괜찮으니까 안심하라고 속삭였다. 조금 시간이 흐르자 친친나트는 눈물을 그치고 언제 그랬냐는 듯 아내에게 애교를 피웠다. 아내는 친친나트를 쓰다듬으며 내게 밥은 먹이고 기저귀는 갈아줬냐고 물었다. 나는 거기까진 미처 생각하지 못했다고 했다. 아내는 이건 아동폭력이나 마찬가지라고 했다. 나는 달리 할말이 없었다. 아내는 나를 흘겨보고는 친친나트를 데리고 거실로 나갔다. 친친나트, 이제 너도 인질이 되었구나. 그때 나는 나도 모르게 이렇게 중얼거리고 있었다.

얼마간의 시간이 흐른 뒤였다. 나는 아내의 화가 누그러질 때까지 눈치를 보다가 거실로 나섰다. 아내는 주방에서 저녁을 만들고 있었다. 내가 다가가자 아내는 오늘 저녁은 카레인데 어떠냐고 물었다. 나는 아무거나 괜찮다고 했다. 아내는 아까 쓴 소설은 마음에 드냐고 물었다. 나는 어깨를 으쓱하곤 친친나트는 어디 있냐고 물었다. 아내는 방금 침실에서 잠들었다고 했다.

무질서

「새해」에 대해서는 기억나는 게 별로 없다. 지난 연말 이상우가 「새해」의 마지막 대목이 내 소설에서 가장 고요한 순간이라고 말했던 게 기억난다. 그뒤로 나는 「새해」를 떠올리면 아무 소리도 들리지 않는다. 심해에 뚫린 거대한 구멍. 구멍 속은 고요하다. 그날 꿈에서 구멍 속으로 헤엄쳐 들어갔던 건 누구인가. 나는 지난해 「새해」와 『홍학이 된 사나이』를 동시에 썼는데, 그 영향인지 「새해」에는 군데군데 동물들이 나온다. 몇몇 장면(아마 화자가 상상하는 장면)을 쓰며 즐거워했던 기억도 난다. 당연히 나는 「새해」의 화자가 아니다. 미혼이고, 한상경 같은 괴짜 친구도 없고, 친친나트를 곁에 두고 소설을 쓴 적도 없다. 더군다나 나는 2015년에서 2016년으로 해가 바뀔 때 아무 생각도 하지 않기 위해 노력했다. 「새해」의 화자처럼 광기에 휩싸일까봐 두려웠고, 생각을 한다고 해도 그게 이루어질 리 없다는 것을 알고 있었기 때문이었다. 아무 생각도 하지 않는 건 생각보다 힘들었고, 내가 기억하지 못하는 다른 생각을 했을지도 모른다. 「새해」는 환상소설이다. 나는 그렇게 생각한다. 그러나 그 환상은 내가 원하는 게 아니다. 나는 손가락 하나 까닥하지 않고 엄청난 작품을 써서 떼돈을 벌고 싶다. 따뜻한 나라에서 애완견과 산책이나 하며 살고 싶다. 「새해」는 환상소설이 아니다. 올해 나는 서른두 살이 됐고, 죽음에 좀더 가까워졌다. 친구의 친구가 자살했다는 이야기를 들은 뒤 죽음에 대해서 더이상 말하지 않게 됐고, 동물들의 죽음을 볼 때 더욱 마음이 아팠다. 겨울은 죽음의 계절이고, 나는 겨울에 태어났다. 나는 겨울에 태어났기 때문에 겨울을 좋아해야만 한다는 이상한 생각에 사로잡힌 채 살아왔고, 막연하게 추위에 문제없이 견딜 수 있을 거라 생각했으며 그렇게 살고 있었다. 나는 내가 착각 속에 살아왔다는 사실을 서른이 되던 해에 깨달았다. 당시 우연한 기회에 태국에 갈 일이 있었는데, 사십 도를 예사로 넘는 날씨가 그리 불행하게 느껴지지 않았던 것이었다. 나는 한국에 돌아온 뒤에도 예전처럼 호들갑 떨지 않고 여름을 견딜 수 있었다. 반면 전과 달리 겨울이 너무 고통스러웠다. 올해 겨울도 마찬가지였다. 이렇게 추운 건 생전 처음이야. 이 세상은 곧 얼어붙어서 산산조각나버릴 거야. 나는 이런 말들을 중얼거리며 겨울을 보냈다. 설인을 목격했다는 친구도 있었는데, 진짜 설인이 나타났거나 그 친구가 미쳐서 헛것을 봤거나 이렇게 추운데 둘 다 충분히 있을 수 있는 일이라고 생각했다. 한파가 몰아닥친 새해 어느 날에는 이민과 망명에 대해 알아보기도 했다. 그 무렵 나는 「새해」의 몇 문장을 떠올렸다. "나는 이 나라가 알래스카나 모스크바, 아니 잘하면 북극보다 추울 수도 있다는 망상에 사로잡혀 있었다. 그러자 머지않아 지구가 진짜 멸망할 수도 있겠다는 생각이 들었고, 그전에 서둘러 유작이라도 하나 남겨야겠다는 생각도 들었다."(268쪽) 나는 이 문장들이 현실이 될지도 모른다는 망상에 사로잡혔지만, 지구는 지금까지 멸망하지 않았다. 유작은 여러 번 썼지만 진짜 유작은 하나도 없었다. 나는 살아 있었고, 계속 소설을 쓰고 있었다. 새해에는 소설을 열심히 쓰기 위해 노트북까지 사버렸고, 그래서 더 열심히 회사를 다녀야 했다. 새해가 되기 얼마 전 나는 첫 소설집 『의인법』을 출간했다. 『의인법』에는 「새해」가 들어 있다. 나는 사실 소설집의 제목을 '새해'로 하고 싶었지만 그렇게 하지 않았다. 그 이유는 잘 모르겠다. 『의인법』이 출간된 뒤 얼마 지나지 않아 새해를 맞이했고, 나는 여전히 회사에 다녔으며 비는 시간에 글을 썼다. 퇴근한 뒤 영화를 보는 횟수를 좀 늘린 게 변화라면 변화였다. 나는 할 하틀리의 〈심플 멘〉에 영감을 받아 〈무질서〉라는 시나리오를 쓰기 시작했다. 〈무질서〉의 배경은 휴전선 인근이며 샴쌍둥이 메이와 라이, 불가리아 태생 흑인 무바가 등장인물이다.

| 해설 |

당신은 어쨌든 패러디에 불과할 뿐입니다[1]

이은지

박민규의 데뷔작 『지구영웅전설』(문학동네, 2003)은 냉전 시절의 세계정세를 DC 코믹스의 히어로들로 갈음한 희화적 알레고리이다. 전방에서 나쁜 악당들을 소탕하는 슈퍼맨과 후방에서 돈의 논리로 세계를 쥐락펴락하는 재벌 영웅 배트맨을 보좌하며 겉은 노랗지만 속은 하얀 영웅 '바나나맨'의 칭호를 부여받는 주인공의 모습은 지난 시절 한국의 모습을 풍자하고 있다. 박민규의 풍자가 성공적인 이유는 만화 속 영웅들이 허구이듯이 당시 현실을 사로잡았던 이념의 정쟁 또한 허구적인 것으로 판명이 났기 때문이다. 정의의 세력 대 정의를 모르는 세력이라는 편리한 논리의 가상이 지배하던

1) 블라디미르 나보코프, 『사형장으로의 초대』, 박혜경 옮김, 을유문화사, 2009, 147쪽. 친친나트의 말.

시절은 저 제목에서 드러나다시피 흘러간 옛 '전설'이 되었다. 이제 그러한 전설을 진지하게 노래하는 것은 시대착오적이리라.

오늘날 문학은 현실이 가상을 잃은 황무지일지언정 나름의 방식으로 그럴듯한 가상을 직조해내야 하는 가련한 처지에 놓여 있다. '이쪽으로 이렇게 가면 확실하다'는 식의 물증 하나 없는데도 마치 확신에 찬 듯이 모래먼지를 일으키며 꿋꿋이 문장들의 발자국을 옮겨야 하는 셈인데, 미치지 않고서야 그 누가 있지도 않은 확신에 사로잡혀 걸음을 옮기겠는가? 한물갔음에도 자신이 아직도 한창때라고 굳게 믿는 클린트 이스트우드처럼 처신하지 않는 이상.[2)]

황무지 같은 오늘날 소설쓰기가 곧 완결된 정물적 서사를 창조할 수는 없다. 오히려 소설은 "아무 맥락 없이, 혹은 너무나 많은 맥락에 닿아"[3)] 있는 오리무중의 현실과 유사한 외관을 띨 수밖에 없으며, 오한기의 소설세계는 이에 대한 충실한 실증이라고 할 수 있다. 인용과 패러디로 이루어진 직물들이 흡사 어지러운 패치워크를 연상케 하는 그의 소설은 맥락을 빗나가고 뒤트는 데 거리낌이 없다. 난맥상의 서사는 고도의 압축 성장을 겪으며 난개발된 사회에서 나고 자란 작가가 가짐직한 의식의 투영으로 풀이될 수 있다. 그런 점에서 오한기의 소설을 지배하는 의식은 곧 우리 모두를 지배

---

2) "클린트 이스트우드는 전성기가 지난 대부분의 배우들이 그렇듯 비현실적이었다. (……) 그는 항상 긴 코트와 카우보이 바지 차림이었고 허리춤에는 실제 발사가 될까 싶을 만큼 낡은 권총까지 차고 있었다."(오한기, 「나의 클린트 이스트우드」, 『의인법』, 현대문학, 2015, 80쪽)

3) 같은 글, 95쪽.

하는 의식이기도 하다. 그의 소설에 눈길이 간다면, 이는 동시대의 의식과 의식이 조우하였기 때문일 것이다. 맥락이 없어 보이는 그의 소설을 독해하는 가장 중요한 맥락은 동시대성이다.[4)]

오한기의 화자들은 글을 쓰기 위해 고군분투하지만 거의 예외 없이 글쓰기에 실패한다. 글이 써지지 않음에 대해 글을 쓰는 이 아이러니한 풍경은 현실이 아닌 것들로 현실이 채워져가는 오늘의 풍경을 닮아 있다. 현실이 현실의 시뮬라크르가 되어가고 있다면, 소설 또한 소설의 시뮬라크르가 되어야 하지 않겠는가? 오한기의 소설을 단순히 '소설에 대한 소설'로 치부할 수만은 없는 까닭이 여기에 있다. 이 자기지시적인 화살표는 자기를 경유하여 현실을 보다 정확히 겨냥하기 위한 책략을 품고 있는 것이다. 그러니, 새해가 밝자 떠오른 "납치나 해볼까"(267쪽)라는 문장에 꽂혀 "소설이 아니라 진짜 납치에 대한 이야기"에 열을 올리는 '나'를 향해 아내가 심각해져서 "여기는 소설이 아니라 현실"(270쪽)이라며 다그친다 한들, 화자가 들을 리 만무하다. 애초에 오한기의 세계는 소설 대 현실의 편리한 구도를 폐기하고 '소설인 동시에 현실'인 악무한으로 점령되었기 때문이다.

화자는 "(　　　　　　) 납치나 해볼까"(269쪽)라는 문장에 (물구

---

4) 따라서 여기서 말하는 동시대성은 금정연이 다음과 같이 언급한 동시대성과는 동음이의(同音異義)임을 밝혀둔다. "사회적으로 보았을 때 그(오한기의 주인공들)는 현실의 시간을 쫓아오지 못한 인간이고 현실에 발을 붙이지 못한 인간이다. 하지만 그것이야말로 오한기 소설의 동시대성을 단적으로 드러내는 것이라고 해야 한다."(「오한기에서 오한기로」, 같은 책, 323쪽)

나무도 섰는데) (스파게티를 먹은 김에) (저 개구리처럼 생긴 작자가 마음에 안 드는데) 등등 맥락 없는 변수들을 무작위로 넣어보지만 꼭 맞는 구절을 찾지 못한다. 납치에 대한 공상으로 허우적대느라 한 문장도 쓰지 못한 상황에 의욕을 잃은 화자는 작은 출판사에 취직하고, 자료를 수집하러 들른 도서관에서 우연히 한상경과 마주친다. 한상경은 오한기의 세계에 화자의 동료로 고정 출연하는 인물로서, "거룩한 문학의 신전에라도 오를" 태세로 난해하기 짝이 없는 글을 써대는 것으로 악명이 높다.[5] 소설이 써지지 않음을 소설 속에 토로하면서도 번번이 현실과 타협하는 데 그치고 마는 화자와 달리, 한상경은 글을 쓰기 위해 기행을 서슴지 않는다. 국내의 벽촌 어딘가에 웅크리고 있을 게 뻔하면서 마치 소설을 쓰기 위해 전 세계를 떠도는 양 러시아 바이칼 호수나 프랑크푸르트 따위가 그려진 엽서를 띄우는 이, 햄버거와 문학의 상관관계를 파헤치겠다며 카프카가 주로 먹었던 햄버거의 내부 구성 따위를 분석하는 이가 바로 한상경이다. '나'는 그런 그를 진심으로 한심해하는 한편, 제아무리 터무니없는 공상이라도 언제든지 감행할 준비가 되어 있는 그의 기이한 추진력을 내심은 부러워한다.[6] 어떤 비현실도 현실

---

5) "『원수들의 나체』는 한상경의 소설 중에서도 유난히 난해했다. (……) 얼마나 난해한지 성교 대목조차 알아볼 수 없을 정도였다. 야해도 모자랄 판에 난해하기까지 하다니…… 거룩한 문학의 신전에라도 오를 참인가. 한상경의 소설은 라면 깔개로도 쓰이지 못할 터였다."(「더 웬즈데이」, 같은 책, 65~66쪽)

6) "문학과 햄버거를 연결짓는 논리의 비약에 대해 더 따져 들고 싶었지만 나는 그의 결연하기까지 한 표정을 보고 입을 다물었다. 문득 햄버거 예찬자가 된 이후 한상경의 시가 예전에 비해 눈에 띄게 좋아졌던 게 떠올랐다. 곰곰이 되짚어

로 주워섬기는 한상경의 기행은 허구를 사실임직하게 구성해내는 서사의 불문법(不文法)을 빼닮았다.

아니나 다를까, 납치에 대한 '나'의 공상을 한상경은 진즉 감행한 상태다. "한 손엔 자신의 시집, 한 손엔 갓난아이"(279쪽)를 안고 나타난 한상경은 갓난아이가 제 아들이며 이름은 피츠제럴드라고 알려준다. 그는 "이 아이와 함께 있으면 걸작을 쓸 수 있을 것 같은 자신감"이 생겨날 뿐만 아니라 "실제로 피츠제럴드를 곁에 두고 (……) 엄청난 시를 썼다"(282쪽)며 득의양양해한다. 그러나 '나'의 추궁 끝에 그가 아이를 지하철역 화장실에서 주웠다는 사실이 드러난다. 그는 다소 우연한 계기로나마 아이를 납치한 셈이다. 아연한 화자의 눈에 포착된 한상경은 "오직 문학적 성공에 대한 열망"(284쪽) 외에는 어떠한 감정도 담겨 있지 않은 공허한 눈으로 피츠제럴드를 바라보고 있다. 부와 사랑을 쟁취하기 위해 일생을 바친 개츠비를 형상화한 스콧 피츠제럴드를 아이의 이름으로 택함으로써, 한상경은 위대한 문학을 쓰고픈 자신의 열망을 세속화하여 볼모로 삼은 것이다. 그러나 사적인 영달의 분출구로 전락한 문학을 문학이라 할 수 있을까. 자신의 시를 암송하면서 채 여물지도 않은 아이의 성기를 자극하는 한상경의 기행은 난해함을 위대함으로 기만하려는 자폐적 문학의 궤멸에 대한 은유로 읽힌다.

보니 그때부터 나는 한상경에게 서서히 설득되고 있었던 거 같다. 햄버거에 대해 깊게 생각하기 시작한 것도, 햄버거에 대한 소설을 구상하기 시작한 것도 그 무렵이었으니 말이다."(「햄버거들」, 같은 책, 158쪽)

(한상경처럼) 납치나 해볼까(285쪽)

그로부터 며칠 뒤 '나'는 폐결핵으로 입원한 한상경을 대신하여 피츠제럴드를 맡으면서 사실상 아기를 다시금 납치하게 된다. 화자가 끝 간 데 없이 공상을 펼쳤던 문장은 이제 비로소 실현되었다. 새해 벽두, 그러니까 시계가 영점으로 갱신되던 순간 머릿속에 맨 처음 떠올랐던 저 아기 같은 문장의 실물이 갓난아이로 드러남으로써 문장은 완전무구한 현실로 변모하였다. 그러나 맨 처음 납치를 감행한 이는 한상경이라는 부인할 수 없는 사실 앞에 '나'의 납치는 납치에 대한 납치, 즉 납치의 시뮬라크르로 판명된다.

'나'는 집으로 돌아오자마자 피츠제럴드를 친친나트로 개명한다. 친친나트는 블라디미르 나보코프의 『사형장으로의 초대』에서 모두가 한결같이 투명할 때 홀로 불투명하다는 죄목으로 사형수가 된 주인공의 이름이다.[7] 언제 사형이 집행될지 누구도 알려주지 않는 상태에서 친친나트는 바투 깎은 연필로 하얀 종이에 파고들어 의식을 감옥으로부터 탈주시킨다. 그런 친친나트로 이름 붙인 아이를 곁에 두고서야 비로소 '나'는 글을 쓰기 시작한다. 글이 막힐 때면 친친나트를 쓰다듬어가면서. 납치의 시뮬라크르를 통해 사로잡은 친친나트는 소설 속의 소설, 즉 소설의 시뮬라크르를 만들어낸다. 그러니 화자가 잠결에 들은 "나는 친친나트도, 피츠제럴드도 아

7) "그는 다른 사람들의 광선을 통과시키지 못했고, 그렇기 때문에 한순간 방심하게 되면 서로가 서로에게 투명한 영혼인 이 세상에서 유일하게 어두운 장애물인 것 같은 기이한 인상을 풍겼다."(『사형장으로의 초대』, 23쪽)

니야. 너희들이 제멋대로 이름을 붙인 거지. 염병할 문학 따위에는 관심도 없다고"(290쪽)라는 말은 저 시뮬라크르를 분쇄하려 서사 바깥에서 울리는 목소리일 것이다. 그러거나 말거나 이미 친친나트는 귀가한 아내의 품에 안겨 애교를 피우더니 급기야 침실에서 잠이 들었다. 현실에 안착한 아이는 이제 무럭무럭 자랄 것이다. 그리하여 가상은, 소설은 현실을 점령할 것이다.

『사형장으로의 초대』에서 친친나트를 면회하러 온 어머니 체칠리야 C는 아들에게 괴상한 형체의 부조리한 물건 '네트카'와 짝을 이루는 일그러진 거울에 대해 들려준다. 이 거울은 평범한 물건을 비추면 완전히 왜곡시키지만 네트카를 비추면 가장 아름답고 이상적인 상을 보여준다.

> 이해 불가능하고 기형적인 대상물을 이해 불가능하고 기형적인 거울에 비추어 보았을 때 훌륭한 결과가 나타난 거지요. 부정의 부정은 긍정을 낳았고, 모든 것은 복구되었고, 모든 것은 좋아졌어요. (……) 새롭고 이해할 수 없는 네트카를 들고 거울로 다가가 그 안에서 손은 완전히 분해되지만 무의미한 네트카는 대단히 분명하고 매력적인 장면을 이루는 것을 보았을 때, 아, 얼마나 즐거웠던지 기억이 나네요……[8)]

위 대목은 오한기의 소설을 독해하기 위한 지침이 될 수 있을 것

8) 나보코프, 같은 책, 148~149쪽.

이다. 내면을 드러내기보다는 일그러진 거울로 무장하고 시선을 밖으로 반사시키는 불투명한 오한기의 서사에는 네트카를 들고 다가가야 한다. 가장 괴상하고 부조리한 네트카를 비춰야만 가장 이상적인 상을 얻는다. 다행히 우리는 역사상 가장 부조리하다 해도 모자람이 없는 현실을 손에 쥐고 있으므로, 무엇을 해야 할지는 정해져 있는 듯하다. 그것을 손에 쥐고 다가가 비추어보라.

이은지
중앙대 독문과 박사과정 재학중. 2014년 창비신인평론상에 「징후적 소설과 그 너머—이기호의 '김박사는 누구인가?'가 맴도는 것들」이 당선되어 등단.

제회 젊은작가상

심사 경위
심사평

심사위원

권여선 서영채 신수정 신형철 은희경 전성태 정홍수

선고위원

노태훈 양경언 오혜진 윤재민 이은지 이재경 전철희

| 심사 경위 |

문학동네는 2010년에 젊은작가상을 제정하여 등단 십 년 이하의 젊은 작가들이 한 해 동안 발표한 중단편소설 중에서 가장 뛰어난 일곱 편을 선정해 시상하고 단행본으로 출간해왔다. 우리 시대의 문학 독자들이 동시대 한국문학의 가장 신선한 성취들과 실시간으로 만날 수 있게 하겠다는 것이 이 상의 제정 취지다. 그 일이 6회째 진행되는 동안 손보미, 김종옥, 정지돈 등의 신예 작가가 문단 안팎의 화제를 모으며 한국문학의 미래로 떠올랐다. 적지 않은 문학상이 있고 관련 수상작품집도 여럿 출간되는 와중에 이 상이 지난 육 년 동안 이처럼 자리를 잡아 고유의 역할을 수행하게 된 것은 놀랍고도 기쁜 일이다.

사실상 젊은작가상 심사는 일 년 내내 진행되는 것이나 마찬가지다. 매년 계간 『문학동네』의 '리뷰 좌담' 코너의 운영을 맡은 젊은 평론가들이 한 해 동안 발표된 거의 모든 중단편소설들을 검토하였으며, 여러 지면에 흩어져 있는 좋은 작품들이 이들의 밝은 눈으로 발견되어 한자리에 모여왔기 때문이다. 2015년에는 양경언, 오혜진, 윤재민, 이재경, 이상 네 명의 평론가가 한 해 동안 그 힘겹고도 중요한 일을 맡아주었고, 여기에 노태훈, 이은지, 전철희 평론가가 객원 선고위원으로 가세해 최종 선고작업에 힘을 보탰다. 그러니 젊은작가상은 젊은 작가들의 열정과 젊은 평론가들의 안목이 결합돼 운영된다고 말할 수 있다.

선고위원단에서 추천된 스물다섯 편의 소설을 읽고 심사위원들이 모인 것은 2016년 1월 27일이었다. 서로 다른 취향과 관점을 가진 일곱 명이 스물다섯 편에서 일곱 편을 골라내는 일은 쉽지 않았다. 팽팽한 설전과 집요한 토론을 거쳐 선정된 덕분인지 결과적으로 일곱 편의 수상작은 다양한 미학적 스펙트럼을 펼쳐 보이게 됐다. 그러나 대상을 선정하는 일만은 어렵지 않았다. 소설집 한 권을 냈을 뿐인 김금희의 최근 단편들이 보여주고 있는 깊이와 활력은 단연 돋보이는 것이어서 대상은 그의 몫이어야 한다는 것이 일치된 중론이었다. 일곱 명의 작가, 일곱 명의 선고위원, 일곱 명의 심사위원, 그리고 수많은 독자들에게 감사드린다.

권여선 _소설가

가장 즐거운 심사는 심사과정중에 빈번한 변심이 일어나는 심사이다. 심사 전에 이런저런 작품들을 마음에 점찍어두었는데, 심사과정중에 나도 모르게 이걸 내려놓고 저걸 올려놓았다. 나뿐 아니라 다른 심사위원들에게도 그런 일이 발생하는 걸 지켜보는 게 놀랍고 즐거웠다. 내겐 여전히 심사가 불가능한 행위로 여겨진다. 그래도 우여곡절을 거쳐 내 마음의 선반 위에 올라온 푸른 소설들에 대한 애정을 고백하는 기회가 생겼다는 건 신나는 일 아닌가.

오한기의 「새해」는 내 안에 또 넘어야 할 장벽이 존재함을 알려준 소설이다. 적지 않은 매력을 가진 이 소설을 내가 이해하고 즐기기까지는 만만찮은 시간이 필요할 것이라는 예감이 든다. 그나마 처음엔 느끼지 못했던 진득한 귀여움을 두번째 읽고 느꼈으니, 어쩌면 그 시간은 내 예상보다 빨리 올지 모르겠다.

장강명의 「알바생 자르기」에서 각각의 인물들은 알바생 하나 자르는 일을 둘러싸고 머릿속 셈법이 분주하다. 소설에서 캐릭터 하나를 살리려면 얼마큼의 공력이 드는데, 장강명은 빠른 서술과 대화로 오로지 인물들의 이해관계만을 휙휙 스케치해 보여준다. 그런데도 인물들이 선명하고 요연하다. 백지에 목탄으로 수만 번 그어야 할 선을 흑지에 흰 펜으로 수백 번 긋는 식의 경제적 작법이라 할까. 벤야민이 말한 '암팡진 스윙'을 떠올리게 하는 글이다.

정용준의 「선릉 산책」은 '나'와 '한두운'의 하루 일정을 그린, 구성도 내용도 단순한 소설이다. 그런데 읽다보면 의미 있는 변화가 일어난다. 하루종일 노심초사하는 '나'에 이입되었던 마음이 어느 순간 한두운에게로 흘러가 있다. 그의 내부에 숨죽이며 흐느끼고 있을 어둠이 궁금해지는, 그를 내 혈육처럼 여기게 만드는 이 눈물겨운 연대감. 좋은 소설은 많지만, 독자의 마음을 이곳에서 저곳으로 일 밀리미터라도 옮겨놓을 수 있는 소설은 드물고 귀하다.

기준영의 「누가 내 문을 두드리는가」는 다 읽고 나서 천천히 곱씹을수록 걷잡을 수 없이 빠져드는 치명적인 소설이다. 일상과 연애의 불균질한 표면을 그대로 복기해내는, 그래서 때로 불친절하고 때로 비약하며 때로 유리그릇 세공하듯 섬세한 기준영 특유의 불균질한 산문적 문장이 갖는 매혹이 이 소설에서도 여지없다. 이미 끝을 보아버렸지만 사는 건 조금도 달라지지 않는다는 저 히스테릭한 시선의 무참함도.

김솔의 「유럽식 독서법」은 김솔의 모든 것이 한 솥단지 안에서 끓고 있는 듯한 소설이다. 김솔의 작품을 즐기게 되기까지 나는 제법 고행을 했다. 고생 끝에 낙이 온다고, 그뒤에 김솔의 소설을 읽을 때마다 향유하게 되는 유쾌한 허풍의 맛과 모든 게 용납되는 소설적 세계의 난장은 내게 거의 은총이라 부를 만한 희열을 주었다(그리하여 나는 오한기의 소설에 대해서도 그다지 걱정하지 않는다). 설명이 필요 없다. 읽어보면 안다(물론 모를 수도 있다. 예전의 은총받지 못한 나처럼).

권여선

최정화의 「인터뷰」는 장인과 아내와 '그'가 화기애애하게 고기를 구워먹는 저녁식사 불판에서 시작된다. "장인의 얼굴이 밝"고 "아내도 모처럼 즐거워 보"이는데 왜 읽는 나만 불안한가. 아니나 다를까 그가 "다들 그동안 힘들었다는 걸 압니다. 하지만 난," 하는 대목에서 간이 철렁한다. 삼 년 전 인터뷰 사건을 호프집에서 다른 방식으로 변주하는, 치밀하게 계산된 연극 같은 장면들은 "아니, 남자였습니다"라는 그의 거짓말로 툭 끝난다. 곧 시작될 어떤 사건에 대한 불길한 예감에 이가 저절로 악물린다. 등단작부터 나를 사로잡아버린 불안의 연금술사, 최정화답다.

김금희의 「너무 한낮의 연애」의 핵을 틀어쥔 인물은, 이 사회에 '필수적인 용도'를 갖기 위해 '필사적으로 용'을 쓰는 남자, 그럼에도 왠지 '필요'를 비웃는 듯한 뉘앙스의 이름을 가진 남자 '필용'이다. 필용은 매우 평범하며 그의 눈과 말과 기억을 통해 드러나는 세상 또한 그러한데, 이상한 것은 그 평범한 세상이 김금희의 문장을 통과하면 우리가 매일 맞이하는 정오처럼 익숙하면서도 이물스럽게 변한다는 점이다. 김금희의 소설에는 생생하면서도 아득하고 낯설면서도 그리운, 어쩌면 '오래된 미래'라고 부를 수 있을 세계를 지금 이곳에 아무렇지 않게 부려놓는 이상한 통합과 환기의 근육이 꿈틀대고 있다. 장편이라는 역기도 거뜬히 들어낼 듯 든든한 이 젊은 작가에게 내가 할 수 있는 일이라곤 경이로운 감탄에 휩싸여 '조금 더'의 기적을 꿈꾸며 '조금 더 힘을 내라'고 속삭이는 것뿐이다. 비록 가혹한 주문일지라도, 그게 우리 소설의 또다른 누울 자리일 것이므로 나는 발을 뻗겠다.

서영채 _문학평론가

심사를 하다보면 소설을 보는 눈이 달라 놀라곤 하는 일이 잦다. 한정된 틀 안에서 선택을 해야 하기 때문에 생기는 일이 아닐까 싶지만, 예상하지 못하게 돌출해 나온 그런 차이들은 숙려의 시간을 갖게 한다. 그래서 심사의 시간이란 자주, 심사에 임하는 동료들과 그들이 읽어낸 작자들에게 배우는 시간이 되곤 한다. 이번에도 예외는 아니었다. 심사위원들에게 주어진, 스물한 명의 작가가 쓴 스물다섯 편의 작품은 지난 한 해 동안 젊은 작가들이 생산해낸 엑

기스에 해당한다. 이미 선고위원들의 정선을 거친 작품들이기에 이 중 어떤 작품이 최종선에 오르더라도 이상할 것 없다. 그러니 이 작품들을 두고 생겨난 견해차란 그리 대단한 것이 아니겠지만, 그래도 서로 다른 생각들의 존재는 분명했고, 그 속에서 생겨난 차이들에 대해 생각하고 그 틈을 메워보느라 머리와 마음이 바빴다. 거듭 읽고 생각하는 것은 즐거움이었으나, 작품들과 마음을 나누는 것은 조금 힘들었다. 소설들이 접속해 있는 세계의 우울과 불안이 길게 반향되었기 때문이다. 다수의 지지를 받아 선정된 일곱 작품들에 대해 독후감을 적어둔다. 작가 이름의 가나다순이다.

기준영의 「누가 내 문을 두드리는가」는 스물다섯 살 처녀를 사랑하는 오십대 초반의 남자 이야기이다. 여기에서 사랑한다는 단어는 '계속 생각하고 있다'라고 번역되어야 하겠다. 중년 남자는 세련되고 까다로운 성품을 가진 성공한 사람이다. 경제적으로도 여유있고, 자존감이 높고 이지적이며, 모든 면에서 젊은 여성보다 우위에 있다. 그의 약점은 단 하나, 그 젊은 여성에게 마음을 뺏겼다는 점이다. 그것은 모든 것을 뺏긴 것이나 다름없다. 더 나쁜 것은 미모의 젊은 여성이 그 사실을 잘 알고 있다는 점, 한번 더 나쁜 것은 그 사실을 중년 남자가 의식하고 있다는 점이다. 이런 이야기가 중년 남자의 시선으로 전개되니 이야기는 참혹하지 않을 수 없다. 젊은 여자와 세상 사람들의 시선을 신경쓰고, 그런 자기 마음을 들여다보는 한 중년 남자의 참담한 내면세계를, 젊은 작가 기준영은 찬찬하고 태연하게 그려낸다. 이 남성에게 감정이입하는 독자라면, 한심한 꼴을 보이게 한 여성 작가를 고운 눈으로 쳐다볼 수 없겠다.

내가 그랬다.

김금희의 「너무 한낮의 연애」는 한 남자가 흘린 두 번의 눈물에 관한 이야기이다. 한 번은 십육 년 전이고 또 한 번은 소설 속의 현재 시점이다. 대기업 근무 십 년 만에 징계받고 좌천당한 남자 주인공 필용이 있다. 혼자 점심을 먹다가, 그는 십육 년 전 자신과 특이한 연애를 했던 양희의 존재를 떠올리게 된다. 연출가이자 배우가 된 양희는 회사원들의 점심시간을 이용해 부조리 미니 연극을 하는 중이다. 필용은 매일 점심시간에 양희의 연극에 참례한다. 관객이 참여하는 연극인데다 관객 수도 많지 않아 결국 필용도 무대 위로 올라가게 된다. 양희의 인도를 받아 무대 위의 자리에 앉은 뒤, 양희의 시선을 마주보는 것으로 시종하는 연극이다. 그 짧은 순간이 끝나고 돌아가는 길에 필용은, 십육 년 전에 그랬듯 눈물을 흘린다. 무엇 때문일까. 그 앞에는 양희로 표상되는 자족적인 식물성의 세계, 평화로움이 있다. 자족적인 작은 세계의 평화로움 앞에서, 한 번은 이상한 실연을 경험했던 남자가, 그리고 또 한 번은 직장생활에서 좌절을 경험한 남자가 눈물을 흘리고 있다. 김금희는 우리에게 말하는 것 같다. 지치고 힘들면 눈물 정도는 흘려도 된다고. 이런 말이 위로가 되는 세상에 우리가 살고 있음을, 「너무 한낮의 연애」가 새삼 환기시켜준다.

김솔의 「유럽식 독서법」은 이중의 환상으로 만들어져 있다. 한 소녀가 한 남자에게 이야기를 들려주면 그 이야기가 현실이 된다. 무슬림의 태교에 대해 이야기하자 남자의 아내가 임신을 하고, 브라질 거미여인에 관해 이야기를 하면 남자의 집에 거미가 출현하는 식이다. 이것이 실제일 수는 없으니, 소설의 화자인 남성의 환상이겠다. 두번째 환상은 소설의 구성 자체이다. 소설의 화자는 벨기에의 초콜릿 공장에서 일하는 태국인 불법체류자이고, 소녀는 미얀마 출신으로 남자의 차를 정기적으로 얻어 타는 처지이다. 태국인 남자가 이 소녀에 대해 태국어로 쓰는 이야기를 지금 우리가 읽고 있는 것이다. 이것도 실제일 수는 없으니 설정 자체에 우화적 일그러짐이 있는 셈이다. 소설이 끝나면 떠오르는 질문들이 있다. 왜 내 눈이 이 소설 속의 활자들을 따라가고 있었는가. 이제 한국이 벨기에라는 것인가. 혹은, 국적이나 정체성 같은 것이 중요하지 않은 세상에 우리가 살고 있다는 것인가. 하지만 이런 질문들보다 중요하게 부각되는 것은, 내 눈과 몸이 김솔의 소설들을 따라가고 있었다는 사실 자체이다. 아마도 김솔의 소설 속에서 격하게 요동치고 있는 이야기하기의 충동 때문이 아닐까 싶다.

서영채

오한기의 「새해」는 세련되고 허탈한 넉살로 채워져 있는 세계이다. 소설쓰기에 전념하겠다는 생각으로 밥벌이를 그만두고 집에 들어앉은 젊은 작가가 있다. 소설도 제대로 쓰지 못해 다시 슬그머니 취직 전선에 나서는 사람이다. 그 작가에 관한 황당한 백일몽이 소설의 육체를 이룬다. 물론 여기에서 백일몽이라 함은, 주인공의 몽상이라는 것이 아니라 이 소설 자체를 뜻한다. 이런 말이 가능할 정도로 소설 속의 세계는 비현실적이고 과장되어 있는데, 그런 과장과 뒤틀림이 소설가 오한기의 넉살이자 유머 감각이다. 소설은 '납치'와 '코뿔소의 평균수명'이라는 모티프로 시작하여 버려진 어린아이를 집에 데려오는 것으로 끝난다. 두 개의 모티프는 소설의 얼개와는 아무 상관이 없으며, 그렇다고 맥거핀 노릇도 하지 못한다. 그런데도 납치라는 싱거운 모티프가 소설 속에서 반복되는 것은 무엇 때문인가. 심심하고 권태롭기 때문이다. 대단한 일이 아닐 수 없다. 세계적 경제 불황의 시대에 핵심적인 정서는 피로와 불안이다. 권태는 그런 정서의 반대 극단에 있다. 이렇게 보면, 「새해」의 작가 오한기는 비-지구인임에 틀림없다. 게다가 오한기의 주인공과 그 아내는 영아 수준의 어린아이에게 사랑을 받는, 그러니까 좋은 냄새를 풍기는 성년들이다. 그것은 오한기와 그의 인물들이 보여주는 쾌활한 도덕성을 지지할 만한 충분한 이유가 된다.

장강명의 「알바생 자르기」는 반전 플롯이 지닌 윤리적 각성 효과를 선명하게 보여주는 수작이다. '여자아이'라고 지칭되는 비정규직 사무보조원이 있다. 자주 지각을 하고 병원을 가야 한다며 근무시간에 자리를 비우기도 한다. 뚱한 성격 탓에 회사 내외의 평판도 좋지 않다. 게다가 근무한 지 이 년이 되어가서 정규직으로 전환해야 하는 법규도 문제가 된다. 그래서 사장은 '여자아이'를 해고하고 싶어한다. 정규직 여성 과장이 그 일을 해야 한다. 과장은 당연히 회사의 입장에 서 있지만, 형편이 좋지 않아 보이는 '여자아이'에게 동정적이기도 했다. 소설은 이 여성 과장의 시선으로 알바생 '여자아이'의 해고과정을 그려낸다. 해고하는 과정 자체가 쉽지 않을뿐

더러, 뻔뻔스러워 보이는 알바생의 요구는 과장을 당황케 한다. 독자들은 점점 과장의 시선에 동화되어가고, 소설은 해고과정이 어렵사리 끝나는 것으로 종국에 도달한다. 그리고 돌연 시선의 전환이 이루어지고 세계는 뒤집어진다. 여태껏 관찰의 대상이었던 '여자아이'의 사정과 마음이 소설의 마지막 일곱 문장으로 슬쩍 드러난다. 그러자 정상적으로 보였던 세계의 윤리적 파탄이 선연하게 노출된다. 진짜 괴물은 그 '여자아이'가 아니라 그를 괴물로 만들었던 사장과 과장의 세계이다. 그런데도 그런 세계가 정상적인 것으로 간주되었다는 사실이 상기되면, 이런 반전 플롯은 서사적인 것일 뿐 아니라 그 자체로 윤리적 각성 효과가 된다. 서사적인 반전은 드물지 않지만, 그것을 윤리적 차원으로 끌어올리는 일은 아무나 할 수 있는 것이 아니다.

정용준의 「선릉 산책」은 높은 시급의 일자리를 찾아 발달장애 환자를 하루 동안 임시로 돌보게 된 한 청년의 이야기이다. 돌보는 사람도 청년이고, 환자도 청년이다. 발달장애 청년은, 언어적 소통은 원활하지 않지만 매우 능숙할 정도로 권투의 초식을 익힌 몸을 지니고 있다. 이런 것이 드러나기 위해서는 사건이 있어야 한다. 동네에서 있을 법한 불량 청소년들과의 사건과 그로 인해 드러나는, 소통되지 않는 사람의 특이한 소통 방식과 몸의 언어가 지닌 특이함이 소설의 육체를 이룬다. 이로 인해 알바 청년은 맡은 임무를 제대로 수행하지 못했지만, 어쨌거나 이 두 청년은 강남 한복판의 이상한 녹지, 선릉 산책을 했다. 높은 시급이 필요한 청년과, 세상으로부터 단절된 세계를 사는 발달장애 청년이, 그러니까 어느 사이에

도심 한복판이 되어버린 조선 왕의 무덤을 산책하는 장면이 인상적이다. 정용준은 이야기 자체의 충동과 현실성을 적절한 수준에서 조율해내는 능숙한 이야기꾼이 되어가는 중이다.

최정화의 「인터뷰」는 누구에게도 제대로 이해받지 못하는 남자의 불안에 관한 이야기이다. 저작과 강연 등 대중적 활동을 하는 지식인 남자는 삼 년 전 커다란 실수를 했다. 여기자를 폭행하여 한쪽 눈을 실명케 했다는 것이 대중들에게 알려진 그의 혐의였다. 그것은 그의 불안장애가 초래한 사고였다. 그의 아내와, 그의 후원자이자 은사였던 장인도 겉으로는 그를 이해한다고 하지만, 실제로는 그렇지 않다고 그는 느낀다. 그로부터 삼 년이 지나 이제 재기하려는 이 시점에서도 사정은 마찬가지이다. 호프집에서 우연히 말을 나누게 된 사람들에게서도 비슷한 반응을 느낀다. 그들은 이 남자에게 매우 관대한 태도를 취한다. 누구나 실수는 할 수 있다고. 이들과 대화하면서 남자는 자기가 오해받았다고 생각했던 그 자리로 자기를 몰아넣는다. 의도적으로 사람을 폭행하여 실명케 한 불안신경증 환자의 자리로. 그런데 그의 시선으로부터 벗어나 있는 독자의 입장에서 보자면, 이 남자는 자기가 신경증 환자가 아니라고 생각하는 신경증 환자에 가까워 보인다. 최정화는 그런 불안의 세계를, 그저 허방 위를 걷는 것 같은 삶의 모습을 천연덕스럽게 묘사해낸다. 남의 이야기 같지 않아 읽는 내내 마음이 편치 않았다.

신수정 _문학평론가

심사란 서로 간의 취향의 차이를 확인하는 일련의 과정이라는 생각이 든다. 이번 심사가 유독 그랬다. 심사위원들이 제일 먼저 추천한 작품들의 리스트는 거의 선고 상태 그대로라고 해도 무방할 정도로 제각각이었으며 서로 간의 이견은 쉽게 좁혀지지 않았다. 이럴 때 할 수 있는 일은 그리 많지 않아 보인다. 이 사태를 재빨리 인정하고 냉정하고도 공정한 얼굴로 득표순에 따라 올해의 젊은작가상 리스트를 확정하는 것, 그것이 그나마 심사위원들끼리 얼굴을 붉히지 않고 서로 간의 품위를 지킬 수 있는 최선의 방법일 것이다. 그러나 우리는 그렇게 하지 않았다. 어이없게도 우리는 서로의 취향에 관해 격렬한 토의와 비판(난)을 했는데, 심지어 그 과정을 통해 자신의 취향이라고 믿고 있던 것이 얼마나 취약하고 불완전한 것인지를 확인하는 반전의 순간을 맞기도 하였다. 돌이켜보면, 이번 심사에서 심사위원들이 한 가장 잘한 일은 바로 그 일 같기도 하다. 어쨌거나 그를 통해 제7회 젊은작가상 수상작들이 선정되었다. 취향공동체라고 할 만한 것, 그 불가능한 가능성이 여전히 건재할 수 있음을 확인했다는 것만으로도 놀랍고 벅차다.

대상작으로 선정된 김금희의 「너무 한낮의 연애」를 감탄하며 읽었다. 「보통의 시절」 「고양이는 어떻게 단련되는가」 등 동시에 추천된 이 작가의 다른 작품들 역시 뛰어난 완성도를 보여주고 있었지만 이 작품의 자연스러운 감동은 단연 발군이었다. 이제는 출시되지도 않는 맥도날드의 '피시버거' 메뉴를 이토록 유머러스하고도 눈물겹게 삶의 아이러니에 대한 상징으로 활용할 수 있는 작가가 또 있을까. 맥도날드가 신제품을 내놓고 대대적으로 광고를 해대던 1950년대가 미국인에게는 엘비스 프레슬리와 메릴린 먼로, 청바지의 시대이자 스푸트니크 1호와 누벨바그의 시대로 기억된다면, 비슷한 시기에 태어난 우리의 엄마 세대에겐 그것이 단지 '장티푸스'의 시대로 기억될 수밖에 없다는 것, 이 소설은 이 낙차에서 출발한다. 그리고 이 낙차로부터 '부끄러움'을 끄집어낸다. 김금희는 이 메울 수 없는 낙차를 메워보려다 부끄러움조차 사라진 황량한 현실 속으로 우리를 초대한다. 우리는 한강변 노점에서 만두와 국수를 팔아 번 돈조차 아낌없이 미국 유학의 꿈에 쏟아부었다. 십육 년 전 우리의 필용이 맥도날드에서 연극에 미친 양희를 만나게 된 것도 다 그 때문이 아닌가. 그런데 우리는 미국에 도달하기 위해 '양희'와 같은 것, 그 세이렌을 잊어야만 한다, 고 생각했다. 갑판의 돛대에 매달린 오디세우스처럼. 그러나 아무리 달려도 거북이는 토끼를 이기지 못한다. 필용은 미국 유학은커녕 회사에서도 곧 잘릴 판이다. 그에게는 가야 할 집이 없다. 그는 오디세우스가 아니기 때문이다. 이 소설은 이 뜻밖의 회한 앞에서 어쩔 줄 모르는 한 남자를 그려냄으로써 21세기의 「무진기행」을 완성했다. 부끄러움을 말하는 것조차 부끄러울 수밖에 없는 '어떤 부끄러움', 그 '대낮의 회한'은 김금희가 우리 소설사에 남긴 선물이라고 할 만하다.

연애는 기준영에게도 중요한 화두다. 그녀는 오로지 연애, 그 불가해한 불가항력에 대해서만 이야기한다. 그런 의미에서 '연애소설' 일변도의 이 작가의 세계를 협소하다고 말할 수도 있을 것 같다. 그러나 연애를 통해 발현되는 욕망의 생경한 맨얼굴을 드러내는 데 기준영보다 집요하고 명쾌한 작가를 들기 어려울 것이다. 연애라는 미시적이고 사적인 세계는 그녀의 렌즈를 통해 인간 무의식이라는 거대한 빙산을 한순간에 산산조각내고 만다. 「누가 내 문을 두드리는가」 역시 이 궤도에서 그리 멀리 떨어져 있지 않다. 이 소설의 매력은 일차적으로 자의식 강한 '반성적 졸부'의 내면을 엿보는 재미라고 하지 않을 수 없다. "자신의 중요한 본성이 어딘가로 저절로 새어나가지 않도록" 늘 경계하고 또 경계하는 이 남자의 초상은 한 치의 연민도 제공하지 않는 작가의 서늘한 서술에 의해 독자들의 반감을 불러일으키며 몰입을 방해한다. 그러나 기준영은 소설의 말미에 '반전'을 준비한다. 이 재수없는 남자의 재수없음이 실은 고독에 대한 공포였다는 것. 이 순간 이 소설은 이 남자의 상처받은 내면에 대한 가장 정밀한 보고서로 돌변한다. 소설이란 결국 '어떻게 말할 것인가'에 다름 아님을 다시 한번 실감하는 순간이다.

신수정

최정화의 「인터뷰」 역시 이 '반전'의 묘미가 적절하게 활용되고 있는 소설이다. 이 소설에 등장하는 두 번의 인터뷰, 예컨대 삼 년 전 기자의 왼쪽 눈을 실명하게 한 실수와 이 실수를 커플에게 들려주는 이야기는 반복되는 에피소드의 변주를 통한 진실의 폭로를 위해 고안된 것이라는 점에서 일종의 '스릴러물' 혹은 '추리물'의 외연을 형성하고 있는 것도 사실이다. '인터뷰'라는 제목 자체에 이미 '이야기하기'의 왜곡과 허상에 대한 경계가 함축되어 있듯이 이 스타일이 의도하는 것은 궁극적으로 서사의 표면을 '찢기', 그리하여 독자로 하여금 표층 서사를 의심하고 심층 서사를 재구성하도록 만들기일 것이다. 최정화는 주로 부르주아 가정의 허위와 위선을 폭로하는 데 이 스타일을 활용하는 경향이 있다. 이 소설에서도 이 두 번의 반복되는 인터뷰가 드러내는 것은 결국 한 남자 대학교수의 폭력성과 거짓이다. 그러나 이 소설에서 이 폭로의 폭발력이 의도한 만큼의 파워를 행사하고 있는지는 의문이다. 너무 많은 생략이 오히려 서술의 경제를 파괴하고 있는 것은 아닌가, 아쉽기도 하다.

장강명의 「알바생 자르기」 역시 반전에 반전을 거듭하는 흥미진진한 서술을 자랑한다. 외곽을 생략하고 단도직입적으로 사태의 핵심으로 진입하는 명쾌한 서술이 실은 오해와 오해, 편견과 편견의 연속임을 설파하는 이 소설의 구성은 일단 그것만으로도 독자들의 시선을 사로잡는 데 성공했다는 생각도 든다. 게다가 오늘날 우리 사회에 만연한 비정규직을 다루고 있다는 점에서 시의성 역시 획득하고 있다고 할 만하다. 무엇보다도 시의성 있는 소재를 다룰 때 소설이 범하기 쉬운 잘못, 즉 세부 디테일의 생략과 관념의 도취를 찾아보기 어렵다는 점도 매력적이다. 알바생을 잘라야 할 은영과 그녀의 남편이 주고받는 대화를 보라. 이 생존의 정글을 이토록 리얼하게 포착할 수 있는 능력이란 흔한 것이 아니다. 알바생과 은영과 사장은 물고 물리는 관계의 그물망 안에서 누가 선이고 누가 악인지 판단하기 어려워진다. 이 순간, 이 소설은 시의성 있는 소재를 다룰 때 소설이 때때로 범하기 쉬운 두번째 잘못, 곧 도덕성으로 무장한 계몽의 위치를 포기했다는 점에서 높은 점수를 줄 수도 있을 것이다. 그러나 이 모든 장점은 또한 반대로 해석될 여지도 없지 않다. 시종일관 아내 은영에게 회사에서의 생존술을 웅변하는 남편의 목소리는 작가의 목소리를 대변하고 있다고 말하지 않을 수 없으며 다시 알바생 혜미의 이야기로 마무리되는 소설의 말미는 익숙한 도덕으로의 회귀라고도 할 수 있을 것이다.

정용준의 「선릉 산책」은 「알바생 자르기」에 제기될 수 있는 의혹을 소설적으로 해결하기 위해 고심한 흔적으로 가득하다. 스무 살 한두운이라는 장애인을 하루 동안 돌보는 알바생을 화자로 채택하고 있는 이 소설은 시종일관 이 알바의 내용, 즉 선릉을 산책하는 동안 일어났던 사건들을 이야기할 뿐, 이 사건들에 섣부른 해석의 너울을 덧씌우지 않는다. 그 결과 이 소설에서는 「알바생 자르기」의 명쾌함을 찾아보기 어렵다. 시간의 경과대로 진행되는 구성은 느슨하고 자칫 지루하기조차 하다. 어쩌면 정용준이 말하고 싶었던 것은 이 알바의 경험을 소설화하는 것의 어려움이 아닐까. 장애인의 삶을 궁금해하고 그와 하루 동안 친구가 될 수 있지만 그것은 알바가 종료됨과 동시에 다시 원점으로 돌아갈 성질의 것이다. 「선릉 산책」은 이 사실을 넘어설 수 있다고 말하는 것에 결백할 정도로 도리질을 친다. 그들의 아픔도 문제지만 알바 시급에 목숨 거는 '나'의 생계도 만만한 것은 아니라는 것이다. 그러나 그렇다고 해서 '나'가 한두운의 '아름다움'을 모르는 것도 아니다. '나'는 그의 권투를 '아름다운 위빙'이라고 규정한다. 이 혼란은 무엇인가. 정용준은 이 혼란을 정리하려고 하지 않는다. 다만 그것을 '이상한 하루'로 마무리하고 있을 뿐이다. 소설의 자리는 어디인가? 소설이 결국 처할 수밖에 없는 자리란 어디란 말인가?

오한기의 「새해」나 김솔의 「유럽식 독서법」에서 이런 식의 질문에 대한 해답을 찾아보려고 노력한다면 그것은 필경 실패로 끝나기 마련일 것이다. 「새해」는 새해가 밝았을 때 머릿속에 떠오른 생각으로 두 가지를 든다. "코뿔소의 평균수명은 칠십 세다", 그리고 "납치나 해볼까". 이 명백히 '새해'와 상반되는 것으로 간주되는 위험하고 도발적인 생각들로 소설의 서두를 채우는 의도는 대충 짐작하지 못할 바는 아니다. '새해'에 묻어 있는 관습적 언어의 때를 지우고 그것과 결별하겠다는 의지를 다지는 것, 일찍이 러시아 형식주의자들이 이야기했던 예술의 근본적 명제, 낯설게 하기가 바로 그것이다. 오한기는 이 오래된 예술적 정언명제를 유머러스하고 통렬한 소설가소설 형식을 통해 유쾌하게 리뉴얼하는 데 성공했다. 이런 장난이라면 반짝거린다고 할 만하지 않을까. 소설쓰기라는 심오하고 원대한 대의에 아이 양육이라는 일상의 하부구조를 덧씌운 오한기의 메타 소설론은 오래도록 잊히지 않을 명장면을 만들어놓았다. 아이를 앞에 두고 "친친나트, 이제 너도 인질이 되었구나"라고 탄식하는 장면이 바로 그것이다. 어느 누가 이 생활의 탄식으로부터 자유로울 수 있을까. 아니, 어느 누가 이 비루한 탄식을 이토록 우스꽝스럽고 생기발랄하게 변형시킬 수 있을까.

김솔은 지난 일 년 누구보다 많은 작품을 발표한 작가 가운데 하나다. 이번 심사에 올라온 작품만 해도 무려 세 편. 이미 비평적 조명을 많이 받아온 작가답게 활발한 작품활동을 하고 있음을 다시 한번 실감했다. 그런데 세 편의 소설은 에피소드의 중첩이 적지 않아 따로 떨어진 상태에서 읽었을 때와 달리 세 편을 몰아 읽으니 「유럽식 독서법」에서 이 작가가 하고자 하는 이야기, 실험해보고자 하는 스타일 등 김솔식 글쓰기 전략이 총망라되어 있다는 것도 알게 되었다. 과연 「유럽식 독서법」은 글로벌 이야기꾼이라는 이 작가의 명성을 확인시켜주는 측면이 적지 않았다. 시침 뚝 떼고 오로지 타국의 이야기만 전하는 뚝심은 집요하리만큼 철저하고 냉철하다고 할 만했다. 김솔에 이르러 드디어 소설에 새겨진 운명적 DNA, 그 국경이 무너지고 있는 것일까. 이국의 관념들을 학습하고 그들의 현재와 동시적으로 호흡하는 우리의 '독서'가 지니고 있는 편향성은 김솔이 이야기하는 대로 우리의 사유와 상상력마저 무국적으로 각인시키고 있는 것이 틀림없을 것이다. 아마도 우리는 '그들'의 정신과 판박이일 것이다. 그런 점에서 우리의 소설이 이 사실을 짐짓 아닌 체하는 것은 진실의 일부를 은폐하는 행위일 수도 있을 것이다. 그러나 그 몽상을 인정하는 일은 그 몽상으로부터 다시 '나'의 현실, 그 몽상을 발화시키는 '나'의 언어로 돌아오는 행위를 위한 것이 되지 않으면 안 된다. 그렇지 않다면 자칫 '몽상'의 '청동거울' 속에서 길을 잃을 위험도 없지 않다. 그러나 이 우려로 김솔 소설을 재단하는 것은 또 얼마나 도식적인가. 어쩌면 이 화려한 언어의 융단폭격을 흥미롭게 감수하고 난 뒤 이 위험 표지를 상기하게 된 것으로 김솔 소설의 의의를 찾을 수 있을지도 모르겠다. 아니, 애초에 의의 따위는 떠올리지 말았어야 했던 것인지도 모른다. 낯선 언어들이 부딪치며 발생하는 파열음, 그 불협화음을 즐길 수 있다면 족한 것이 아닐까. 이런 생각을 가능하게 했다면, 김솔은 성공한 듯도 하다. 수상을 축하한다.

신형철 _문학평론가

김솔의 「유럽식 독서법」. 벨기에에 불법체류중인 태국인 남자가 있다. 다리가 불편한 미얀마 출신 소녀를 매일 차에 태워주면서 이야기를 듣는다. 벨기에가 콩고에서 저지른 끔찍한 식민통치에서부터, 타인의 빈 차를 숙소로 사용하는 불법체류자 이야기에 이르기까지. 그런데 그래서는 안 된다는 것. 이미 약자인 사람이 자신보다 더 약자인 사람에게 지나치게 귀를 기울이면 위험해진다는 것. 조수석 소녀에게서 들은 이야기를 내 집 안으로까지 들이면 아내가 병에 걸리고 내 직장과 차도 빼앗길 수 있다는 것. 그렇다면 타자의 삶을 어떻게 '읽어야' 하는가? 이 작가는 이렇게 말하고 있는 것 같다. '유럽인들이 제3세계의 역사적·현재적 비극을 전해 듣고도(읽고도) 일정한 거리를 유지하는 데 성공하듯 그렇게 읽어야 해. 그것이 유럽식 독서법이지. 당신들 한국 독자라고 다른가? 벨기에를 배경으로 한 태국인들의 이야기를 들려줄 테니, 이 소설도 그렇게 읽어보시지. 이미 먼 이야기를, 더 멀리 밀어내면서 말이야.' 강박적일 정도로 정교한 문장, 자꾸만 '소설에 대한 소설'로 (잘못) 읽히도록 유도하는 지나치게 복잡한 구조, 그러나 거기 은근하게 깔려 있는 윤리적·미학적 이슈들.

장강명의 「알바생 자르기」. '잘리는 자'와 '자르는 자' 사이의 대결 구도로 돼 있다. 일단은 잘리는 자를 동정하면서 읽을 수밖에 없지만 자르는 자를 악으로 간주할 수도 없어서 우리는 다소 엉거주춤한 자세로 이 소설을 읽게 된다. 그러다가 잘리는 자 쪽의 간계가 드러나면서 자르는 자가 뒤통수를 맞는 일종의 반전이 이루어지지만 그렇다고 잘리는 자가 악이 되는 것은 또 아니어서 여전히 우리는 엉거주춤한 자세일 수밖에 없다. 결국 두 개인이 아니라 구조 자체가 문제라는 뜻이겠다. 상투적인 도덕적 판단을 무력화시키고 구조에 대한 인식적 판단을 유도한다는 점에서 이 소설에 사용된 '상황적 아이러니'의 기법은 제 목표를 수행하는 데 성공했다고 할 만하다. 내 기준으로 이것은 일종의 사회학적 우화다. 나는 이 소설이 자신에게 걸맞은 기준으로 평가받아야 한다고 생각하는데, 우화의 성취를 평가하는 기준은 시의성, 사실성, 실용성 등이다. 내가 선호하는 것은 정교하게 세공된 예술작품으로서의 단편소설이지만, 이렇게 제 몫을 명석하고 성실하게 해내는 우화도 필요할 것이다. 아니, 꼭 필요하다.

오한기의 「새해」. 소설이 안 써져 괴로운 소설가가 새해 첫날 '납치나 해볼까' 하는 생각을 장난처럼 떠올린 것은 그가 자신의 어떤 정신적 결여를 무의식적으로 감지하기 시작했다는 뜻이다. 우여곡절 끝에 정말로 '아이'를 '납치'하고 나니까, 마치 이 가정에 원래부터 있었어야 할 그 무엇이 이제야 생겼다는 듯 기묘한 안정감이 감

신형철

돈다. 그 '무엇'이란 무엇일까. 책임감일 것이다. 이 소설에서 '납치'는 '책임질 일을 만드는 것'을 뜻한다. 인질로 궁극의 목적을 달성하려면 그를 보살펴야 하니까, 아이러니하게도, 납치범은 책임의 주체로 거듭난다는 것. 그렇다면 납치란 자신에게 책임감을 부여하는 결단인 셈이다. 그래서 이 소설은 '내가 아이를 납치하는 일은 아이가 나를 납치하는 일'이라고 말한다. 생의 어떤 국면에서는 내가 내 책임감에 납치되는 일이 필요하다는 뜻이리라(어쩌면 이 작가는 지금 그 단계를 통과하고 있는 것인지도 모르겠다). 언뜻 한바탕 소극(笑劇)처럼 보이는 소설이지만 삶을 바라보는 시선은 깊다. 이 소설이 애초 갖고 있지 않은 것을 평론가인 당신이 선물하고 있다는 의견을 주신 분도 있었으나, 나는 내가 받지 않은 것을 되돌려줄 능력은 갖고 있지 않다고 답할 수밖에 없다.

최정화의 「인터뷰」. 프로이트보다 먼저 포(E. A. Poe)가 발견하여 문학사에 등재한 '불안장애(anxiety disorder)'형 인물들이 있다(「고자질하는 심장 *The tell-tale heart*」 같은 소설이 대표적 사례다). 주인공은 고질적인 불안 때문에 타인 앞에서 어수선한 모습을 보인다. 그리고 상대방이 그런 나를 속으로 조롱하고 있을 것이라는 생각에 사로잡힌다. 그 생각이 점점 강해져 이성을 잃고 상대방을 공격하고는 정신적 나락으로 떨어진다. 그런데 훗날 그는 다른 곳에서 이상한 충동에 휩싸여 자신의 과거 악행을 떠벌리기 시작하고 또 한번의 파국을 재촉하는데…… 운운. 최정화는 이런 계보에 속할 이야기 하나를, 그러나 멋지게 비틀어 써냈다. 초반의 사건이 후반부에 반복되는 것이 이런 플롯의 특징이다. 여기서는 "작년에 있었던 인터뷰 사고가 사실은 일부러 저지른 짓이었다고 생각해봤다"라는 구절이 분기점이다. 그런데 이 소설의 묘미는 '나'가 거기서 원본을 각색한 사본을 말하기 시작한다는 것이고, 어쩌면 그 사본이야말로 원본의 숨은 진실이 아닐까를 의심하도록 유도한다는 점이다. 작가는 이 의심의 쾌감을 빈틈없이 운용하다가 그야말로 절묘한 순간에 소설을 끝냈는데 나는 하마터면 박수를 칠 뻔했다.

기준영의 「누가 내 문을 두드리는가」. "오십대 초반의 남자"가 "스물다섯의 여대생"에게 마음을 뺏기는 바람에 흐트러져버린 자기 통제력을 어떻게든 회복하려 애쓰는 과정을 그리고 있는 이 소설을 기준영은 마치 이상(李箱)이 1936~7년 무렵에 쓴 (「실화」나 「단발」 같은) 소설들처럼 쓴다. 이상처럼 쓴다는 것은, '가지지 못한 것'과 '버리지 못한 것' 때문에 이중으로 고통받는 인간의 안달복달을 관찰한다는 것이고, 그런 이들이 '필요한 것'을 얻거나 '불필요한 것'을 버리기 위해 연애 비슷한 것을 시작하기라도 하면 얼마나 팽팽한 말의 게임이 펼쳐지는지를 흥미롭게 중계한다는 것이며, 그러면서도 섣불리 게임의 승자와 패자를 확정하지 않으면서 관점에 따라서는 언제나 판정이 뒤집힐 수 있음에 유의할 줄 아는 그런 아이러니스트의 자리를 고수한다는 것이다. 나는 이 작가가 인물들의 겉말과 속생각 사이의 틈을 휘젓고 다니면서 써내는 문장들을 거의 묘기를 보는 기분으로 읽었다(예컨대 "두 명의 수녀를 건너다보았다"에서 이어지는 한 단락을 보라). 그것은 '인간은 이상하고 인생은 흥미롭다'는 사실을 입증하는, 언어예술로서의 소설에서만 맛볼 수 있는 쾌감이다.

정용준의 「선릉 산책」. 비장애인과 장애인(자폐아)이 서로를 이해하게 되는 휴머니즘 서사라고만 하고 말면 이 소설은 상처를 입을 것이다. 좋은 소설은, 그 소설의 줄거리를 전해 들은 사람이 이런 식으로 요약하려고 할 때, 직접 읽은 사람은 결코 그런 요약을 받아들일 수 없게 만드는, 그런 소설이다. "한두운은 고개를 돌려 물끄러미 나를 봤다. 나도 한두운을 그렇게 봤다. 우리는 잠시 비 오는 날의 송곳니 없는 동물들처럼 눈을 마주하고 가만히 있었다." 이 순간 '나'가 본 한두운의 눈빛은 그날 처음 본 눈빛이다('자폐아'라는 말 속에는 그런 눈빛이 없다). 그 눈빛을 보면서 우리는 비로소 한 인간의 가장 깊은 곳에는 그런 불빛이 있다는 것을 알게 된다. 바로 이런 인식의 순간을 향해 소설은 걸어가는 것이다. 그러니 다음 문장을 이 소설의 제사(題詞, epigram)로 삼아도 좋겠다. "선릉역에 선릉이 있다니. 선릉이 있으니까 선릉역도 있는 것이겠지만 나는 이 사실이 낯설었다." 이 소설은 역 대신에 한 사람을, 우리가 잘 안다고 믿지만 사실은 잘 모르는 그런 유형의 한 사람을 (재)발견하는 소설이니까.

김금희의 「너무 한낮의 연애」. 한 남녀가 십육 년의 간격을 두고 두 번 헤어지는 이야기다. 십육 년 전, 가난했던 여자는 사랑한다고 말할 수는 있었지만 사랑해달라고까지는 말할 수 없었고, 미숙했던 남자는 여자에게 상처를 주고 나서야 그런 여자의 마음을 이해할 수 있었는데, 그러나 이해한다고 해서 사랑할 수 있는 것은 아님을 깨닫고 남자는 떠나며 울었으나, 그렇게 떠날 자격조차 없다고 생각하는 쪽은 눈물도 못 흘린다는 것까지 알지는 못했을 것이다. 그리고 십육 년 뒤, 이런 경우 대개 그렇듯이, 다시 만난 사람들은 결국 한번 더 헤어지기 위해 만나는 것일 뿐이다. 이 소설에 대해서는 하고 싶은 말이 너무 많아서 하나도 못하겠다. 다만 이런 생각을 한다. 이런 소설을 읽기 위해 나는 나이를 먹어온 것이 아닐까. 나는 인간과 인생을 이해하기 위해 소설을 읽는다. 젊고 가난하고 미숙하고 아름답고 안타까운 이들을, 그 마음을, 그 마음의 십육 년 뒤까지를 이렇게 깊이 어루만지는 사람이 세상에는 있어 소설이라는 것을 쓰고, 이런 소설을 읽으며 나는 감동을, 세상의 많은 멋쟁이들이 비아냥거리는 그 감동이라는 것을 받는다. 김금희의 시대가 올까. 적어도 지금 내가 가장 읽고 싶은 것은 그의 다음 소설이다.

은희경 _소설가

작가 스물한 명이 쓴 스물다섯 편의 단편소설을 매우 즐겁게 읽었다. 누가 뭐라고 하든 우리 집안은 여전히 똑똑한 사람도 많고 재미있는 사람도 많다고 생각했다. 자기가 중요한 걸 알아냈으니 이건 꼭 들어야 한다고 바람을 잡는 이야기꾼과 시작부터 '넌 어차피 몰라'라고 선언한 뒤 줄곧 무성 활극만 틀어놓는 스타일리스트 모두 호감이 갔다. 가장 인상 깊었던 것은 한결같이 개성적인 세계를 확보하고 있다는 점이었다. 한 작품을 읽으면 자연스럽게 그 작가의 다른 작품이 연상되었기 때문이다. 젊은작가상이 등단 십 년 이내의 작가를 대상으로 한다는 걸 생각해보면 그것은 '업계'의 미래에 낭보가 아닐 수 없다. 그리고 바로 그 점이 심사를 즐겁게 만드는 동시에 길고 복잡하게 만들었다. 예상대로, 비슷한 역량에 각기 다른 매력을 가진 작가들에게 각기 다른 관점과 취향을 가진 심사위원들이 각기 다른 표를 던졌다. 토론을 거치면서 여러 번 결과가 번복되었다. 물론 누구를 배제하기 위해서가 아니라 누구를 더욱 지지하기 위해서. 이 상의 수상작은 일곱 편이 적당하다고 생각하지만 그럼에도 최종 결과에 박수를 보내는 한편으로 딱 두 작품만 더 넣었으면 하는 아쉬움을 느꼈다.

김금희의 「너무 한낮의 연애」를 문예지에서 처음 읽었을 때 '너무'가 어디에 속하는지 곰곰 생각해봤었다. '너무 한낮'일 수도 있고 '너무 연애'일 수도 있는데, '너무 한낮의 너무 연애'일 수도 있었다. 이런 질문들을 하기에 여기는 너무 한낮인가? 평소에도 김금희의 소설이 이야기꾼일 때와 구경꾼일 때의 주조를 절묘하게 배치한다고 생각했다. 욕심부리거나 눈치보지 않고 복잡한 잔가지를 툭툭 부러뜨리며 제 갈 길을 가는 내레이션의 힘이랄까. 이 소설 역시 작가가 보여주고 싶고 혹은 보여주기 싫은 '한낮됨'으로 구경꾼을 마음대로 데리고 돌아다닌다. 즐겁게 끌려다녔다.

정용준의 「선릉 산책」은 정갈한 현악 연주 같다. 바이올린과 비올라가 축을 이루어 정교하고 날렵하게 서사를 이끌어가는데, 무거운 콘트라베이스가 배음으로 계속 따라오고 간간이 첼로가 불길하게 출몰하며 주제를 환기시킨다. 매번 같은 음악처럼 들리는 것은 완결된 세계를 지향하는 고전적 장르의 장점이기도 하고 단점이기도 할 것이다. 정용준의 경우 이것은 초보 리스너들에게 생기는 일이라는 믿음을 가져본다.

은희경

오한기의 「새해」를 재미없게 읽기는 어려운 일이다. 어떻게 진행될지 예상할 수 없어 긴장감이 있는 한편 처음부터 아무것도 아닐 거라는 짐작을 갖고 읽을 수밖에 없는 소설이다. 묘한 곳에 흥미의 포인트가 있다. 나는 개인적 취향상 작가나 그 지망생이 주인공이고 유명한 작가 이름이 나열되며 등장인물 스스로가 독특한 사람처럼 보이고 싶어하는 소설을 좋아하지 않는데(이 세 가지 모두 내 소설에 쓰긴 했다) 그럼에도 이 소설에 '찬성한다'.

장강명의 「알바생 자르기」는 한마디로 '이의가 없는 소설'이라고 할 수 있다. 매끄러운 문장, 풍부하고 사실적인 디테일과 정보, 잘 안배된 구성, 각자의 역할을 충실히 해내는 일관된 캐릭터들, 적당한 내레이션의 변주, 시의성 있는 문제의식과 임팩트를 준 결말까지. 이런 안정된 작품이 읽는 이에 따라 인상을 남기지 못하는 것은 뜻밖의 일일 수도 있지만 이해 못할 바도 아니다.

최정화의 「인터뷰」를 아침과 저녁 두 번 읽었다. 내가 읽은 게 다인가 싶은 마음과 내가 읽지 못한 게 분명 있으리라는 믿음이 반반이었기 때문이다. 읽기에 따라 다르게 해석될 수 있다면 그것은 좋은 소설일 것이다. 적당한 규모의 사건과 왜곡, 집중적이고 단선적인 전개, 불안과 기습의 연극적 효과. 단편 장르의 미덕을 고루 갖추었다고 생각했다.

김솔의 「유럽식 독서법」. 이 두말할 것도 없이 썩 잘 쓴 소설은 대체 왜 쓰인 것일까. 그동안 김솔 소설을 읽고 스쳐갔던 이 다소 천진한 질문에 대해 「유럽식 독서법」은 한 가지 독법을 제시한다. '이 소설을 타고 질주하는 동안 차창 밖 풍경을 기억하려 하거나 인과를 해독해내려고 애쓰지 말고 그저 자신의 내부에 반영되는 풍경만 살필 것을 권장한다.' 결국 나는 논리적이고 치밀하지만 친절하지 않고, 냉혹하고 공정하지만 분명 숨기는 게 있을 듯 의심스러운 방식으로 이 작품에 설득되었다.

기준영의 「누가 내 문을 두드리는가」는 첫 두 문장만으로 이미 '연애소설'로서의 설정이 완성됐다는 느낌을 받는다. 처음부터 패를 보이고 시작하는 것이다. 어떤 소설은 반전이나 극적 효과를 위해 일부러 그림자에 조명을 비추며 이야기를 굴절시키는데, 그것은 대결과도 비슷해서 일찌감치 그 초식을 파악한 사람에게는 이미 다 읽은 이야기가 돼버린다. 그런 점에서 기준영이 소설을 이끌어가는 '설명이 필요 없는 저지름'과 '어차피 해결될 리 없는 싸늘함'은 고통에 대한 일종의 패기로 느껴진다. 거기에 기준영의 세련됨이 있는 게 아닐까.

풍성하고 맛깔스러운 정찬에의 초대였다. 축하주를 건넨다.

전성태 _소설가

심사를 마치고 돌아설 때 마음이 산뜻했다. 이 기회가 아니었다면 아마 나는 젊은 동료들의 소설에 대해 근거 없는 불만과 걱정을 가진 채 지냈을 것이다. 오늘밤 소설의 미래에 대해 얘기하라고 한다면, "충분히 희망적이다"라고 말하겠다. 그런 희망의 근거로 한 권의 소설집을 묶어내라는 편집권이 내게 주어진대도 이 목록과 크게 다르지 않을 것이다.

김금희는 굴곡진 서사나 입담보다 인물과 일상의 결에서 풍부한 이야기를 직조해내는 작가다. 불행의 어떤 근원을 다룰 때도 그 근원들이 깊은 시간 속에서 새로운 이해의 장으로 강하게 견인되는데, 그게 삶의 불가해하지만 선명한 현실로 구체화되면 아주 미묘하고 복잡한 감상을 불러일으킨다. 「너무 한낮의 연애」는 그런 특장들이 잘 실현된 작품이다. 시간을 입은 상실감을 이 시대에 조각해낼 수 있다면 이 초상쯤 될 것이다. 정말 '시간이 지나도 어떤 것은 아주 없음이 되는 게 아니라 있지 않은 상태로' 문득 다가선다. 인생에 주어진 수수께끼라는 시간의 보편성을 견지하면서 '현실'에다가 고삐를 그러매는 작가의 손매는 함께 읽은 「보통의 시절」에서도 역력했다.

기준영의 「누가 내 문을 두드리는가」는 심사 후 새삼 다시 읽었다. 이십대 처녀와 연애하는 오십대 중년 사내의 미묘한 심리가 돌아서면 아슴아슴했다. 역시 빈틈없는 작품이다. "아무튼 잘 자. 이제 우린 잠이 보약"이라는 심상한 실감으로부터 "인생은 원래 공평하지 않아"에 이르는 낙차 큰 문장들이 촘촘히 맞물려 있다. '늙음'에 대한 아포리즘적인 문장들도 여러 생각들을 길러낸다. '끝낼 수 없는 인생의 숙제'에 휘말리듯 존재론적으로 허물어지는 한 사내의 격통에다 대고 "그깟 연애 땜에"라는 말은 할 수 없게 된다.

김솔의 「유럽식 독서법」은 작가가 다루는 소재와 주제가 망라된 작품이다. 무대가 유럽이고 인물들이 다국적이며 박물지 같은 지식들이 인용되고 소설이라는 매체를 공공연하게 노출하는 작법까지 아울러서 '김솔표' 소설이다. 그의 소설은 세계의 구조를 얘기하기도 하지만 나는 오히려 그의 소설을 읽는 맛은 이야기에서 이야기로 미끄러져가는 서사의 활력에 있다고 생각한다. 죄의식과 망상에 대한 이야기가 김솔을 만나 그야말로 낯설고 기묘한 이야기가 되었다. 단편의 완미한 구조로 치자면 보다 심플한 「누군가는 할 수 있어야 하는 사업」을 내세우고 싶기도 했다.

개성으로 치자면 오한기의 능청스런 풍자도 늘 구미를 당긴다. 메타픽션의 형식으로 쓰인 「새해」는 끝 간 데 없는 상상력과 무차별적인 풍자를 특장으로 하는 오한기의 작품세계를 만끽할 수 있는 작품이다. 그의 풍자에는 작가와 문학도 예외가 아니다. 낙서나 다름없는 해독 불가의 두 문장에서 생성된 이야기가 저절로 굴러가며 우리 시대의 풍속도를 폭넓게 펼치고 있다. 오한기는 작품들이 일인칭으로 쓰였으되 삼인칭으로 읽힐 만큼 산뜻하여 늘 그의 자리가 커 보이는 작가이기도 하다.

장강명의 「알바생 자르기」는 당대의 현실적인 문제를 가감 없이 직입해 실감나게 보여준다. 혜미라는 인물과 그녀의 처지를 다른 측면으로 보게 만드는 구성이 이 소설의 장점이며, 이로 인해 소설의 몰입도와 가독성이 높아지고 주제도 설득력 있게 전달되고 있다.

전성태

정용준의 「선릉 산책」은 발달장애자를 주말 하루 돌보는 아르바이트를 하게 된 청년이 비정상성과 정상성의 묘한 혼란을 경험하면서 타자를 안다는 것에 대한 질문으로 나아가는 소설이다. 정용준의 작품세계가 변모해가는 과정을 볼 수 있는 작품이기도 했다. 작가의 문장이 어떤 측면에서 매우 편안해졌음에도 불구하고 관념적 주제는 선명하게 다가왔다.

자기불안의 정체를 확인하기 위해 우리는 최정화의 극장에 발을 들여놓는다. 불안의 탐지자로서 최정화의 모험은 이번 소설 「인터뷰」에서도 기대에 답한다. 사건에 대한 당사자의 시선과 동정하는 자의 시선을 겹쳐내면서 기억의 왜곡과 공감의 결여라는 취약성에 기생하는 불안 심리를 극적으로 묘파해낸다. 과학 저술가라는 캐릭터의 전형성이 최정화의 다른 소설에 비해 공감력을 떨어뜨리지만 호프집 부부를 만난 후 결말에 이르는 과정이 썩 훌륭하게 상쇄하고 있다.

정홍수 _문학평론가

최근 보도된 중력파의 측정, 검출 이야기는 흥미롭다. 백 년 전 아인슈타인은 중력파의 존재를 이론적으로 주장하면서도 시공간을 진동시키는 효과가 극도로 미미한 탓에 중력파는 절대 관측될 수 없을 거라는 말을 덧붙이길 잊지 않았다. 그는 끝까지 블랙홀의 존재도 믿지 않았다고 한다. 중력파의 측정 성공은 블랙홀의 존재를 포함한 그 자신의 주장을 뒤집는 방식으로 그의 일반상대성이론의 확고함과 위대성을 입증해냈다. 예언적 발견이 좀더 확실한 앎의 체계 속으로 편입되는 과정에서 일어나는 이런 아이러니한 반전은 과학사뿐만 아니라 전반적인 지식의 역사에서 반드시 드문 일은 아닐지도 모른다. 그런데 내게 특히 흥미로웠던 지점은 이번에 측정된 중력파가 십삼억 광년 전 두 블랙홀의 병합과정에서 발생한 파동이라는 사실이었다. 십삼억 광년이라니! 관측 불가능하다고 믿었을 정도로 극도로 미미하긴 하나, 중력파의 그 파동만큼 십삼억 광년 동안 시공간은 조금씩 진동하면서 모습을 바꾸어왔다는 이야기가 아닌가. 물론 우주의 형성에 관여한 물리적 힘은 중력파 이외에도 많이 존재하겠지만 말이다. 십삼억 광년이라는 거대한 시간과 중력파라는 어려운 물리학의 개념을 잠시 밀쳐둔다면, 우리 나날의 일상 역시 관계의 충돌이나 비껴감(그리고 기타 등등) 속에서 미세하게 시공간을 진동하고 왜곡하는 모종의 파(波)를 생성하리라는 것은 충분히 짐작 가능한 일이다. 대개 그것들은 감지되지도 측정되지도 않은 채 사라지는 듯 보일 테지만, 그 미세한 누적이 임계치를 넘길 때 우리의 몸을 기울이고, 삶의 좌표를 슬그머니 옮겨놓는다고 말할 수 없을까. 그 파동의 감지를 위해 실패에 실패를 거듭하면서도 다시 관측기를 만들면서 하염없이 기다리는 사람들, 이번에 내가 읽은 젊은 소설가들의 외로운 작업은 그런 일일 수도 있겠다.

정홍수

심사위원 대다수의 지지를 받아 대상으로 확정된 김금희의 「너무 한낮의 연애」의 경우, 그 파동은 너무 늦게, 십육 년의 시간을 지나 '너무 한낮'에 감지된다. 기실 '너무 한낮'은 파동이 생성된 십육 년 전의 상황에 더 적합한 태양의 위치일 수도 있겠다. "선배, 나 선배 사랑하는데" 다음에 아무것도 없는, 내일은 어떻게 될지 알 수도 알 필요도 없는 1999년 한낮 종로 맥도날드에서의 사랑이란 무언가. 당혹스럽고 황당하지만('사랑'이라는 사태의 진실과 정확히 마주쳤으니 당연한 일이기도 할 테다) 다음날 또 "오늘은 어때?" 하고 물어볼 수밖에 없는 사랑. "사랑하죠, 오늘도." 오! 이 한낮의 황당무계한 사태를 기술하는 작가의 문장은 정확하고 아름답다. "필용은 태연을 연기하면서도 어떤 기쁨, 대체 어디서 오는지 알 수 없는 기쁨을 느꼈다. 불가해한 기쁨이었다." '한낮의 불가해'는 필용이 문산에 있는 양희의 굴 같은 집에서 느낀 견딜 수 없는 부끄러움, '밤의 불가해'와 마주하면서 마치 두 개의 블랙홀이 충돌하듯 "무언가가 아주 사라져버릴 수 있"는 지점에 이른다. 김금희의 소설은 그렇게 사라져버렸다고 생각한 것들, 망각한 것들에서 결국은 퍼져나오고 있었을 진동과 파장을 오랜 시간 후 다시 감지하고 대면하게 되는 필용의 이야기인 셈인데, 허둥지둥 당황하고 어쩔 줄 모르는 필용의 시선을 소설의 톤과 회고의 리듬에 적절하게 감아 붙이면서 요약되지 않는 인생의 살아 있는 국면으로 그 자신과 우리를 데려간다. 예리하게 베려는 소설은 많다. 그러나 필용의 당황과 어쩔 줄 모름은 왠지 우스꽝스럽기도 한 가운데 둔중하게 우리를 툭 친다. 그러게, "다른 선택을 했다면 뭔가가 바뀌었을까. 바뀌면 얼마나 바뀔 수 있었을까". 그러나 이렇게 말해볼 수는 있으리라. 단 한 명의 관객인 필용을 향해 문산 그 밤의 느티나무처럼 두 팔을 벌려 조금씩 흔드는 무대 위 양희의 신호는 아름답다고. 「너무 한낮의 연애」를 읽은 뒤, 우리는 서로의 눈을 마주보는 일의 어려움, 그 아름다움과 위대함에 대해 다시 생각해보게 되었다고. 머플러로 얼굴을 감싼 채 겨우 마주볼 수밖에 없는 눈동자, 그 신호와 파동의 거리에 대해서도 말이다. 다만 이런 깨달음이 언제나 너무 밝은 대낮에, 그것도 너무 늦게 도착한다는 사실이 조금 슬프고 억울할 따름이지만. 하긴 십삼억 광년의 이야기도 있지 않은가.

함께 젊은작가상으로 선정된 나머지 작품들 역시 그 감지의 예민함과 성실함으로부터 각각의 놀라운 감흥들을 선사받았다는 이야기를 굳이 덧붙일 필요가 있을까. 기준영의 「누가 내 문을 두드리는가」는 연애의 심리를 날카롭게 해부하면서 계산서의 정확한 도착 지점에서 무너져내리는 멜로드라마의 정치학을 세련된 문장의 호흡으로 보여준다. 최정화가 「인터뷰」에서 섬뜩하게 보여준 '믿을 수 없는 화자'의 안타까운 자기기만은 우리 시대에 만연한 불안의 공기를 적절히 환기한다. 타자의 환대라는 무겁고 추상적인 테마는 정용준의 「선릉 산책」에서 우리의 공포와 무지를 타격하는 신뢰할 만한 삽화로 단단히 안착한다. 오한기의 「새해」는 소설쓰기의 가난함 안에서 살아가는 일을 쓸쓸하게 경계지으면서도, 외부 없는 세계를 살아가는 세대의 권태와 무력감이 무언가 다른 것으로 전화될 수 있는 가능성을 그 가난함 안에서 찾고 열어간다. 김솔의 「유럽식 독서법」과 장강명의 「알바생 자르기」는 그 자체로도 흥미로운 소설들이지만, 각기 조금은 다른 방향에서 한국소설의 경계 확장, 좌표의 이동을 생각해보게 만든다. 하긴 이런 요약은 부질없는 일일 터. '젊은작가상 수상'을 계기로 이들 멋진 작품들이 더 많이 더 널리 읽히기를.

생각해보면 소설은 무의미에 맞서 삶의 의미를 발굴하는 작업이기도 하지만, 다른 한편으로는 의미화라는 강박 그 자체에 맞서는 일이기도 할 테다. 이 둘 사이의 쉽게 잡히지 않는 균형을 찾아가면서 요약이나 개념화의 욕망 밖으로 버려지고 흘러나가는 삶의 순간들을 쉼없이 붙잡고 있는 우리 시대 젊은 작가들의 외로운 노력에 새삼 경의를 표한다.

문학동네 젊은작가상 수상작품집
2016 제7회 젊은작가상 수상작품집

1판 1쇄 2016년 4월 12일
1판 11쇄 2024년 10월 18일

지은이 김금희 기준영 정용준 장강명 김솔 최정화 오한기
책임편집 이성근 | 편집 정은진 김내리 황예인
디자인 김마리 유현아 | 저작권 박지영 형소진 최은진 오서영
마케팅 정민호 서지화 한민아 이민경 왕지경 정경주 김수인 김혜원 김하연 김예진
브랜딩 함유지 함근아 박민재 김희숙 이송이 박다솔 조다현 정승민 배진성
제작 강신은 김동욱 이순호 | 제작처 영신사

펴낸곳 (주)문학동네 | 펴낸이 김소영
출판등록 1993년 10월 22일 제2003-000045호
주소 10881 경기도 파주시 회동길 210
전자우편 editor@munhak.com | 대표전화 031) 955-8888 | 팩스 031) 955-8855
문의전화 031) 955-2696(마케팅) 031) 955-1906(편집)
문학동네카페 http://cafe.naver.com/mhdn
인스타그램 @munhakdongne | 트위터 @munhakdongne
북클럽문학동네 http://bookclubmunhak.com

ISBN 978-89-546-4019-0 03810